KB055881

엔녹 제2부대의 원정밥 ①

에모토 마시메사 지음
Mashimesa Emoto

아카이 테라 일러스트
Tera Akai

심희정 옮김

대장
크로우 루드팅크

대원(궁수)
준 우르가스

대원(창술사)
가르 가르

부대장
안나 벨리

대원(도끼술사)

자라 아트

위생병

멜 리스리스

에녹 제2원정부대

빵에 생선을 올리고 겨울딸기 소스를 뿌린 다음
입 안 가득 집어넣었다.

맛있어!

생선에선 전혀 비린내가 나지 않았고 부드러웠다.
씹으면 주르륵 나오는 기름에서 단맛이 흘러넘쳤다.
새콤달콤한 소스도 생선의 맛을 끌어올렸다.

엘녹 제2부대의

원정밥

토 마시메사 지음
아이 테라 일러스트

Contents

숲의 은혜를 품은 산적풍 스프
7

거대어 찜을 잎에 싸서
67

왕도명물, 대파 전병
121

남은 음식으로 만든 밀크 스튜
229

공주님은 설탕과자?
259

폐허에서 캐러멜 대작전?!
283

사냥 시즌 중 뜻밖의 햄버그스테이크
325

번외편
준 우르가스의 기사대 분투기록
343

불가사의한 수인 가르 씨의 수수께끼
355

후기
369

보너스
멜과 우르가스의 원정 쿠킹
373

The expeditionary
of Enoch Second A

1

Story by
Mashimesa Emo
Illustration by
Tera Akai

숲의 은혜를 품은 산적풍 스프

에녹
제2부대의
원정밥

──어쩌다 이렇게 된 거지?

눈앞의 피투성이가 된 산적들. 아니, 기사단의 면면을 보면서 생각했다.

여긴 깊은 숲속. 그곳에서 오로지 마물 사냥을 하고 있었다. 이게 우리 에녹 제2원정부대의 임무였다.

"좋아, 방금 그걸로 몇 마리를 해치웠지?"

루드팅크 대장이 돌아보며 벨리 부대장에게 물었다.

"대장이 20마리, 내가 7마리, 가르가 11마리, 우르가스가 5마리."

"이 상태로 가면 내일이면 끝나겠군. 이봐, 산토끼, 숫자를 기록해둬."

털북숭이에 위압적인 얼굴의 거구가 나에게 명령했다.

이분은 산적 두목……이 아니라 에녹 제2원정부대의 루드팅크 대장이다.

하아 하고 커다란 한숨을 내쉬면서 마물 토벌수를 노트에 적어 내려갔다.

"산토끼, 굉장히 해이해졌군."

"산토끼가 아니라 멜입니다. 성은 리스리스."

"산토끼잖아."

그렇게 말하며 루드팅크 대장은 나의 긴 귀를 손끝으로 튕겼다.

"꺄악! 그만하세요!"

싫어하는 나를 보고 아하하 웃는다.

이 변태 산적이 뭐 하는 거야! 라고 외칠 뻔한 걸 필사적으로 참아냈다. 어쨌든 상대는 상사였으니까.

그건 그렇고, 정말 무신경한 남자라고 생각했다. 포레 엘프의 특징인 길게 솟은 귀엔 신경이 모여 있기 때문에 민감한데.

이건 괴롭히기 위해 붙어있는 게 아니라 숲속에서 살아남기 위해 발달된 기관이었다. 짐승이나 마물의 기척을 알아채고 멀리서 들리는 울음소리도 구분할 수 있었다.

"긴 귀는 토끼의 증표야."

"아니에요! 전 포레 엘프라고요!"

힐끗 노려보았지만 전혀 겁먹지 않았다. 너무 분했다.

루드팅크 대장은 나의 머리를 툭 치며 발길을 되돌렸다.

언젠가 복수해주겠어. 나의 마음은 이글이글 불타고 있었다.

이쯤 되면 숲속 깊은 곳에 살던 포레 엘프가 어째서 기사단에 소속되어 있는가 궁금할텐데. 그건 우리 집이 굉장한 대가족인 동시에 가난하기 때문이었다.

*

왕도로 오기 바로 전날, 결혼을 약속했던 상대가 약혼 파기를 선언했다.

이유는 우리 가족이 눈물이 날 만큼 가난한 데다 나의 외모와 마력의 부족함이 원인이었다.

그래, 난 '아름다운 숲의 요정'이라고 불리는 포레 엘프지만 외모는 두드러지지 않았고 마력도 전혀 없었다. 게다가 사냥도 서툴렀다.

기본적으로 포레 엘프는 멧돼지 같은 큰 동물을 잡는 건 남자의 몫이었지만 토끼나 새 같은 작은 사냥감은 여자가 잡으러 나갔다. 하지만 난 온종일 사냥에 나서도 허탕만 치다보니 대신 바구니 안을 약초로 가득 채워 돌아오는 수밖에 없었다.

그런 사정도 있다보니 여러 가지로 어설픈 날 아내로 맞이할 상대가 있을 리가 없었다.

가난, 못생김, 무마력의 삼중고. 불쌍한 것도 정도가 있지…….

그래도 가족이라 그렇게 보이는 걸지도 모르지만 다행히 여동생들은 귀여웠다. 거기에 사냥도 잘하고 마력도 높았다. 그래서 가난함만은 어떻게든 해주고 싶었다. 난 그렇게 결심하고, 집을 나와 돈을 벌기 위해 멀고 먼 왕도로 찾아온 것이다.

취사, 세탁, 청소 등은 잘했기 때문에 금방 일자리를 찾을 거라고 생각했지만 의외로 고전했다. 듣자하니 급료가 높은 귀족을 모시는 일에는 소개장이 없는 자를 고용해주지 않는 것 같았다.

전혀 몰랐다. 게다가 음식점 면접을 봐도 나의 뾰족한 귀를 보곤 거절당하기 일쑤였다.

친절한 아주머니가 가르쳐주시길, 엘프라는 생물은 자존심이 높고 노동자로서 다루기 힘들다는 인상이 있는 것 같았다. 전혀 그렇지 않은데…….

애초에 엘프는 인간 마을에 내려오지 않는다. 인간 마을을 찾아오는 건 분명 괴짜였겠지. 묘한 인상을 심어준 이전의 엘프들을 원망스럽다.

친절한 아주머니는 나에게 맞는 일자리를 소개해주었다. 그건 '왕국 기사단 에녹'이었다.

에녹은 나라에 충성을 맹세한 기사단을 말하는 것이었다.

그곳에선 어떤 종족이든 받아주고 평등하게 일을 부여해준다. 게다가 급료도 높았다.

난 잔뜩 신바람이 나서 면접과 시험을 보러 갔다.

계산도 잘했기 때문에 사무계 부서로 보내줄 거라고 믿었다.

그런데 배속된 곳은 '에녹 제2원정부대'라는 부대원수가 4명밖에 안 되는 부대였다. 그렇게 너무나도 불행한 나의 담당 임무는 위생병. 포레 엘프지만 회복 마법 따윈 쓰지 못한다고 필사적으로 설명했지만 약초에 대한 지식이 약간 있다고 말한 게 빌미가 되어 터무니없는 부대에 배속되고 말았다.

원정부대는 각지에 파견되어 마물 토벌이나 재해구조 등을 행하는 부대를 말했다.

장시간 말을 타고 다니지 않으면 안 되는 일이라는 걸 알고 현기증부터 났다. 예전부터 말을 타는 것은 좀……. 게다가 배속된 곳의 사람들을 보고 깜짝 놀랐다.

대장인 크로우 루드팅크는 올려다봐야 할 정도로 큰 몸에 얼굴을 뒤덮은 회색빛의 짙은 수염, 번쩍번쩍 빛나는 보라색 눈을 하고 있어서 마치 산적 두목처럼 보이는 남자였다. 등에는 믿을 수 없을 정도로 큰 검을 짊어지고 기사라는 분위기는 손톱만큼도 없었다.

'산적입니다'라고 소개받으면 '흐음, 그렇군요'라고 대답할 수 있을 정도였다.

부대장인 안나 벨리 씨는 젊은 여성으로 검은 단발머리에 푸른 눈을 가졌고 왜소한 몸에 쌍검을 사용했다. 왕도에 온 지 얼마 되지 않는 나에게 친절하게 대해줬다.

준 우르가스는 17~18살 정도로 나와 비슷한 나이의 청년. 옛날에 키우던 갈색 털의 개를 떠올리게 했다.

그리고 마지막 한 사람, 과묵한 가르 가르 씨는 늑대수인으로 몸은 산적 루드팅크 대장보다도 컸다. 빨간 털의 결이 곱고 인상은 예리하고 사나운 기사였지만 사실 인정이 많고 온화한 기질의 청년이었다.

그런 멤버로 업무 내용에 대해 자세한 설명도 듣지 못한 채 난 원정에 끌려가게 되었다.

오늘 임무는 왕도에서 말을 타고 3시간 정도 달려간 곳에 있는 숲에서 대량으로 발생한 마물을 토벌하는 것이었다. 난 말에 올라타고 있으라는 명을 받고 큰 냄비 같은 새로운 투구를 산적 대장에게 건네받았다.

"전투 중에는 이걸 쓰고 구석에서 떨고 있어, 산토끼."

"네?!"

산적 대장이 나의 길게 솟은 귀를 가리키며 산토끼라고 불렀다. 절대로 용서할 수 없다.

그건 그렇고, 그에게서 놀란 건 산적 같은 용모만이 아니었다.

대검을 다루는 산적 대장은 믿을 수 없을 정도로 강해서 마물을 단칼에 두 쪽을 냈다.

쌍검을 사용하는 벨리 부대장은 춤을 추듯 목 부분에 검을 미끄러트리며 확실하게 숨통을 끊어 놓았다.

틈을 봐서 청년 기사인 우르가스가 활을 쐈다. 쏘는 족족 마물의 정수리를 관통했다.

늑대수인 가르 씨는 마물을 꼬챙이에 꿰듯이 찔러 죽였다. 덩치는 크지만 의외로 움직임이 민첩했다.

그들은 틀림없이 소수정예의 실력이 확실한 기사들이었다.

하지만 전투 종료 후 피투성이로 돌아보는 모습은 산적과 그 부하들로밖에 보이지 않았다.

뭐랄까, 기사답게 유해를 앞에 두고 십자라도 그어줬으면 좋겠는데.

대신 내가 신에게 기도를 드렸다.

"이봐, 산토끼, 꾸물거리지 마."

산적 두목이 부르기에 난 큰 목소리로 대답했다.

이렇게 난 이 산적들—이 아니라 에녹 제2원정부대원들과 임무를 수행하게 된 것이다.

*

마물 토벌은 저녁까지 이어졌다.

주변은 완전히 어두워지자, 울창하고 무성한 나무들은 어떤지 기분이 나빴고 수상한 분위기를 자아내고 있었다.

야간에 이동하는 건 위험했기 때문에 오늘은 야영을 하기로 했다.

노숙이라니, 당연히 한 번도 해본 적 없었다.

그 주변에 떨어져 있는 나뭇가지를 장작으로 사용해 불을 붙였다.

점심은 마물의 시체를 너무 많이 봐서 도저히 먹을 수 없었지만, 아까부터 배가 꼬르륵 꼬르륵 울리는걸 보니 저녁은 먹을 수 있을 것 같다.

"자, 리스리스 위생병."

"아, 감사합니다."

벨리 부대장이 전투식량인 빵과 육포를 전해주었다. 그리고 가죽 부대에 들어 있는 물도.

"몸 상태는 어때?"

"아, 네. 괜찮습니다."

"그래? 다행이네."

위생병의 컨디션을 걱정해주다니…….

정신을 가다듬고 식사에 집중했다. 신에게 기도를 드리며 잘 챙겨 먹기로 했다.

우선 육포부터.

…………응, 안 씹혀.

게다가 맛이 전혀 없었다. 재료의 맛은 옛날 옛적에 죽어버린 것 같았다. 어째서 이렇게 된 건지 만든 사람에게 캐묻고 싶었다. 이와중에 눈앞에서는 루드팅크 대장이 파삭파삭 우적우적! 호쾌하게 육포를 씹고 있었다.

……산적이냐?

그런 감상을 마음속으로 읊조리며 이번에는 빵을 베어 물었다.

…………딱딱해. 이 근처에 굴러다니던 돌인가?

그리고 시큼해. 딱딱함도 그렇지만 맛도 아쉬웠다. 잠깐, 이런 걸 먹는 건 무리야. 빵은 빵이지만 먹을 수 없는 빵이라고.

또다시 내 눈앞에서 루드팅크 대장이 우드득우드득 소리를 내며 빵을 먹고 있었다. 식감이 우드득우드득이라니, 도저히 빵이라곤 생각할 수 없었다.

그나저나 이걸 태연하게 씹는 모습을 보니 저 사람은 쇳덩어리도 아무렇지 않게 먹을 수 있을 것 같다.

물은, 뭐지? 약초가 들어 있는 건가? 좀 끈덕진 느낌이 들었다. 뭔가 이유가 있어서 넣은 걸까? 혀가 삼키는 걸 거부하고 있어. 하지만, 하지만, 그런 것보다도.

"으악~!!"

바닥에 벌렁 자빠져서 비명을 질렀다.

머리를 감싸 안고 다리를 버둥거렸다.

배가 너무 고팠다. 하지만 먹고 싶은데 먹을 수 없었다. 그런 마음을 비명으로 표현했다.

"리스리스 위생병, 괜찮아요~?"

걱정스러운 얼굴로 우르가스 청년이 얼굴을 내밀고 들여다보았다.

"괘, 괜찮지 않아요……."

왕도의 보존식, 너무 맛이 없었다. 너무해, 이건 아니잖아.

절망에 빠진 순간 어떤 약초 냄새가 코끝을 스쳐지나갔다.

"응?"

시야에 들어온 그걸 뽑았다.

"약초 마늘이다!"

스프에 넣어서 풍미를 내는 약초였다. 가게에서 사면 좀 비싸기 때문에 늘 숲으로 캐러 갔었다. 기사대 기숙사로 들고 가 말려서 보관해야겠다.

정신없이 톡 톡 뽑다보니 그 주변에서 멋진 식재료를 발견했다.

"아, 후추 버섯!"

이건 후추 맛을 내는 버섯. 양념을 하지 않고 볶기만 해도 맛있었다.

이걸 저녁으로! 라고 생각했지만 후추 버섯만 먹기엔 매웠다. 평소에는 빵과 함께 먹었는데.

수프로 만들어도 맛있지만, 여기에 조리도구는 없었다.

매운 버섯과 딱딱하게 마른 고기, 단단한 빵. 아쉬운 식재료들.

난 다시 절망에 빠졌다.

"이봐, 산토끼, 딱딱해서 못 먹겠으면 삶아서 불리면 되잖아."

"아!!"

루드팅크 대장의 그 한 마디에 번뜩 생각이 떠올랐다.

난 타고 있던 말안장에서 오늘 지급된 냄비 같은 형태의 투구를 꺼냈다. 물을 부어보니 새는 것 같진 않았다. 새 것이었기 때문에 가볍게 물로 씻고 모닥불 위에 두었다. 그리고 펄펄 끓여서 소독을 했다.

"산토끼, 뭐 하는 거야?"

루드팅크 대장의 질문에 난 긴장한 목소리로 대답했다.

"이걸로 수프를 만들 거예요!"

뜨거운 물에 불리면 된다는 이야기를 듣고 생각해낸 것이었다. 단단한 빵이나 육포는 수프로 만들면 좋겠다고. 끓는 물을 버리고 뜨거워진 투구 속에 물을 부었다.

다음으로 나이프를 꺼내 빵과 마른 고기를 한 입 크기로 자른다. 하지만——.

"으으윽, 으으으으윽!"

단단해서 잘리지 않았다. 집에서 가장 잘 드는 나이프를 가지고 왔는데 어떻게 된 거야?

"어이, 이리 줘봐."

옆에서 불쑥 울퉁불퉁한 손이 등장했다. 루드팅크 대장의 손이었다.

내가 자르는 데 고생하고 있던 빵과 마른 고기를 한 입 크기로 잘게 찢어주었다.

"와, 굉장하다. 감사합니다."

감사하게 받아들고 투구 안에 넣었다.

보글보글 끓기 시작했을 때 약초 마늘과 후추 버섯을 칼로 얇게 썰어 넣었다.

옆에서 가르 씨가 코끝을 움찔거리고 있었다. 벨리 부대장은 신기한 듯한 얼굴로 바라보고 있었다.

우르가스는 반짝거리는 눈으로 수프를 들여다보고 있었다.

"우와아, 좋은 냄새가 나요."

"우르가스도 먹을래요?"

"그래도 될까요?"

"네에."

큰 투구 가득 만든 수프는 꽤 양이 많았기 때문에 혼자서는 다 먹을 수 없었다.

하지만 옆에서 같이 먹어줄 사람이 생겨서 일단 안심했다.

몇십 분 후, 수프는 완성되었다.

전체적으로 탁했고 마른 고기가 이상한 느낌으로 떠 있었지만 신경 쓰기 시작하면 이미 진 거나 다름없다.

드디어 식사를 할 수 있어! 그렇게 생각했는데 벨리 부대장에게 어떤 지적을 받았다.

"리스리스 위생병, 숟가락 있어?"

"아!"

그랬다. 수프를 먹는데 중요한 숟가락이 없었다.

모처럼 따끈따끈한 수프를 완성했는데 먹을 수 없다니. 충격으로 머리를 감싸 쥐고 있는데 잠깐 자리를 비웠던 가르 씨가 어떤 걸 내밀었다.

그건 내 얼굴보다도 크고 두꺼운 나뭇잎과 가늘고 긴 나뭇가지였다. 용도는 우르가스가 가르쳐주었다.

"아, 그거, 늘 물을 마실 때 쓰는 잎사귀!"

"으응?"

물을 마실 때 쓰는 잎사귀?

이야기를 들어보니 이 잎사귀를 둥글게 말아 물 같은 걸 마시는 것 같았다. 두껍고 강한 섬유로 구성되어 있었기 때문에 물 속에서도 풀어지지 않는다면서. 여기서 가르 씨의 의도를 이해했다.

"아아, 역시나!"

난 잎을 작게 자르고 둥글게 원뿔형으로 만들어 그 위에 나뭇가지를 찔러 넣었다. 이걸로 간이 숟가락이 완성되었다. 모처럼 모두 먹을 수 있을 만큼 많이 만들었으니 괜찮으면 먹어 보라고 나눠주었다.

"그럼 먹어볼까?!"

이름하야 '숲의 은혜를 품은 산적풍 수프'. 직접 만든 숟가락으로 떠서 한 입.

"아, 맛있어!"

예상보다 좋은 맛에 얼굴이 풀어졌다.

주변을 살펴보니 모두 다 나처럼 싱글벙글 웃고 있었다.

놀랍게도 육포에서 좋은 육수가 나온 것 같았다. 보기엔 별로지만 맛은 좋았다. 분명 제대로 씹으면 감칠맛을 느낄 수 있는 타입의 말린 음식이겠지.

다른 사람들도 맛있다고 말해주었다

그 딱딱했던 빵도 국물에 풀어져 눅진눅진해져 있었다. 수프를 빨아들여 먹기 쉬웠다. 육포도 부드러워져 있었고 비계가 탱탱해져서 입에서 녹아내렸다. 약초 마늘 덕분에 고기 누린내는 나지 않았고 후추 버섯 덕분에 살짝 매콤했다. 보기에는 좀 그렇지만 맛있었다. 아, 육포는 독특한 종류인 것 같다. 보통 이렇게까지 부드러워지지 않는데.

"루드팅크 대장도 괜찮으면 드세요."

"아니…… 산토끼나 많이 먹어라. 배고플 텐데."

뭐야? 산적 주제에 상냥하잖아.

강탈, 약탈이 일상 같은 얼굴을 하고 있으면서 의외라고 생각했다.

"감사합니다. 하지만 한 입만 드셔보세요."

왠지 우리만 따뜻한 수프를 먹는 것도 좀 미안해서 숟가락으로 떠서 입으로 내밀었다.

순간 눈을 동그랗게 뜨는 산적 두목. 이 아니라 루드팅크 대장.

필요 없는 건가 싶어 다시 가져오려는데 그대로 먹어주었다.

"어떠세요?"

"그럭저럭 맛있군."

"다행이네요. 더 드실래요?"

"아니, 됐어."

"그런가요?"

이걸로 죄책감은 사라졌다. 사양 않고 수프를 먹기로 했다.

어떻게든 자연의 도움을 받아 제대로 된 식사를 끝낼 수 있었다. 숲에서 살았을 때 얻은 지식에 감사를 드려야겠다.

그건 그렇고 이 부대 사람들이 정말 지독한 식사를 하고 있는 것 같아 가엾게 느껴졌다.

미각이 이상한 게 아니라 참으면서 먹고 있다는 게 딱하네. 그런 걸 먹어봤자 힘이 나질 않을 텐데. 식사를 재검토해보는 게 좋지 않을까?

뭐, 됐어. 오늘은 좀 피곤해.

좁은 숲이라 야영용 천막은 치지 못했고 이 근처에서 대충 자라는 말을 들었다. 너무해.

물론 침낭은 지급되었지만 얇아서 추웠고 지면은 울퉁불퉁했다. ……하아.

벨리 부대장이 옆에 누워 '열심히 했어'라고 위로해주었다.

힘들었지만 그 한 마디에 보상받은 것 같은 기분이 들었다. 내일은 일찍 일어나야 하니까 그만 자자.

이렇게 에녹 제2원정부대에서의 근무 첫날은 지나갔다.

아니, 노숙이라면, 보통은 잠들기 힘들잖아!

──아아, 밤하늘에 떠 있는 별이 아름답구나.(현실도피)

*

잠들기 힘들 것 같다고 떠들었지만 결국 별이 빛나는 밤하늘 아래에서 깊은 잠에 빠지고 말았다. 많이 피곤했기 때문에 잠들 수 있었겠지. 아침에 벨리 부대장과 함께 호수로 가서 세수를 했다.

간김에 수질검사기를 사용해서 마실 수 있는지 확인했다.

"그런 도구가 있었군."

"네. 마석으로 감지하는 마도구라고 하더라고요."

강이나 호수 중에는 기생충이 있어서 마실 수 없는 물이 있다.

그리고 마도구라는 건 마법 기술을 사용해서 만든 물건으로 정밀한 기술이 필요했기 때문에 하나하나가 고가였다. 대부분의 도구는 마력을 포함한 마석으로 움직였다.

수질검사기는 위생병에게 지급되는 7개의 도구 중 하나로, 처음 써보는 것이기에 손끝이 살짝 떨렸다.

"……그럼 조사해보겠습니다."

사용법은 간단했다. 십자 형태로 된 수질검사기의 끝부분을 물에 넣기만 하면 끝. 마셔도 되는 물이라면 물속에 넣은 마석이 푸른색으로 빛난다. 붉게 빛난다면 마실 수 없었다.

"오오!"

"어때?"

마석은 푸르게 빛났다. 아무래도 문제없는 듯 했다. 바로 목을 축였다.

호수는 굉장히 투명하고 맑았다. 손으로 떠서 마신 물도 맛있었다.

아침식사용으로 투구에 물을 떠서 돌아왔다.

호수 부근에서 낯익은 허브를 발견했다.

"아, 로즈마리!"

연한 파란색의 꽃을 피우는 로즈마리는 산뜻한 풍미가 있어 수프나 고기 요리의 누린내 제거에 사용되었다. 많이 피어 있었기 때문에 사양 않고 실컷 땄다.

그런 나에게 벨리 부대장이 진지하게 말을 걸었다.

"리스리스 위생병은 굉장하군. 나에게는 그저 들풀로밖에 보이지 않았는데."

"포레 엘프 마을에서는 하루하루의 삶이 걸려 있었으니까요."

18년 동안 몸에 익힌 숲속 생활의 기술은 좀처럼 무시할 수 없는 것이었다.

야영지로 돌아온 후 수프를 만들기 시작했다. 딱딱한 빵이나 육포는 가르 씨가 나이프로 잘라주었다. 과묵하지만 굉장히 신사적인 늑대였다.

재료는 어제와 거의 다르지 않았지만 누린내를 없애주는 로즈마리가 있었기 때문에 풍미는 훨씬 더 산뜻해졌다. 육포의 부드러운 비계는 맛있지만 아무래도 누린내가 좀 나니까.

아니, 그런데 보통 육포를 만들 때는 비계를 제거하는데…….

대체 누가 만든 건지 빵도 그렇지만 이렇게 딱딱한 것밖에 없다니 믿을 수가 없네.

우리 마을에서 먹는 보존식은 좀 더 맛있는데.

이게 기사단의 배급이라면 반드시 개선했으면 좋겠다.

"그러고 보니 산적……이 아니라 루드팅크 대장이 늦으시
네요."

이 근처를 산책하고 오겠다고 말한 이후 꽤 시간이 흘렀는데.

그런 이야기를 나누고 있는데 멀리서 발소리가 들렸다. 가르
씨도 움찔거리며 반응했다.

"아. 돌아온 모양이에요."

나의 발언을 듣고 눈을 똥그랗게 뜨는 우르가스.

"흐음, 리스리스 위생병, 꽤 귀가 좋네요~"

"뭐, 인족에 비해서 그렇지만요."

머지않아 루드팅크 대장이 돌아왔다.

"자, 아침밥이다!"

"으아아아악!"

갑자기 눈앞에 갈색 들새를 들이밀어 깜짝 놀라고 말았다.

피를 제거한 건지 목이 없었다. 루드팅크 대장은 인원수만큼
새를 사냥한 것 같았다.

"우와, 정말이지, 놀라게 좀 하지 마세요."

쿵쾅쿵쾅 심하게 고동치는 심장을 억누르며 항의했다. 하지만
대장은 즐거운 듯 으하하, 하고 웃을 뿐 반성하는 기색이 전혀
보이지 않았다.

루드팅크 대장은 수염이 덥수룩한 사람이지만 어쩌면 생각
보다 젊을지도 모르겠다. 겉으로 보기엔 30대 후반 정도로 보
이지만 하는 행동은 또래 장난꾸러기와 다름이 없었으니까. 내
가 누나는 아니었으면 좋겠는데. 그렇게 생각하며 꾹 참았다.

"아침은 벌써 먹었나?"

"네."

짐 속에서 끈을 꺼내 들새의 양다리를 빙글빙글 묶어 말안장에 매달았다.

"뭐야? 산토끼, 익숙해 보이는군."

"우리 마을에서는 고기는 전부 사냥으로 조달하니까요."

"깜짝 놀라기에 익숙하지 않은 줄 알았는데."

"아니, 갑자기 눈앞에 목이 없는 들새를 들이밀면 누구든 놀랄걸요."

쓸데없는 짓은 하지 말라고 거듭해서 못을 박아두었다.

각자 아침 식사를 끝내고 준비를 마치면 오늘도 마물 퇴치를 할 예정이다. 오늘은 장소를 바꾼다던데…….

가르 씨가 마물의 기색을 살폈다.

건너편에는 마물, 마물, 마물. 내가 살던 마을의 숲에는 없었기 때문에 놀라움의 연속이었다.

그것보다 깜짝 놀란 건 대원들의 전투 모습이지. 어쩜 저렇게 강할까.

피가 흩날리고 살덩이는 사방에 튀고 목은 포물선을 그리며 아득히 먼 곳으로 날아갔다.

우욱, 몇 번이나 치밀어 오르는 걸 억눌렀다. 이건 익숙해질 수밖에 없겠지.

몇 번의 전투를 끝내자 눈 깜짝할 사이에 점심시간이 되었다.

점심식사 재료는 물론 아침에 루드팅크 대장이 사냥한 들새였다. 난 기대하고 있었지만 다른 사람들은 그렇지 않은 것 같았다.

벨리 부대장은 지긋지긋하다는 듯 중얼거렸다.

"루드팅크 대장이 또 그 새를 잡아 온 거야……?"

"저거 맛없잖아요."

동의를 표하는 우르가스와 고개를 끄덕이는 가르 씨. 난 그 대화를 눈앞에서 보면서 놀랐다.

"저기, 이 들새, 굉장히 맛있어요."

"하지만 냄새가 많이 나니까."

"그렇죠."

어쩌면 사람이나 늑대수인과는 미각이 다른 걸지도 모른다. 만일을 위해 벨리 부대장에게 먹는 법을 물어보았다.

"루드팅크 대장이 쏴죽이면 바로 피를 뺀 다음 날개를 떼어내고 통구이, 보통 그렇게 먹지."

"깃털도 굽나요?"

"아니, 떼어내기만 해."

"그럼 내장은?"

"그대로 구워먹어."

"그럼 냄새가 날 수밖에 없죠!"

새의 깃털이나 내장 등을 깔끔하게 제거한 후 씻지 않으면 당연히 냄새가 나는 법이었다.

모처럼 맛있는 새를 잡았는데 먹는 법이 잘못되어 있었다.

"제가 말하는 대로 준비해주세요. 통구이는 정말 맛있지만 제대로 조리하지 않으면 맛이 죽으니까요!"

위세 좋게 지껄여대다 깜짝 놀랐다.

눈앞에 있는 건 기사대의 상사와 선배들. 무심코 잘난 척하는 말을 해버리고 말았다.

하지만 루드팅크 대장을 시작으로 벨리 부대장, 우르가스, 가르 씨는 솔직하게 고개를 끄덕이며 수긍해주었다.

일단 휴우, 마음을 다시 다잡고 작업을 시작했다.

우선 물을 끓이고, 그 물에 새를 집어넣어 모공을 열었다. 이렇게 하면 깃털은 눈 깜짝할 사이에 빠진다.

"오, 굉장해. 척척 빠지고 있어."

루드팅크 대장은 쉽게 빠지는 게 재미있는 듯 천진난만한 반응을 보여주었다.

뽑힌 깃털은 건져냈다. 깨끗하게 씻어서 낚시할 때 가짜 먹이로 쓰거나 바늘꽂이를 만들거나 다양한 물건으로 이용할 수 있기 때문이다.

뽑지 못한 깃털은 불로 달군 나이프로 지졌다. 깔끔하게 제거하지 않으면 먹을 때 냄새가 나게 된다.

깃털을 다 뽑았다면 엉덩이부터 나이프로 갈라서 내장을 뽑아낸다.

내장을 전부 비우면 물로 깨끗하게 씻고, 배 안에 딱딱한 빵과 로즈마리, 약초 마늘, 후추 버섯을 채워 넣는다.

겉에도 로즈마리 줄기를 꾹꾹 찔러 넣었다. 쇠막대기에 꽂아

굽고 싶다고 중얼거렸더니 가르 씨가 예비 창을 빌려주었다. 아직 한 번도 사용하지 않은 듯 했다.

호수에서 깨끗하게 씻어 뜨거운 물을 끼얹은 후 들새를 끼워 넣었다.

나머지는 좌우로 창을 지지할 곳을 나뭇가지로 만들어 중심에 불을 피워 굽기만 하면 된다.

창을 빙글빙글 돌리면서 전체적으로 구웠다.

노릇노릇한 빛깔로 구워지면 '들새 통구이' 완성!

"맛있어 보이는군."

들새 통구이를 눈앞에 두고 불쑥 중얼거리는 루드팅크 대장.

그렇습니다. 이건 틀림없이 맛있을 거예요.

창에서 들새를 뽑아 큰 잎사귀 위에 올려놓았다. 먹기 전에 기도를 드렸다. 자연과 생명에 감사를.

눈을 뜨자 식전 기도를 시작한 기사단 멤버들의 모습이.

이렇게 하고 있으면 기사님으로 보여서 신기했다. 아니, 진짜 기사님이지만.

각자 나이프를 꺼내 갓 구운 새를 먹기 좋게 잘랐다.

껍질은 바삭바삭하게 갈라졌고 주르륵 육즙이 흘러나왔다. 굉장히 맛있어 보였다.

루드팅크 대장은 허벅지에 칼을 넣어 뼈가 붙은 고기를 호쾌하게 물어뜯었다.

겉모습만 보면 완벽한 산적 같았다.

"루드팅크 대장, 어떠세요?"

"이거 맛있는데. 깜짝 놀랐어."

입에 맞는 것 같아서 무엇보다 다행이네요. 다른 사람들도 나이프를 능숙하게 사용해 통구이를 즐겼다.

벨리 부대장은 눈을 똥그랗게 떴다.

"늘 먹던 것과 같은 고기라고는 생각할 수 없을 정도야."

"지금까지 먹는 방법이 잘못됐나 봐요~ 이거 정말 맛있어요!"

우르가스도 마음에 든 것 같았다.

가르 씨는 눈이 반짝반짝 빛났다. 다행이다. 들새가 맛있다는 걸 알아줘서.

나도 본격적으로 먹기 시작했다.

넓적다리를 꺼내 뒷면을 서걱서걱 칼로 잘라냈다. 그러자 육즙이 주르륵 스며 나왔다.

작게 잘라 배 안에 넣어둬서 부드러워진 빵과 후추 버섯을 고기를 함께 먹었다.

"맛있어!"

너무 맛있어서 눈을 크게 떴다. 감상을 남기려고 했지만 '우후후'라는 말밖에 나오지 않았다.

바로 이거다. 빵에 새고기의 육즙이 스며들어서 혀 위에서 녹아내렸다. 로즈마리의 산뜻한 풍미와 후추 버섯의 진한 맛이 잘 어울렸다.

아주 큰 고기는 아니었지만 빵을 넣어둬서 배를 채울 수 있었다.

다른 사람들은 양이 좀 부족하겠지.

그건 그렇고 이번 임무는 이걸로 종료인 것 같았다. 드디어 왕도로 돌아갈 수 있다.

나도 모르게 좋았어! 라고 기뻐하고 말았다. 큰일이야.

"아, 루드팅크 대장, 돌아가기 전에 잠깐 괜찮을까요?"

잠시 시간이 나기에 오늘 아침부터 신경이 쓰였던 걸 질문해 봤다.

"뭐지? 산토끼."

"발바닥에 물집이 터진 것 아닌가요?"

"……왜 그렇게 생각해?"

"제 착각일지도 모르지만 아까부터 몸의 균형이 미묘하게 기운 것 같아서요. 혹시 발바닥이 아프신 건 아닌지~."

착각이라면 또 귀를 튕길지도 모른다는 생각에 재빨리 두건을 썼다.

하지만 루드팅크 대장은 멍하니 서 있을 뿐이었다.

"아닌가요?"

"아니, 맞아. 아까 전투 중에 물집이 터졌거든."

"역시나."

그렇다면 내가 할 일이다. 팔을 걷어 붙였다.

"그럼 부츠를 벗어보세요. 약초 찜질을 할 테니까요."

"뭐? 여기서?"

"네, 편해지실 겁니다."

루드팅크 대장은 또다시 눈을 똥그랗게 뜨고 나를 내려다보았다. 재촉했더니 앉아서 부츠를 벗어주었다.

"씻질 않았는데……."

"그런 걸 신경 쓰는 섬세한 부분이 있었군요."

역시 루드팅크 대장은 산적이 아니라 기사님이었다. 마음속으로 산적 우두머리라고 불러 미안하다고 사과했다.

이상한 부분에서 섬세한 건지 발을 이쪽으로 내밀려고 하지 않는 루드팅크 대장에게 말했다.

"이런 건 아버지와 할아버지를 치료하면서 익숙해졌거든요."

큰 동물을 사냥할 땐 며칠 동안 산에 머물면서 잡기도 했다. 돌아온 남자들의 발바닥은 대부분 물집이 터져 지독한 상태였다.

포레 엘프 마을의 마술 선생님이 직접 전수해준 약초 찜질은 물집 완치에 도움이 되었다.

집에서 가져온 분말약초를 물에 녹여서 으깼다.

루드팅크 대장의 딱해 보이는 발바닥을 깨끗하게 씻어 내고 말끔하게 닦아낸 다음 약초 찜질을 했다.

"아얏!"

얼굴이 일그러진 대장. 날 힐끗 노려보았다.

"치료니까요!"

아~ 즐거워.

지금까지 산토끼라고 부르면서 놀린 복수라고 생각하고 계속 약초 찜질을 이어갔다.

지금 이 상태로 잠시 방치. 몇 분 후, 깨끗하게 찜질팩을 벗겨냈다.

"어떠세요?"

"개운하군. 통증도 좀 줄어든 것 같아. 피로도 풀린 것 같고."

"발바닥엔 몸의 다양한 급소가 모여 있는데 그곳을 자극하면 전신의 피로가 개선된다고 합니다."

"그렇군. 포레 엘프의 지혜 주머니인가."

"그렇죠!"

루드틴크 대장에게 효과가 있었기 때문에 벨리 부대장과 우르가스에게도 약초 찜질을 해주었다.

다만 가르 씨는 특별히 피로도 느끼지 않는 것 같고 또한 약초 냄새를 싫어하는 것 같아서 그만두었다.

*

이틀 만에 기사대 기숙사로 돌아왔다. 흙먼지와 진흙으로 더러워져 있었기 때문에 한시라도 빨리 씻고 싶다.

루드틴크 대장은 기사대 기숙사 문 앞에서 해산하라고 말했다.

여성전용 기숙사로 돌아가려는데 그 대장이 날 불렀다.

"이봐, 산토끼."

"네?"

실수로 대답을 하고 말았다. 난 산토끼가 아니라 멜 리스리스입니다. 루드틴크 대장에게 거듭 확인해둔다.

"뭔가 불편한 건 없나?"

"루드팅크 대장이 제 이름을 잘못 부르고 목 없는 들새로 놀라게 하는 정도일까요? 아, 그리고 귀를 잡아당기셨죠. 굉장히 불쾌했어요."

"그, 그건……!"

모기만 한 목소리로 '미안했다'라고 말해주었다. 난 굉장히 관대하기 때문에 용서해주었다.

그건 그렇고 날 걱정해주다니 의외다. 나도 마음속으로 '산적 두목'이라고 불렀던 걸 다시 한 번 진심으로 사과해야겠다.

이야기는 이상이었다. 여기서 드디어 해산할 수 있었다.

기숙사에는 목욕탕이 기다리고 있다. 큰 욕조에는 뜨거운 물이 가득. 얼마나 사치스러운가.

마을에서는 냄비에 물을 끓여서 사용했다. 욕조에 몸을 담그는 건 한 달에 한두 번 정도였다. 물은 숲속 호수에서 퍼왔다. 그래서 욕조는 별로 사용할 일이 없었다.

몸을 씻고 욕조에 몸을 담갔다. 하아, 천국이다, 천국.

고민하다 용기를 내서 왕도로 왔지만 여러 가지로 공부도 되고, 잘한 일일지도 모르겠다. 숲에서의 삶은 나에게는 너무나 갑갑했다.

결혼을 할 수 없다면 어디 있어도 마찬가지. 그렇다면 손가락질 받지 않는 곳에서 유유자적하게 살고 싶었다. 뭐, 가족들과 떨어져서 외롭지만…….

이번에는 고독을 느끼며 하아, 하고 우울한 한숨을 내쉬었다.

기사의 일은 여러 가지로 힘들어 보였지만 제2부대 사람들은 일부를 제외하면 상냥한 사람들뿐이고 어떻게든 열심히 할 수 있을 것 같았다.

　그리고 왕도에는 맛있는 음식이 많이 있는 것 같으니 여기저기 돌아다니며 먹어보고 싶다.

　일단 월급이 나오면 마을에 나가서 과자라도 사서 동생들에게 보내줘야겠다.

　다음날.

　해가 뜨기 전에 일어났다. 옷을 갈아입고 머리를 길게 땋고 세수를 했다.

　아침은 식당에서 먹을 수 있었다. 사전에 월급에서 공제되기 때문에 입구에서 서명만 하면 된다.

　오늘 메뉴는―야채수프, 둥근 빵, 소시지, 삶은 계란.

　쟁반에 놓인 접시에 식사 담당 아주머니가 산처럼 담아주셨다.

　빵은 원하는 만큼 먹을 수 있었고 잼과 버터 또한 마음껏 사용할 수 있는 낙원 같은 곳이었다.

　"리스리스 씨, 빵 더 먹을래?"

　"아뇨, 충분히 먹었습니다. 감사합니다!"

　손바닥 정도 크기의 둥근 빵을 3개나 담아주셨으니 배가 부르지 않을 리가 없었다.

　지금까지 내가 대식가라고 생각했는데 주위의 여성 기사들은 더 많이 먹었다.

나도 단련하면 근육도 탄탄해질까?

아니, 위생병이기 때문에 굳이 단련까진 안 해도 되겠지만.

아침 식사를 마치고 제2원정부대 건물로 이동했다. 건물은 여성기사 기숙사에서 도보로 5분 정도 떨어진 곳에 있었다. 하지만 기사단은 압도적으로 남성이 많았기에, 기숙사에는 여성 기사들뿐이지만 원정부대 부지로 한 발 내밀자 전혀 눈에 띄지 않았다.

두 건물을 잇는 복도를 지나가고 있는데 주변 사람들이 힐끔힐끔 쳐다보았다. 분명 포레 엘프는 드물기 때문이겠지.

기사복 위에 걸친 상의의 두건을 쓰려는데 등 뒤에서 누군가가 말을 걸었다.

"뭐야~ 포레 엘프잖아."

뒤를 돌아보니 젊고 가녀린 기사가 서 있었다. 그를 본 기억은 당연히 없었다.

"왜 그래? 숲에서 길을 잃었어?"

정말 귀가 길게 솟아 있다며, 멋대로 빤히 들여다보았다.

첫 대면인 여성에게 실례인 것 같은데.

"넌 어느 부대야? 이름은?"

모르는 사람에게 함부로 이름을 말해선 안 됩니다. 어머니의 가르침이었다.

입을 꽉 다물고 질문은 무시했다.

그건 그렇고 이 남자, 놀라울 정도로 경박했다. 처음 보는 사람에게 말을 걸다니. 끈으로 묶지 않고 어깨까지 늘어뜨린 머리에 목걸이에 귀걸이에 겉모습도 화려했다.

"이런, 이런, 숲의 규칙이라 인사도 못 하는 건가?"

맞아! 이 자리에서 당장 외치려고 했는데 갑자기 두둥실 몸이 공중으로 붕 떴다.

눈앞에 보이는 건 털북숭이 얼굴에 몸집이 큰 남자의 모습.

"사, 산적이다~!!"

놀라서 그렇게 외쳤지만 자세히 보니 우리 대장이었다.

내 몸을 들어 올려 짐처럼 어깨에 메고 있었다. 어, 어째서?

"이봐, 키논, 우리 위생병에게 무슨 볼일이지?"

경박한 기사의 이름은 키논인 것 같았다. 그렇군. 들어본 적은 없지만.

"아, 아뇨~ 뭔가 곤란해 하는 것처럼 보여서."

정말, 눈곱만큼도 곤란해 하지 않았습니다. 마음대로 해석해 준 것 같은데.

"이 녀석은 우리 거야. 멋대로 행동하면 용서하지 않겠어."

"그, 그렇군요~."

그 말을 남기고 남자는 사라져버렸다. 아무래도 저 화려한 남자는 루드팅크 대장이 아는 사람인 것 같았다.

이렇게 해결! 이라고 생각했는데 멀리서 다다다다 기사들이 몰려들었다.

발소리는 루드팅크 대장 앞에서 멈췄다.

"무슨 일이지?"

"아니, 방금 산적이라고 외치는 소리가 들렸는데."

죄송합니다. 산적은 루드팅크 대장이었습니다.

난 몸이 들린 채 기사들에게 엉덩이를 향한 상태로 다가온 기사들에게 사과를 해야 했다.

"죄송합니다, 제가 루드팅크 대장을 산적이라고 착각하고……."

"아, 그런 거였군요……."

단숨에 어색한 분위기로 바뀌었다. 루드팅크 대장은 모인 기사들에게 해산을 명했다.

그 뒤에도 루드팅크 대장은 날 내려주지 않았다. 짐을 짊어지듯 옮겨주었다.

"이제 괜찮으니까 내려주세요."

"아장아장 걷고 있으니까 그런 별볼일 없는 녀석에게 붙잡히는 거야."

"정말 죄송했습니다."

"그건 그렇고 너, 아침은 제대로 먹었냐?"

"네, 많이 먹었는데요."

몸무게가 깃털처럼 가볍다는 말을 듣고 말았다. 그렇지 않은데.

아침에 먹는 빵의 개수를 늘려볼까……? 아니, 그건 무리야, 무리.

"위생병이니까 몸을 만들 필요는 없잖아요."

"체력이 없으면 원정에 따라올 수 없어."

"그건 그렇지만."

뭐, 그건 천천히 생활환경에 익숙해지면 하고 싶었다.

그런 이야기를 하는 사이에 제2원정부대 건물에 도착했다.

독립된 건물로, 목조로 된 단층집으로 도구를 넣어두는 오두막이 3개, 그리고 마구간이 있었다.

뭔가 많이 낡은……게 아니라 오래된 건물이었다. 여기가 에녹 제2부대의 본거지였다.

대장의 집무실에서 조례를 하고 각자 일을 나눠 수행하기로 했다.

부대장인 벨리 씨는 가르 씨와 체력 단련, 우르가스 청년은 나에게 일을 가르쳐줄 예정이었다.

5분 만에 조례는 끝나고 해산하게 되었다.

"말단의 일이 꽤 많네요~."

"맞아요~."

우선은 기사 건물 청소.

"아니, 이거 뭔가 굉장히 더러운데요."

"죄송합니다, 청소는 아무래도 서툴러서."

기사 건물 청소도 기사의 업무인 듯했다.

복도는 먼지투성이였고 방은 잡다한 분위기, 간이 부엌에는 빨랫감이 쌓여 있었다.

"청소 빈도는?"

"일주일…… 아니, 2주일에 한 번?"

기절하는 줄 알았다. 너무 더럽잖아.

"우르가스, 청소는 매일 하지 않으면 안 돼요."

"아니, 그런 건 무리──."

"해야 해요!"

"으, 네⋯⋯."

우리는 분담해서 청소를 하게 되었다.

"우르가스, 그런 식으로 하면 안 돼요! 좀 더 허리에 힘을 주고──."

기본적인 청소 방법이 잘못되어 있었기 때문에 내가 지도하기로 했다.

누가 선배인지 알 수가 없었다.

점심때까지 기사 건물을 계속 청소했다. 도중에 루드팅크 대장이 회의로 빠졌기 때문에 특히 더러웠던 집무실도 환기를 하고 깨끗하게 치웠다.

"이거 봐요, 방이 깨끗하니까 기분 좋죠?"

"그, 그러네요."

단 반나절의 청소로 우르가스는 원정에 나갔다 돌아오는 것보다 훨씬 더 피곤해했다.

수행이 부족해!

기사대 중앙식당에서 점심을 먹고 오후엔 바깥에 있는 오두막으로 안내되었다.

3개 중 하나는 무기고, 다른 하나는 도구창고, 또 하나는──.

"보존식 오두막이에요."

나왔다! 그 딱딱하고 맛없는 보존식!

원정길에 갖고 가는 보존식은 예산을 할당받아 직접 사게 되어 있는 것 같았다.

"뭐, 여러 가지 일이 있어서 직접 만들게 되었지만요――."

도서관에서 빌린 책을 기초로 스스로 육포나 건조 빵을 만들게 되었다고 했다.

확실히 식사량은 많았지만 아쉬운 방법이었다.

끼이익 문을 열자 고기 냄새가 덮쳐왔다.

"우욱!"

"죄송합니다……."

내부엔 끈에 매달린 고기와 건조 중인 빵이 늘어져 있었다.

"왠지 고기가 상한 듯한 냄새가……!"

"앗, 그저께 사온 고기를 그대로 깜빡하고 말았네요."

"뭐라고요~?!"

냄새의 원인은 방치된 날고기였다.

갑자기 출정 명령이 떨어져서 가공할 여유가 없었던 것 같았다.

"가공이라니, 우르가스가 육포를?"

"네, 보존식을 만드는 것도 말단의 일이거든요."

"역시나."

이 고기는 대체 어떤 공정을 거쳐 만들어지는 걸까? 조심스레 질문해봤다.

"아, 그러니까~ 우선 시장에서 고기 덩어리를 사서 얇게 저민 다음 구워서 삶고 마지막으로 말리는 거예요."

"……아, 네."

기본적으로 만드는 방법이 잘못되어 있었다. 뭐, 불을 사용했다는 것만은 다행이라고나 할까.

소금도 뿌리지 않고 날것 그대로 말렸다면 분명 원정지에서 죽었겠지.

난 용기를 내서 생각했던 말을 내뱉었다.

"이 육포와 빵은 굉장히 딱딱하고 시큼한 데다 맛이 없어서 엄청 먹기 힘들었어요."

"처음에는 저희도 그렇게 생각했지만 점점 익숙해지는 게 무섭다고나 할까……."

역시 참고 있었던 모양이다. 이런 걸 참고 먹지 않아도 맛있게 고기를 말리는 방법이 있는데.

"우르가스, 어떻게든 해보죠."

"네, 잘 부탁드릴게요."

재빨리 해결해야 할 문제라고 생각했다.

"우선 시장으로 가요."

난 우르가스에게 맛있는 육포를 만들자고 제안했다.

＊

우르가스와 함께 장을 보기 위해 시장으로 향했다.

실은 왕도 시장은 처음이었기 때문에 좀 두근거렸다. 소매치기도 많다고 들어서 지갑에는 끈을 달아 품속에서 꽉 쥐고 있었다.

"리스리스 위생병, 괜찮아요. 기사의 지갑을 노리는 녀석은 없으니까요."

"그건 모르는 일이잖아요!"

남의 것을 훔치는 녀석이 궁지에 몰린 정신 상태에서 무슨 짓을 할지 모르는 일이었다. 조심해서 나쁠 건 없었다. 게다가 지갑 안에는 언젠가 쓰려고 모아둔 돈이 들어 있었다. 잠시라도 방심하는 건 위험했다.

기사대 주둔지에서 도보로 30분 정도 거리에 있는 왕도 시장에 도착했다.

가게가 죽 늘어선 모습은 한 마디로 압권이었다.

"굉장하네요."

"축제 때는 움직일 수 없을 정도로 혼잡하죠."

"흐음~."

그곳을 순회하면서 경비를 서게 될 텐데 그럼 굉장히 힘들 것 같았다.

"아, 축제 때는 인원이 부족해지기 때문에 원정부대인 우리도 끌려나오게 될 거예요."

"마, 말도 안 돼……."

난 인파 속에 꽉꽉 찌그러져서 고기 완자가 될 것 같았다.

그런 이야기를 나누면서 시장 속으로 들어갔다.

입구 쪽에는 잡화 가게가 늘어서 있었다.

도자기 컵이 비좁게 진열되어 있고 컵에는 식물이나 동물 그림이 그려져 있어서 굉장히 귀여웠다. 그러고 보니 개인전용 컵이 없었기 때문에 갖고 싶었다. 지금은 근무 중이니까 쉬는 날

사야겠지만.

다음 가게는 펜이 예쁘게 진열되어 있는 가게. 꽃무늬가 조각된 펜의 아름다움이란! 이것도 갖고 싶었다. 잉크는 검은 색 말고도 많은 색깔이 있었는데 어떤 색인지 신경이 쓰였다. 다음 통로에는 꽃집이 보였다.

포레 엘프의 숲에서 흔히 자생하고 있는 꽃이 고가에 판매되고 있는데다 불티나게 팔리고 있었기 때문에, 여차하면 나도 여기서 장사를 할 수 있을 것 같았다.

옆에는 빵집. 밀가루가 구워지는 냄새가 참을 수 없었다. 산처럼 진열된 모양은 압권이었다.

초콜릿이나 커스타드 크림 등이 들어 있는 달콤한 빵도 있었다. 이런 빵들은 먹어본 적이 없었기 때문에 굉장히 신경이 쓰였지만 지금은 일하는 중이니까 그건 다음에 맛보기로 하자.

"아, 보존식용 빵도 사야겠네요."

빵은 역시 직접 만든 게 아니라 시장에서 산 걸 얇게 슬라이스해서 건조시키는 듯했다.

지금까진 곰팡이만 생기지 않으면 먹어도 문제가 없다는 판단을 했던 것 같았다.

뭐든지 말리면 보존가능하다는 생각을 어떻게든 바꾸고 싶었다.

"리스리스 위생병, 보존식용 빵으로 추천할 게 있나요?"

"아마 여긴 없을 것 같네요."

보통 빵의 보존기간은 길어야 2주 정도. 하지만 내가 아는 빵은 3개월 정도 보존됐다.

포레 엘프의 숲에선 1년에 한 번 큰 눈이 내린다. 그렇게 되면 아궁이 온도가 잘 올라가지 않아 빵도 구울 수 없게 된다. 그래서 큰 눈에 대비해 한 달 치 빵을 굽는 날이 있었는데 그때만큼은 특별한 천연효모를 사용해서 만들었다.

"특별한 천연효모 말인가요?"

"네."

장기보존 가능한 빵은 시큼한 게 많지만 우리 마을의 특제 빵은 부드러워 입에서 살살 녹고 별로 시큼하지 않았다. 이 빵을 먹을 겨울날이 기대될 정도로 맛있었다.

"흐음, 그렇군요."

"네. 저희 마을에서는 열다섯 살이 되면 천연효모를 만들기 위해 숲 밖에 있는 마을로 나가죠."

그걸 시집갈 때까지 씨를 뿌려서 키운다. 하지만 나의 천연효모는 혼수(婚需)가 되지 못할 것 같기에 왠지 안타까웠다.

그래서 3년이나 키운 천연효모를 기사대에 취직하면서 갖고 왔기 때문에 빵은 언제든지 만들 수 있었다. 운이 좋았네.

"그러니까 빵 만들기도 맡겨주세요."

"그건 감사한 말이네요. 시큼한 빵은 가능한 한 피하고 싶었는데……."

"그렇죠……."

그 빵의 딱딱함과 독특한 시큼함은 잊을 수 없었다.

효모의 시큼함이라면 괜찮았겠지만 그건 대체……. 아니, 아니, 배가 아프지 않았던 것만으로도 다행이라고 생각하자.

"그러고 보니 천연효모를 만들기 위해 외부로 나간다니, 마을에서는 만들 수 없는 건가요?"

"맞아요. 갓 태어난 송아지가 초유를 마신 뒤의 장내 물질이 필요하거든요. 마을에서 가축은 키우지 않기 때문에 외부로 가지러 가지 않으면 안 돼요."

"흐음, 송아지의 장내 물질. 그런 걸로 천연효모가 만들어지는군요~."

"네. 보수성과 방부성, 항균성이 있는 맛있는 빵이죠."

가축 농가는 마을에서 채집한 대량의 나무 열매나 버섯과 교환하면 송아지의 장내 물질을 흔쾌히 제공해줬다.

다만 효모의 관리가 힘들어서 정신을 차려 보면 엉망이 되어버리는 일도 적지 않았다. 마을에서는 지하에 구멍을 파고 소중히 보관했다.

다행히 기숙사 식당에는 커다란 지하창고가 있었기 때문에 거기 놔두기로 했다. 매일 지켜봐야 하기 때문에 돌아왔을 때 제대로 살아있는지 걱정이 됐지만 문제는 없는 것 같았다.

부드럽게 부풀고 장기보존을 가능하게 하는 빵의 비밀은 효모와 유산균의 공생에 있었다.

정장 작용이나 면역력 향상의 효과도 있어서 건강에도 좋았다.

다만 빵 반죽이 기존의 빵보다 부드러워 다루기 어려웠다. 그래서 마을 여성들은 귀찮아서 만들고 싶어 하지 않았다.

난 그렇게까지 싫어하지 않았기 때문에 한 달에 한 번 만드는 것 정도라면 딱히 문제는 없었다.

"그럼 기대할게요."

"맡겨주세요!"

이러저런 이야기를 하면서 청과물, 통조림, 건어물 등 다양한 가게 앞을 지나쳤다.

목적지인 정육점은 식료품 거리 끝에 있었다.

다양한 종류의 고기가 가게 앞에 매달려 있었는데 그것 또한 압권이었다.

"아, 리스리스 위생병, 마침 고기 세일을 하고 있네요!"

점원이 추천한 건 삼각우—이마에 3개의 뿔이 있는 소의 비계가 많은 부위였다.

"우르가스, 잠깐만요. 육포를 만들 때 비계는 전부 제거해야 하니까 최대한 붉은 살이 많은 부위로 해주세요. 그리고 삼각우를 말린 건 확실히 맛있다고 들었지만 아마추어에겐 어울리지 않아요. 게다가 지방을 제거하면 먹을 수 있는 양은 얼마 안 돼요."

마을에서는 산사슴 고기로 만들었다. 가장 맛있는 건 야생 멧돼지 고기. 가축을 키우지 않는 마을에서는 고급품이었다.

"아, 야생 멧돼지 고기, 싸네요. 이걸로 하죠."

야생 멧돼지는 이빨이 긴 가축. 보기엔 무섭지만 맛있는 고기였다.

시장에서 팔고 있는 야생 멧돼지 고기는 행상인이 팔던 가격의 반값 이하. 행상인이 바가지를 씌웠다는 걸 지금에서야 알게 됐다. 절대로 용서 못 해.

분노는 일단 잊기로 하고 예산이 허락하는 한도 내에서 고기 덩어리를 구입했다. 예전엔 소고기를 샀기 때문에 의외로 저렴하게 끝낸 것 같았다.

비축해둔 조미료는 소금과 후추 정도이기에 설탕과 향신료를 몇 종류, 그리고 포도주를 2병 구입했다.

구입한 물품을 들고 기사대 건물로 돌아가서 상하기 전에 서둘러 가공에 들어갔다.

제2원정부대 건물 간이 부엌에서 조리를 개시했다. 조수는 우르가스 씨. 손을 깨끗하게 씻고 머리를 묶고 앞치마를 맨 다음 작업을 시작했다.

"우선 고기 표면을 포크로 찌를게요."

고기 전체에 소금이 골고루 퍼질 수 있게 포크로 구멍을 만들었다. 그리고 소금, 분말 향신료와 건조 향신료를 뿌리고 꼼꼼히 주물러준다. 나머지는 청결한 가죽 부대에 넣고 냉동실 안에서 7일 정도 보관한다. 그 사이에 계속 뒤집어주며 물기를 닦아준다.

"꽤 시간이 걸리네요."

"네에, 수고가 많이 들어가요."

염장에 7일, 소금을 제거하는 데에 반나절, 건조에 1일, 그 이후 몇 시간 훈제시키면 완성.

"이런 느낌으로 완성이 되려면 조금 더 기다려야 되겠지만."

"그렇군요."

수첩에 만드는 방법을 적고 있었다. 우르가스는 공부를 열심히 하는 청년이었다.

"보존식은 그 외에 어떤 게 있나요?"

"보존식이라고는 할 수 없지만 건과일이 들어간 케이크는 한두 달 보관할 수 있고 날이 가면 갈수록 맛있어져요."

따로 버섯도 건조시키면 장기보존이 가능해진다. 수프의 좋은 육수 재료가 되는 것이었다.

"정말로 원정지에서도 맛있는 음식을 먹고 싶어요~."

꿈을 꾸듯 우르가스가 말하기에 바로 동의하는 나.

힘든 원정길에서 식사라도 즐길 수 있도록 다양한 걸 생각해 봐야겠다.

오늘은 청소와 육포 만들기로 하루가 끝나고 말았다.

육포는 완성될 때까지 10일 정도가 걸리기 때문에 그때까지 원정이 잡히지 않기를 마음속으로 빌었다.

기사단의 임무는 규칙적이지 않은 것 같았다.

돌아와서 쉴 틈도 없이 마물 퇴치를 명받거나 한 달 내내 일이 없거나.

그건 그렇고, 내일은 천연효모 빵을 구울 생각이었다. 주방의 화덕을 빌리고 싶은데 어디서 빌릴 수 있을까? 식당은 어려울 텐데.

그리고 보존식 종류를 늘리고 싶네. 빵과 육포만으로는 부족할 테니.

훈제육과 비스킷 같은 것도 오래 보관할 수 있어. 잼이나 간 파테도 빵에 바르면 맛있겠지. 하지만 병은 무거우려나? 야채 오일 절임도 있으면 원정지에서 영양부족으로 고민하지 않아도 될 것 같네.

아, 그리고 조개 오일 절임도 좋아! 그건 맛있으니까.

숲에 사는 포레 엘프에게 바다의 어패류는 고급품이었다. 이 것도 시장에서 싸게 살 수 있으려나? 다음에 조사하러 가봐야 겠다.

꿀에 절인 과일이나 건조 과일도 만들자, 라고 생각하다보니 왠지 점점 즐거워졌다. 소풍가는 건 아니지만.

내가 태평하게 음식만 생각할 수 있는 것도 제2원정부대 대원 들이 강하기 때문이겠지.

그들을 완전히 의지하고 있었다.

태양이 자줏빛으로 변하자 퇴근 시간이 되었다. 다시 대장의 집무실로 돌아가서 종례를 했다.

"특별히 말할 건 없다. 해산, 이라고 하고 싶지만……벨리."

벨리 부대장으로부터 뭔가 할 말이 있는 것 같았다. 그것 참, 대체 무슨 일일까?

"오늘은 새로운 동료가 된 리스리스 위생병의 환영회를 열 예 정입니다."

깜짝 놀라서 귀가 움찔 튀어 올랐다.

두리번두리번 주변을 바라보았지만 모두 침착한 표정이었다.

아무래도 모르는 건 나쁜인 것 같다.

"리스리스 위생병, 일정은 괜찮나?"

"네, 문제없습니다! 저기, 정말 기뻐요!"

설마 환영회를 열어줄 줄이야. 눈시울이 뜨거워졌다.

여기에 올 때까지 포레 엘프라는 이유로 계속 일을 거절당해 왔다. 왕도에서 일하는 건 무리일 것 같다고 생각한 날도 있었지만 이렇게 따뜻하게 맞아주는 장소가 있었다. 동료라고 인정해주는 사람들이 있었다. 정말 감사하다고 진심으로 인사를 건네고 싶었다.

"그럼 바로 나가자. 가게를 예약해뒀어."

"아, 감사합니다. 저 같은 걸 위해……!"

"신경 쓰지 마, 가끔은 신나게 즐기고 싶을 때도 있으니까."

기사대 제복을 입은 채 거리로 나갔다.

저녁 무렵엔 오후에 왔을 때보다 사람의 왕래가 많았다. 다들 큰 짐을 들고 조급하게 이동하고 있었다.

거리엔 정말 다양한 가게가 즐비했기 때문에 보고 있는 것만으로도 질리지 않았다.

지나가면서 벨리 부대장이 맛있는 과자 가게나 커피숍 등 여러 가지를 가르쳐주었다.

"리스리스 위생병, 못 먹는 음식은 없나?"

"아뇨, 전혀 없습니다."

고기도 야채도 생선도 전부 좋아합니다.

대가족 속에서 자랐기 때문에 식탐이 많았다. 야채 껍질이나 뿌리도 먹었고 숲의 수액을 채취해서 사탕을 만든 적도 있었다.

그나마도 나이가 들면서 어린 여동생이나 남동생들에게 양보해야 했기 때문에 숲에 나무 열매를 따러 가거나 밀가루 양을 늘려 비스킷을 굽기도 했다. 그것 또한 공복인 동생들에게 내어 주고 내 입속으로는 별로 들어오지 않았지만.

"리스리스 위생병, 오늘은 많이 먹어."

"제 고기를 먹어도 돼요!"

가볍게 신상에 대해 이야기했더니 벨리 부대장과 우르가스가 날 동정해줬다. 흔히 있는 이야기라고 생각했는데 왕도에서는 흔치 않은 이야기구나.

그런 생각을 하는 사이에 환영회 장소에 도착했다. 굉장히 혼잡한 걸 보니 인기가 많은 가게인 것 같았다.

가게 내의 손님들은 대부분 기사.

"어서 오세요~! 아, 크로우!"

금발에 푸른 눈, 훤칠하게 키가 큰 아가씨가 우리를 맞이해 줬다. 긴 머리를 높이 묶었고 입술 밑에 있는 점이 굉장히 매력적이었다.

아가씨는 루드팅크 대장의 팔짱을 끼고 오랜만이라고 말했다. 아무래도 제2원정부대의 대원들은 이곳의 단골인 것 같았다.

그런데, 저 정도 미인 아가씨에게 안기고도 무표정인 루드팅크 대장이 대단해 보였다.

아마 왕도에서는 산적 스타일의 남자가 인기가 많은 모양이었다.

"가르도 오랜만이야!"

그렇게 말하면서 아가씨는 가르, 우르가스, 벨리 부대장과 차례차례 부둥켜안았다. 아무래도 박애주의자인 것 같았다. 하지만 끌어안긴 사람들은 전부 다 무표정이었다. 어째서?

벨리 부대장이 날 소개해주었다.

"자라, 이 아이가 새로운 대원. 위생병인 멜 리스리스."

"어머, 포레 엘프잖아! 특이하네."

"안녕하세요, 처음 뵙겠습니다."

"난 자라 아트라고 해."

"자라 씨라고 하는군요."

손을 내밀자 꽉 쥐고 그대로 끌어당겼다.

"으악!"

웬일인지 나까지 뜨거운 포옹을 받았다.

"……응?"

왠지 여성치고는 몸이 단단한 것 같은데……?

"정말 귀엽다……."

그리고 여성치고는 낮고 걸걸한 목소리로 속삭였다.

귀엽다는 말을 들어본 적은 없어서 좀 쑥스러웠다.

이제 슬슬 괜찮겠지 싶어서 몸을 뒤로 빼려는데 꽉 안겨 움직일 수가 없었다. 이건 대체 어떻게 된 거지?

"자라, 그 정도로 해둬."

루드팅크 대장이 말려주었다. 자라 씨는 '미안해요, 나도 모르게……'라고 말하면서 몸을 뗐다.

"이 녀석은 바로 다른 사람을 끌어안는 버릇이 있으니까 주의하도록 해."

"크로우, 나의 포옹을 재난처럼 말하다니, 너무해."

"재난 아니면 뭐야?! 남자의 포옹을 받고 기뻐할 남자가 있으면 어디 나와 보라고 해."

"여기 손님들은 내 포옹을 기뻐해주는데……."

방금 남자라는, 그냥 넘길 수 없는 말이 들린 것 같은데……?

힐끔 겉모습을 살펴봤다. 자라 씨는 날 위해 찡긋 하고 한쪽 눈을 감았다 떠보였다. 어떻게 해야 좋을지 몰라 쓴웃음을 흘리고 말았다.

"이 녀석은 남자야."

"네에? 자라 씨가 남성?!"

"그래. 원래 기사였는데 '용맹한 도끼의 귀공자'라고 불렸지."

"히익~."

어디부터 놀라야 좋을지 알 수가 없었다.

아름다운 여성으로밖에 보이지 않았지만 확실히 키도 크고 목소리도 저음이었다. 가슴은 단단했다.

지금은 기사대를 관두고 이곳 식당에서 간판 아가씨(?)로 일하고 있다고 했다.

"멜 같은 아이가 있다면 나도 그냥 복직할까?"

그 중얼거림에 반응한 건 벨리 부대장.

"정말? 자라가 있으면 나에게 도움이 될 거야. 우리 부대는 전력이 치우쳐 있어서 곤란한 점이 많다고."

"아, 하지만 원정은 싫어. 목욕도 못 하고 전투식량은 맛도 없고."

참고로 자라 씨는 제1왕녀님의 왕족친위대에 있었다고 한다. 원정은 없지만 여러 가지로 느낀 점이 있어 관뒀다나.

"뭐, 목욕은 어쩔 수 없고. 하지만 음식은 리스리스 위생병이 개선해줄 거야. 얼마 전에 먹은 투구를 냄비 대신으로 써서 만들어준 수프는 맛있었어."

"흐음."

힐끔 자라 씨는 날 바라보았다. 왜 그러나 했더니, 예상 밖의 말을 꺼내는 거 아닌가.

"날 만족시킬 만한 보존식 요리를 만들어준다면 원정부대에 들어가 줄게."

뭐야, 이 도전장을 들이미는 것 같은 전개는. 그걸 들은 벨리 부대장은 기뻐했다.

"자라가 들어와 준다면 일당백이지! 리스리스 위생병, 최선을 다해줘!"

"네? 아, 네에……."

뭐가 뭔지 잘 모르겠지만 '노려라, 자라 씨의 입대'라는 주제로 요리를 만들게 되었다.

아직 보존식도 갖춰져 있지 않았고 도전은 아직 먼 일이겠지만.

"아, 미안, 이야기에 열중하는 바람에. 안쪽에 자리를 준비해

됐어!"

떠들썩한 곳을 지나 안쪽으로 들어가 조용한 방으로 안내받았다.

요리는 추천 코스인 것 같았다.

"우선 건배부터 할까."

난 술을 못 마시기 때문에 과실즙을 준비해주었다. 건배 선창은 우르가스가 담당했다.

"그럼 새로운 동료, 리스리스 위생병의 입대를 축하하며!"

나무 컵을 들고 건배했다. 포도 과실즙은 새콤달콤하고 굉장히 맛있었다.

그 이후 계속 요리가 놓여졌다.

자라 씨가 가지고 온 건 둥근 접시에 가득 담긴 커다란 파이. 표면의 반죽은 둥글게 부풀어있었고 노릇노릇 맛있게 구워져 있었다.

"멜, 이건 우리 가게의 명물이야."

삼각우 고기로 만든 파이라는 것 같았다. 5인분이라 내 얼굴보다 컸다. 자라 씨가 칼집을 냈더니 주르륵 육즙이 흘러넘쳤다.

앞 접시에 나눠 담고 나이프와 포크를 건네받았다.

그 이후 쪄서 으깬 감자를 곁들여주었다. 이것도 양념이 섞여 맛있어 보였다.

바로 먹고 싶었지만 우선 신에게 감사 기도를 드려야 했다.

──신이시여, 멋진 식사 감사합니다! 이 요리가 몸의 양식과

마음의 양식이 되기를!

참고로 기도 내용은 매일 다양했다. 중요한 건 신앙심이었다.

기도를 끝내고 바로 삼각우 파이를 먹기로 했다.

칼로 잘랐더니 반죽이 바사삭 갈라졌다. 안쪽에 든 다진 고기는 질척질척해질 때까지 푹 삶은 것 같았다. 한 입 크기로 잘라서 먹었다.

"앗뜨……!"

갓 구웠기 때문에 따끈따끈, 후후 불어 입속에서 식혀가면서 천천히 음미했다.

"으음?!"

찡긋 미간을 찌푸렸다. 그리고 예민한 감각으로 우물우물 곰곰이 맛보았다.

맛있어, 그저 맛있었다.

우선 버터의 풍부한 풍미에 놀랐다. 파이의 반죽뿐만 아니라 고기에도 밑간이 되어 있는 것 같았다. 그리고 향신료로 제대로 양념된 고기는 잡내 따위 전혀 나지 않고 그저 맛있다는 말밖에 할 게 없었다.

곁들어진 감자와 고기를 같이 먹으면 양념의 풍미로 맛이 변했다. 감칠맛이 더해지는 듯이. 진짜 맛있어. 정신없이 파이를 먹는 나에게 벨리 부대장이 부드럽게 말을 걸어주었다.

"리스리스 위생병, 맛있어?"

"마있어요……!"

혀에서 살살 녹아내려 제대로 말을 할 수 없었다. 그 이후 내놓은 수프도 나무 열매와 고기볶음도 생선찜도 전부 맛있었다.

왕도에 오길 잘했다고 진심으로 생각할 수 있는 요리였다. 월급이 나오면 또 오고 싶었다.

*

즐거운 환영회로부터 하루가 지났다.

오늘은 루드팅크 대장에게 보존식 준비와 보관 창고 정리를 명받았다.

보존식을 늘리는 건 좋았다. 하지만 그 전에 할 일이 있었다. 그건 우르가스가 열심히 만든 빵과 고기 보존식 처분이었다. 물론 버리지는 않았다. 그런 짓을 하면 벌을 받을 테니까.

"그래서 리스리스 위생병, 어떻게 할 거예요? 이거?"

"물론 열심히 먹어야죠!"

다행히 원정에서 돌아왔기 때문에 재고는 그렇게 많지 않았다. 그래서 점심은 육포와 건조 빵을 사용한 요리를 만들기로 했다.

"그러니까 오늘은 보존식을 사용해서 점심을 만들 거예요."

우르가스는 '오오~!'라고 감탄하며 손뼉을 쳤다.

이 보존식 소비에 대해서는 제대로 계획을 세우고 있었다.

책상 위에 가죽 주머니를 4개를 탁, 하고 올려놨다.

"첫 번째와 두 번째 주머니는 여기."

"채소와 감자……네요."

"네, 맞아요."

식당에서는 쓰지 않는 걸 싼값에 얻어왔다.

"세 번째 주머니는 이거예요."

"고기 비계인가요?"

"정답이에요."

아주머니가 전부 버리려고 했던 고기 비계. 아까웠다. 멋진 식재료인데.

그리고 마지막은 밤에 식당에서 내가 만든 것이었다.

"오오, 빵이네요!"

"네에, 천연효모 빵이에요. 모두의 입에 맞았으면 좋겠는데."

오랜만에 만들어서 모양이 좀 찌그러졌지만 그럭저럭 괜찮았다.

팔을 걷어붙이고 머리를 묶고 앞치마를 걸치고 조리를 개시했다.

"그럼 우르가스는 이걸 가루로 만들어주세요."

"아, 네."

그에게 건네준 건 맛없는 건조 빵. 금속 강판으로 빵가루로 만들어 달라고 부탁했다. 빵이 단단해서 꽤 힘이 들겠지만. 힘내라, 청년!

그동안 나는 대량의 감자를 깨끗하게 씻어 냄비에 쪘다. 거기에 어젯밤에 불려놓은 말린 삼각우 고기와 비계를 깍둑썰기 해 넣고 비린내를 없애주는 향초를 섞었다.

삼각우, 먹어본 적은 몇 번 없지만 말린 걸 물에 불렸더니 굉장히 부드러웠다. 이 고기의 특징인 건가? 아니면 우르가스의 독특한 방식 덕분인 건가. 평범한 고기로는 이렇게 되지 않을 텐데…….

고기에 소금과 후추를 뿌리고 볶았다.

치익 치익 구워지는 소리와 함께 구수한 냄새가 살짝 감돌았다. 이것만으로도 맛있어 보였다.

다 구워진 고기는 그대로 방치. 열을 식혔다.

다음으로 찐 감자를 냄비에서 꺼내 물을 뺐다.

야채 껍질엔 영양가가 있기 때문에 벗기지 않고 그대로 먹는다. 따끈따끈한 감자에 소금, 후추로 약한 진하게 밑간을 하고 밀대로 으깼다.

"고기랑 감자……맛있겠네요."

"틀림없이 이대로도 맛있을 거예요. 그건 그렇고 빵은 다 갈았나요?"

"아니, 아직이에요. 저기, 열심히 할게요."

우르가스는 다부지게 빵을 갈았다. 분명 굉장히 단단하겠지.

고생하는 우르가스가 불쌍해서 손바닥에 으깬 감자를 펼치고 그 위에 고기를 올려 살짝 말아서 입에 넣어주었다.

"마, 맛있어……!"

"이게 지금부터 좀 더 맛있어질 거예요."

"기대가 되네요."

빵가루에는 건조된 향신료를 섞었다. 이걸로 시큼한 풍미도 누그러질 것이다.

다음으로 모양 만들기에 착수했다. 으깬 감자를 손바닥에 올리고 평평하게 편 다음 안에 고기를 넣어 감쌌다.

1명당 5개 정도는 먹을 수 있으려나? 조리 중 뭉개지지 않도록 공기를 빼고 꽉 뭉쳤다.

모양을 만들고 풀어놓은 달걀에 담갔다가 우르가스가 만들어 준 빵가루를 묻혔다.

나머지는 기름에 바삭하게 튀기면 끝.

냄비는 주방에서 안 쓰는 걸 빌렸다. 기름은 사비로 구입. 나중에 대장에게 청구하면 된다고 했다.

계란은 식당에서 설거지를 도와주고 받은 것이었다. 빠뜨린 건 없었다.

치지직 치지직 튀겨지는 모습을 우르가스는 신기한 듯 바라보고 있었다.

"이건 무슨 요리인가요? 처음 봐요."

"아── 그러니까 고로케가 아니라 크로켓이라고 하던가? 죄송해요. 기억이 애매해서."

예전에 다른 마을 축제에 갔다가 포장마차에서 먹은 걸 기억하고 있었다.

만드는 건 오늘이 처음이었지만.

이렇게 대량의 기름을 사용하는 요리는 너무 사치스러워서 집에서는 할 수 없었다.

기름을 빼고 접시에 담으면 '남은 음식으로 만든 크로켓' 완성!

푸른 채소를 곁들이면 구색도 갖출 수 있었다. 향신료를 뿌려 섞었기 때문에 빵과 함께 먹어도 맛있겠지.

빵은 굉장히 말랑말랑했기 때문에 으깨서 구웠다.

난 말랑말랑한 빵도 좋아하지만 빵은 단단한 게 정석! 이라고 생각하는 사람들도 있기 때문에 2종류로 준비해보았다.

마침 점심시간이 돼서 대원들을 불러 휴게실에서 먹기로 했다.

다들 갑작스러운 요리에 깜짝 놀란 듯했다.

육포와 건조 빵을 사용했다는 건 말하지 말자.

우선은 기도.

이렇게 조용할 때만 다들 제대로 된 기사님으로 보였다. 소중한 시간이었다.

기도가 끝나고 벨리 부대장에게 질문을 받았다.

"리스리스 위생병, 이건?"

"크로켓과 빵이에요. 아마 함께 먹으면 맛있을 거예요."

꽤 밑간을 진하게 했기 때문에 소스가 없어도 맛있을 거야, 아마도.

단단한 빵과 부드러운 빵이 있다고 하자 루드팅크 대장과 가르 씨는 단단한 빵, 벨리 부대장과 우르가스는 부드러운 빵을 집었다. 각자 크로켓을 포크로 푹 찔러 빵에 올렸다. 나도 부드러운 빵을 들고 푸른 잎 채소를 올려 크로켓을 그 사이에 끼웠다.

크로켓은 이 주위에서는 먹을 수 없는 음식인 듯했다.

"감자는 쪄서 으깨거나 수프 건더기로 넣는 정도인데."

"그렇죠."

뭐, 우리 마을에서도 그런 느낌이었다. 눈이 내리기 전 감자 캐기는 추워서 손도 얼고 엄청 힘들었다. 그런 기억이 되살아났다.

"방금 캐서 껍질이 부드러운 감자에 칼집을 내고 난로 위에 둔 그물에서 구운 건 몸이 떨릴 정도로 맛있었는데……."

"맛있겠네요……."

몰래 숨겨둔 버터나 치즈를 올려서 먹기도 했다.

그건 그렇고. 따뜻할 때 먹어야 하니까, 크로켓 빵을 입안에 가득 넣었다.

"으음!"

크로켓은 바삭바삭! 빵은 폭신폭신해서 부드럽게 입안에서 녹았다. 아삭아삭한 푸른 잎 채소의 씹는 맛도 좋았다. 향신료 덕분인지 건조 빵의 시큼함은 거의 느껴지지 않았다.

껍질이 붙어있는 감자는 먹음직스러웠고 은은하게 단맛이 느껴졌다. 비계가 들어간 고기에선 육즙이 주르륵 흘러 넘쳤고, 그게 감자에 스며들어 완전 맛있었다. 빵과 크로켓의 궁합은 발군이라고 말할 수밖에 없었다. 예상 이상으로 맛있었기 때문에 무의식중에 입가가 풀어지고 말았다. 내가 먹는 걸 보고 모두 먹기 시작했다.

"우와, 맛있어! 상상 이상이야!"

우르가스는 눈가에 눈물을 매달고 나에게 기분 좋은 감상을 들려주었다.

"열심히 빵가루를 만든 보람이 있었네요."

"네에, 굉장히 도움이 됐어요. 저 혼자서는 만들지 못했을 거예요."

루드팅크 대장이나 벨리 부대장, 가르 씨도 맛있다고 말해주었다.

처분하기 곤란했던 보존식이지만 제대로 활용할 수 있었다. 휴우 안도의 한숨을 내쉬었다.

식사를 끝내고 재료비를 루드팅크 대장에게 건네줬더니 대장은 얼굴을 찌푸렸다.

"이봐, 산토끼 위생병. 점심 식비가 너무 싼 거 아닌가?"

최근 루드팅크 대장은 날 산토끼에서 산토끼 위생병으로 부르기 시작했다. 거의 바뀌지 않았잖아. 뭐, 위생병이 붙은 것만으로도 다행이지만.

그런 건 차치하고 다시 점심 식사비로 돌아와서.

"일부를 자기가 부담하고 있는 건 아니겠지?"

"아뇨, 그렇지 않습니다. 제대로 청구하고 있습니다."

의심스러운 눈빛이 팍팍 꽂혔다. 어쩔 수 없이 루드팅크 대장에게만 내막을 공개했다.

"크로켓 재료로 주방에서 받은 자투리 야채와 폐기 예정인 비계, 그리고 보존식인 육포와 건조 빵을 사용했어요. 감자는 구입했지만 시장에서 파는 가격보다 반값 이하로 얻었고요."

"뭐라고?"

"보존 창고를 깨끗하게 하고 싶어서 처분요리를 만들었습니다."

루드팅크 대장은 놀라고 있었다. 남은 폐기 식재료로 만든 음식이라고는 생각할 수 없을 정도로 맛있었다고.

우후후 하고 미소가 스멀스멀 피어올랐다.

보존 창고도 깔끔하게 청소했고 요리는 맛있었고 정말 만족스러운 하루였다.

내일은 보존식 만들기 계획을 세우고……그래, 그래, 위생병으로서의 일도 해야겠지.

계속 요리만 해서 자신의 입장을 가끔 잊어버리게 된다.

붕대 확인이나 상처에 바르는 약의 정리정돈, 약초 선별 등 할 일은 산더미처럼 있었다.

뺨을 톡톡 때리며 기합을 다시 넣고 내일 할 일에 대비하기로 했다.

에녹 제2부대의 원정밥

거대어 찜을 잎에 싸서

보존 창고 정리정돈을 끝내고 육포와 빵 보존식을 준비하는 와중에 원정 임무를 명받았다. 우선 위생병 짐 가방을 들었다. 일단 내용물을 확인했다.

흰색 장갑에 붕대, 삼각천, 솜, 소독약, 안대, 가위, 족집게, 치료용 재봉도구. 약품으로는 가려움을 멈추는 약, 안약, 목캔디, 습포, 상처에 바르는 약 등. 나머지는 마도구인 수질검사기. 이것들은 기사단에서 지급받은 위생병 소지품이었다. 거기에 추가해서 마을에서 만든 연고나 약초 습포제 등을 준비해서 가방에 채워 넣었다.

그 후, 보존 창고까지 달려갔다.

예정은 이틀 정도였지만 만일을 위해 3일분의 빵과 육포를 넣었다.

빵이 꽤 푹신푹신해서 부피가 늘었다. 무겁지는 않았지만 이건 문제인가…….

과일 설탕 절임과 벌꿀, 올리브유도 넣어두었다. 만들 시간이 없어서 시판품이지만 분명 빵에 바르면 맛있을 거야. 그렇게 생각하면서 넣었지만 꽤 무거웠기 때문에 과일 설탕 절임은 두고 가기로 했다.

인원수에 맞게 물통을 준비하고 박하풀과 감귤을 짠 즙을 넣었다.

박하풀에는 소화촉진과 불면증해소의 효과가 있고 감귤즙에는 피로회복, 감기예방 등의 효과가 있었다.

얼마 전에 지급받은 물에 묘한 약초가 들어 있기에 뭐냐고 물어보니 적당히 약초를 건조시켜 넣었다는 사실을 알게 되었다. 정말 쓰잘머리 없는 일……. 듣자하니 예전 위생병에게서 물이 상하지 않도록 살균효과가 있는 약초를 넣으라는 말을 들었다고 한다. 알려줄 거라면 약초의 종류까지 지정해줬으면 좋았을 텐데. 이번에는 내가 늘 본가에서 마셔왔던 감귤 박하수를 만들어보았다. 산뜻해서 먹기 쉬울 것이다.

구급도구가 든 숄더백을 밑으로 내리고 식재료가 든 가방을 짊어졌다.

집합장소에 도착한 건 마지막이었다.

"늦었잖아, 산토끼 위생병!"

"죄송합니다~!"

조리실에 냄비를 가지러 갔다가 늦고 말았다. 냄비는 등에 멘 가방과 포개서 짊어지었다.

이건 식당 아주머니께 받은 폐기 예정인 냄비. 꽤 무거웠지만 등을 지켜주는 방패가 되어줄 것 같았다.

"뭐야? 그 냄비랑 큰 짐은. 소풍가는 거 아니다."

역시 식재료를 너무 많이 담은 것 같다. 하지만 들고 가는 건 나니까 괜찮지 않냐 주장해봤지만 루드팅크 대장은 산적 같은 얼굴을 찌푸리며 질렸다는 듯 말했다.

"네가 아니라 말이 피곤해질 거야."

짐이라고 해도 빵이 푹신푹신해서 부피가 커진 것뿐이었고 그렇게까지 무겁지 않았다. 짐을 줄이지 않기 위해 필사적으로 저항했다.

"맛있고 따뜻한 식사는 건강에 굉장히 좋으니까요!"

사실대로 말하자면 건강에 효과가 있는지는 잘 모르겠다. 하지만 맛있는 식사를 할 수 있다는 걸 알게 되면 일도 열심히 하겠지, 아마도.

루드팅크 대장은 힐끗 산적 같은 예리한 시선을 보냈다. 엉겁결에 난 주춤하고 말았다. 하지만 벨리 부대장이 옆에서 도와주었다.

"루드팅크 대장, 리스리스 위생병의 말에도 일리가 있어. 원정 첫날과 마지막 날에는 피로도가 달라. 분명 영양이 부족하지 않을까."

"……그런가?"

우르가스나 가르 씨도 고개를 끄덕여주었다.

"그렇다면 이번 원정에서 증명해봐."

"물론입니다!"

활기차게 대답을 하고 의욕을 내보였다.

여기서 이번 원정 임무 내용을 알려주었다. 장소는 왕도에서 남쪽으로 5시간 정도 걸리는 곳에 있는 숲.

그곳에 뿔도마뱀이라는 마물 무리가 나온다고 한다. 수는 30마리 정도. 3분의 2 정도 토벌하면 임무는 완료된다. 이틀 정도면 끝날 거라고, 루드팅크 대장은 목표를 삼고 있었다.

마구간에서 말을 끌고 와서 올라타려는데──

"……응?"

등자를 밟으려고 발을 올리다가 뒤로 쓰러질 뻔했다.

혹시 냄비가 너무 무거워서 그런가?

식당 아주머니도 이 냄비는 무거워서 쓰기 힘들다고 말
했지…….

짊어지고 있을 때는 그런 생각 못 했는데. 안장에다 어떻게 걸
수 없을까.

"이봐, 산토끼 위생병, 뭐 하는 거야?!"

"죄, 죄송합니다~!"

빨리 올라타지 않으면 냄비를 두고 가라고 할 것 같았다. 다시
한 번 도전하려는데 순간 몸이 공중에 붕 떴다.

"꺄악!"

놀랐다. 늑대 수인인 가르 씨가 날 들어 올려 말에 태워주
었다.

"가, 감사합니다!"

인사를 건네자 꾸벅 고개를 끄덕였다. 가르 씨는 말은 없지만
굉장히 상냥했다.

그다지 말을 하지 않기 때문에 처음에는 무슨 생각을 하는지
알 수 없을 때도 있었다. 하지만 난 눈치챘다. 상냥할 때는 꼬리
가 살살 흔들리고 기분이 안 좋을 때는 꼬리가 축 늘어진다는
걸. 잘 보면 눈도 반짝반짝 빛나거나 맥없이 있을 때가 있고 표
정은 풍부했다.

난 옆에서 걸어가는 가르 씨에게 감사인사를 건넸다. 고마워
요~.

드디어 출발하게 되었다. 선두가 루드팅크 대장, 두 번째로 우르가스, 세 번째로 나와 가르 씨가 나란히, 가장 마지막은 벨리 부대장.

도중에 호수 근처에서 휴식을 취했다.

벨리 부대장과 꽃을 따러 가는 도중에 겨울딸기가 보여 따서 가죽 주머니에 넣었다.

가는 길에 오레가노도 발견해서 따두었다.

호수로 돌아가자 루드팅크 대장은 풀 위에 드러누워 있었고 우르가스는 활과 화살을 손질하고 있었다.

가르 씨는 눈을 감고 명상……? 하는 건가?

"우르가스, 겨울딸기 먹을래요?"

"아, 먹을래요."

후두둑 갓 딴 겨울딸기를 손바닥에 올려놓았다.

"루드팅크 대장은요?"

눈을 뜨지 않고 대답했다.

"신 걸 싫어해."

"익은 걸 골라서 따왔는데."

"됐어."

"그런가요?"

벨리 부대장과 가르 씨에게도 나눠주었다. 나도 입안으로 집어넣었다. 엄선해서 딴 탓에 새콤달콤 맛있었다.

그건 그렇고 참 맑은 호수였다. 아름다운 호수를 바라보며 겨울딸기를 먹다가 실수로 손에서 떨어뜨리고 말았다.

"앗!"

그 사실을 알아차렸을 때는 이미 풍당 하고 수면 위로 떨어져 버렸다.

그때 생각지도 못한 일이 일어났다. 수면에 출렁하고 파문이 일더니 떨어뜨린 겨울딸기를 먹기 위해 커다란 물고기가 튀어 올랐다.

"으아!!"

그 물고기를 본 순간 바로 비명을 지르고 말았다.

"악! ……어, 고급 생선이에요!! 맛있겠다!!"

나의 진심이 담긴 외침에 가르 씨가 바로 반응하여, 옆에 있던 창을 1미터 반 정도 되는 거대어를 향해 던졌다.

"오오!"

창은 멋지게 생선에 꽂혔다. 창에 끈을 묶어뒀기 때문에 끈을 휙, 휙 옆으로 끌어당겼다.

펄떡펄떡 날뛰는 생선. 하지만 가르 씨는 개의치 않고 팔을 옆으로 휙 끌어당겼다.

생선의 마지막 발버둥질도 굉장했지만 가르 씨의 완력은 더 굉장했다.

생선은 땅 위로 올라와 펄쩍펄쩍 뛰어올랐다.

"와아, 해냈다!! 가르 씨 천재!!"

나도 생선 옆에서 펄쩍펄쩍 뛰며 기뻐했다.

이 생선은 호수에서만 서식하는 생선으로 숲의 주인이라고 불렸다. 아주 옛날에 할아버지가 먹어본 적이 있다고 했는데 너무 맛있어서 그림으로 그려놨을 정도였다.

설마 왕도 부근 숲에서 만나게 될 줄이야.

"굉장하네요!"

"네."

우르가스도 다가와서 감탄했다. 루드팅크 대장이 좀 이르지만 점심 식사를 하자는 말을 꺼냈다.

"그래도 될까요?!"

"그래. 이 큰 생선을 들고 가는 건 좀 귀찮을 테니까."

확실히 이런 크기의 생선을 넣을 가죽 주머니는 없었다. 루드팅크 대장의 허가도 떨어졌겠다, 바로 조리에 들어갔다. 아까 숲속에서 큰 나뭇잎을 봐두었는데 우르가스에게 뜯어오라고 부탁했다. 그동안 생선을 해체했다.

우선 머리를 잘랐다. 조리용 식칼을 꺼내 아가미 부분에 칼을 넣었지만⋯⋯.

"으으윽, 으으으으윽!"

칼이 작아서인지 아님 생선이 너무 커서인지 제대로 잘라지지 않았다. 한참 고생하고 있는데 옆에서 소리가 들렸다.

"산토끼 위생병, 이리 내놔."

"아, 감사합니다."

루드팅크 대장이 머리를 싹둑 절단해주었다. 생선을 넘겨주지 않는걸 보니 다른 부분도 잘라주려는 것 같다.

"네가 해체하면 시간이 걸릴 테니까."

"감사합니다!"

머리 부분을 제거하고 다음으로 배를 열었다. 엉덩이에 칼을 넣어 머리 쪽으로 미끄러지듯 갈랐다.

"제길, 자르기 힘드네."

"아!"

"왜 그래?"

"아뇨, 순서를 착각했어요."

생선 아가미를 잡고 배를 열었던 것 같다.

"어이!"

"죄송합니다, 숲에서 자란 탓에 생선을 해체한 적이 별로 없거든요."

거듭해서 사죄했다.

배를 열고 내장을 제거한 다음 물로 살을 깨끗이 씻었다. 이때 피가 남아 있으면 먹을 때 비린내가 나므로 꼼꼼히 씻었다.

생선 배에는 아까 딴 오레가노와 얼마 전에 채취해서 건조시켜놓은 약초 마늘을 채워 넣었다. 그리고 겉에는 소금, 후추를 잔뜩 뿌렸다.

나머지는 우르가스가 가지고 온 커다란 잎사귀로 싸고 찌기만 하면 끝.

불을 피우고 냄비를 올려놓은 다음 그 위에 잎으로 감싼 생선을 올렸다.

생선이 익는 걸 기다리는 동안 덜 익은 새콤한 겨울딸기로 소스를 만들었다. 으깬 다음 향신료와 소금, 후추로 맛을 내는 간단한 방법. 흰 살 생선은 맛이 담백하기 때문에 취향대로 뿌려 먹으면 된다.

이대로 충분히 열을 가하면 '거대어 찜' 완성!

큰 잎사귀를 그릇 대신 놔두고 먹기로 했다.

식전 기도를 끝내고 자, 식사 시작!

우선 감싸고 있던 잎사귀를 열었다. 김이 모락모락 나면서 향초의 좋은 향기가 감돌았다.

칼을 집어넣자 스르륵 풀어졌다. 한 사람, 한 사람, 잎사귀 접시에 나눠주었다.

단단한 빵을 좋아하는 사람을 위해서는 말랑말랑한 빵을 으깨 구운 걸 준비해두었다.

빵에 생선을 올리고 겨울딸기 소스를 뿌린 다음 입 안 가득 집어넣었다.

맛있어!

생선에선 전혀 비린내가 나지 않았고 부드러웠다. 씹으면 주르륵 나오는 기름에서 단맛이 흘러넘쳤다. 새콤달콤한 소스도 생선의 맛을 끌어올렸다.

오감이 더 맑아질 것 같아서 눈을 감고 찬찬히 맛보았다.

다들 아무 말 없이 먹고 있었다. 맛있는 걸 먹으면 이렇게 되어버린다.

역시 전설의 생선이다.

정말 만족스러운 점심 식사였다.

숲으로 들어오기 전에 말을 광장에 두고 뿔도마뱀을 찾으러 나섰다. 난 거치적거리기 때문에 말과 함께 망보기 담당.

주변에는 성수를 뿌렸다. 이렇게 하면 마물이 다가오지 않는다.

벨리 부대장이 나에게 타이르듯이 주의사항을 일렀다.

"만약 마물이 다가왔을 경우 성수를 머리부터 뒤집어쓰고 웅크리도록 해."

"알겠습니다."

작은 병 속 내용물은 성수. 가격을 물었다가 졸도할 뻔했다. 나의 한 달 월급 정도라고 했다.

하지만 목숨은 무엇과도 바꿀 수 없는 거니까.

가르 씨는 예비 창을 빌려주었다. 굉장히 상냥하다.

다들 멋진 미소를 지으며 뿔도마뱀을 퇴치하러 갔다. 마치 소풍 같았다. 아무래도 뿔도마뱀을 쓰러뜨리는 만큼 특별수당을 받을 수 있는 것 같았다. 그래서 매번 토벌 숫자를 기록하고 있었고.

그래서 즐겁게 보이는 걸까?

혼자가 된 나는 그 자리에서 대기하기엔 좀 한가해서 가르 씨의 창을 한 손에 들고 근방을 산책하기로 했다.

말들은 밧줄로 묶진 않았지만 착한 녀석들이라 피리를 불면 돌아왔다.

내버려둬도 괜찮겠지. 그렇게 심심풀이로 숲을 산책하기로 했다.

숲 안에는 풍부한 자연이 넘치고 있었다.

주변을 둘러싸고 있는 나무들의 대부분이 상록수. 매끈매끈한 잎사귀가 무성했다.

숲으로 들어가자마자 후추 버섯을 발견했다. 징조가 좋았다. 물론 채취했다. 그리고 좀 더 걸어간 곳에서 산밤을 발견.

주변의 따끔따끔한 잔가시를 부츠로 밟아 제거하고 열매를 주웠다.

나무에도 산밤 열매가 열려 있기에 가르 씨의 창으로 찔러 떨어뜨렸는데 머리로 잔가시가 떨어져서 비명을 지르고 말았다. 지나치게 욕심 부린 벌이려나.

그릇을 대신할 잎사귀를 채취하고 장작용 나뭇가지도 모았다.

정신을 차리고 보니 짊어지고 있던 가방이 빵빵해져 있었다. 말이 있는 광장으로 돌아가 저녁 준비를 시작했다.

우선 산밤을 삶고 껍질을 벗겼다. 쓸모없어 보이는 껍질도 버리지 않고 활용했다. 끓는 물에 밤 껍질과 설탕을 넣고 끓이면 껍질차가 완성된다. 꽤 떫지만 혈액순환에 좋다고 전에 할머니가 말씀하셨던 적이 있었다. 난 별로 좋아하진 않지만 대원의 건강을 위해 이걸 먹이기로 했다.

껍질을 벗긴 밤은 벌꿀을 바르고 삶았다. 이건 그냥 먹어도 맛있고 빵에 올려도 맛있다.

다음으로 후추 버섯과 약초 마늘, 고추를 올리브 오일과 함께 푹 끓였다. 이것도 빵에 찍어먹으면 맛있다.

메인은 낮에 잡은 거대어의 머리 부분. 이걸로 수프를 만들었다.

우선 거대어 머리에 비린내를 제거하기 위해 향신료를 뿌렸다. 다음으로 후추 버섯에 약초 마늘, 오레가노 등을 잘게 잘라 볶은 다음 냄비에서 꺼냈다.

그 다음 끓는 물에 거대어 머리를 넣고 한소끔 더 끓였다. 필요 없는 불순물은 숟가락으로 떠냈다.

물이 뿌옇게 되었을 때 생선을 꺼냈다. 그다음 숟가락으로 머리 부분의 살을 떼어내서 수프에 투하!

눈알도 맛있는 부분이다. 이것도 떼어내서 넣었다. 그리고 볼살도 잊어선 안 된다.

여기가 집이었으면 나머지는 말린 후 분말로 만들어 화초의 비료로 썼을 테지만, 여기서는 그런 가공은 할 수 없기 때문에 남은 뼈는 그대로 땅에 묻었다.

수프 안에 아까 준비한 야채들을 넣고 루드팅크 대장의 화이트 와인도 콸콸 투하했다. 마지막으로 고추를 넣으면 오늘의 메인 '거대어 머리 수프'가 완성된다. 내가 생각해도 열심히 만든 것 같았다.

어두워지자 말들도 불 근처로 돌아왔다. 착한 아이들이었다. 기사단도 해가 지기 전에 다들 돌아왔다.

"정말 지쳤어요~."

축 늘어진 우르가스에게 상냥한 표정을 지어보이는 벨리 부대장.

"…………."

여전히 말이 없는 가르 씨였지만 꼬리가 맥없이 늘어져 있는 걸 보니 피곤한 거겠지.

"배고파."

그렇게 중얼거린 건 루드팅크 대장. 난 '그 말을 기다리고 있었습니다'라고 대답했다.

모두 냄비를 둘러싸고 저녁 식사를 시작했다.

수프는 나무 그릇에 부어주었다. 이젠 최소한의 식기는 갖고 다니게 되었다.

여러분, 이젠 식기를 사용해서 고상하게 먹어봅시다. 전 지금 제2원정부대의 문명화를 목표로 하고 있습니다.

식전 기도를 드리고 먹기 시작했다. 우선은 수프부터.

거대어는 육수도 맛있었다. 산뜻하고 담백하지만 살짝 얼얼해서 몸이 따뜻해졌다.

다들 맛있게 먹어줘서 기뻤다. 웃는 얼굴로 먹는 모습을 보고 있자니 나도 피식거리게 되었다.

하지만— 혼자만 다른 반응을 보인 사람이…….

"으악, 어, 어째서 생선 눈알이 들어 있는 거야!!"

루드팅크 대장이었다. 숟가락으로 생선 눈알을 떠내며 힘껏 얼굴을 찡그렸다. 생긴 거랑 다르게 섬세한 부분이 있는 모양이었다.

"생선 눈알도 탱글탱글해서 맛있어요. 피부도 매끈매끈해지고. 생선이 귀한 포레 엘프들 사이에선 눈알이 가장 인기가 많은데——."

"바, 바보 같긴!! 용케 이런 기분 나쁜 음식을 먹을 수 있군."

"한 번 시험 삼아 먹어보세요."

"거절하겠어!"

다른 사람들도 생선 눈알까지는 먹지 않는다고 했다. 이문화인 걸까? 루드팅크 대장이 거절한 생선 눈알. 진짜 맛있는데.

거대어의 눈알이었기 때문에 커서 솔직히 기분이 좀 나쁠 것 같기도 했다.

우르가스나 벨리 부대장에게도 권해보았지만 대답은 부드럽게 거절. 마지막으로 가르 씨에게도 어떨지 물어봤다. 거절할 줄 알았는데 고개를 끄덕거려 주었다.

거대어 눈알이 올려진 숟가락을 그대로 입 앞으로 내밀자 덥석 먹어주었다.

우물우물 씹고 있었다.

어떤가 하고 가르 씨의 꼬리를 주목했다.

미지의 맛에 긴장했던 건지 꼬리가 꼿꼿이 세워져 있었지만 차차 살랑살랑 흔들렸다.

눈이 마주쳤을 때 고개를 끄덕여주었기 때문에 맛있다는 걸 알 수 있었다. 다행이라고 일단 안심.

모든 의혹의 시선이 누그러진 건 아니었지만.

다음부터 생선 눈알은 가르 씨하고만 즐기기로 마음속으로 맹세했다.

후추 버섯의 올리브 오일 찜은 빵에 찍어 먹었다.

약초 마늘 향이 두드러지고 후추 버섯의 맛이 농축되어 있었다. 소금간도 딱 좋았다.

식후 디저트는 꿀을 바른 산밤 찜. 달콤하고 말랑말랑해서 맛있었다.

식사가 끝난 후 껍질 차를 대접했다.

다들 미간을 찌푸리며 마셨다. 평은 나빴지만 건강에 좋다고 했더니 참아주었다.

식후. 각자 자유행동을 시작했다. 가르 씨는 명상을 시작했고 우르가스와 벨리 부대장은 무기 손질. 루드팅크 대장은 술을 마시기 시작했다.

우르가스는 술을 마시지 않는 것 같았다. 벨리 부대장은 임무 중에는 마시지 않는 듯했고. 나도 술은 마시지 않았다. 가르 씨는 수수께끼. 술병을 들어 올리던 루드팅크 대장이 어떤 사실을 깨달았다.

"왠지 술이 줄어든 것 같은데."

"수프에 넣었어요."

"뭐라고?!"

그 무거운 술병을 들고 다니는 건 나였으니 조금은 써도 되잖아.

벨리 부대장도 뭐 괜찮지 않냐고 말해주었다. 하지만 이해할 수 없다는 루드팅크 대장.

"그렇다면 다음에 포레 엘프 마을에 전해지는 비장의 벌꿀주를 대접할게요."

"벌꿀주라……."

"네. 맛있는 것 같더라고요."

벌꿀주는 우리 집 메인 술이었다. 그걸 마시는 건 아버지와 오빠와 할아버지.

병 안에 물을 넣고 벌꿀을 넣은 뒤 천연효모를 넣기만 하면 끝. 추운 계절에는 향신료 등을 넣을 때도 있었다. 재료비가 별로 들지 않기 때문에 가난한 사람들에게 자비로운 술이었다.

"쌉쌀한 것과 달콤한 것, 어떤 게 좋으세요?"

"쌉쌀한 게 좋아."

"알겠습니다."

술을 함부로 써버린 건 어떻게든 얼버무린 것 같았다. 휴우, 안도의 한숨을 내쉬며 이마의 땀을 닦았다.

사실 아까 루드팅크 대장의 술이 고급품이라는 것을 알고 혼자서 초조해하고 있었다. 그래서 수프도 맛있었던 모양이었다.

"그러고 보니 뿔도마뱀 퇴치는 어떻게 됐어요?"

"끝났어."

"네?"

"무리와 맞닥뜨려서 단숨에 섬멸했지."

"우와아~~."

모두가 지쳤던 이유가 분명해졌다.

"그건, 정말, 굉장히 수고하셨습니다."

"뭐, 덕분에. 내일 아침에는 돌아갈 거야."

그렇게 말하며 루드팅크 대장은 벌렁 드러누웠다. 나도 벨리 부대장 옆에 누웠다.

　야간에는 마물의 활동이 활발해지기 때문에 원정부대의 활동은 금지되어 있었다. 오늘 밤은 여기서 1박을 해야 할 것 같다.

　후아암, 하품이 나오는걸 보니 푹 잘 수 있을 것 같다. 하늘을 올려다보니 오늘도 별이 아름다웠다.

＊

　아침. 문득 눈을 떴는데 벨리 부대장의 얼굴이 눈앞에 있어서 깜짝 놀랐다. 난 품에 안겨 보호받는 것처럼 잠들어 있었다.

　"베, 벨리 부대장……."

　"음……리스리스 위생병, 일찍 일어났네."

　"네에, 뭐."

　그렇게 말하며 다시 잠에 빠진 벨리 부대장. 아무래도 저혈압인 것 같았다.

　주변을 바라보니 새벽부터 아침까지 불침번 담당이었던 우르가스가 한 손을 들고 하품 섞인 인사를 해주었다.

　몸을 비틀어서 일어났다. 식사 준비를 해야 했다.

　루드팅크 대장과 가르 씨도 일어났다. 마지막으로 벨리 부대장도 느릿느릿한 움직임으로 일어났다. 아침은 빵과 불에 구운 육포.

　육포는 열을 가하면 지방이 녹아내려 살짝 부드러워져서 맛있다.

우르가스도 졸린 눈으로 육포를 씹고 있었다.

"우와~~~아, 리스리스 위생병이 만든 육포 엄청나게 맛있어요~~오."

"감사합니다~~아."

감격했는지 말끝이 늘어지는 우르가스를 흉내 내서 대답을 해 주었다.

"씹으면 씹을수록 맛이 퍼지네요."

"맞아요. 이게 육포라는 거죠."

얼마 전 먹은 고기는 단순히 말라비틀어진 고기였다. 육포라고는 말할 수 없었다.

남은 수프와 함께 먹으며 아침 식사는 종료. 근처에 있던 강에서 냄비와 식기를 씻었다.

이렇게 임무를 끝낸 제2원정부대는 의기양양하게 왕도로 돌아왔다.

*

뽈도마뱀 퇴치로부터 어느덧 일주일이 흘렀다. 원정이 없는 날엔 매일 훈련을 거듭했다.

그런 와중에 놀라운 소식이 도착했다.

얼마 전 뽈도마뱀을 신속히 퇴치한 공적이 인정되어 우리 제2원정부대가 표창을 받게 되었다는 것.

원정부대는 17팀 정도 있는데 전 대원이 모인 가운데 루드팅크 대장이 상장과 금일봉을 받았다.

루드팅크 대장은 오늘을 위해 단정한 차림으로 나타났다. 그것은 바로, 수염을 깎은 것이다. 이전보다 산적 느낌은 줄어들었지만 애석하게도 본래 얼굴이 무서웠기 때문에 인상은 크게 달라지지 않았다.

그리고 밝혀진 루드팅크 대장의 실제 나이. 무려 20살이었다.

은근슬쩍 행동이 어린애 같아서 젊을 것 같다고는 생각했지만 정말 그럴 줄이야. 하지만 어떻게 저런 젊은 나이에 대장직을 맡을 수 있었는지 의문이 들었다.

확실히 강하고 통솔력 같은 것은 있었지만 그것만으로는 대장이 될 수 없을 것 같은데.

실제로 주위 대장들은 다들 40대 정도였다. 우리 마을도 그랬지만 관리직은 대부분 연공서열이었다. 그 의문에는 벨리 부대장이 친절히 답해주었다.

루드팅크 대장의 집안은 대귀족 가문. 기사단에 소속되려면 그에 걸맞은 지위를 갖고 있어야 했다.

그 산적 대장이 대귀족의 후계자일 줄이야! 펄쩍 뛸 정도로 놀랐다. 뭐, 확실히 가끔 신사 같은 모습도 보여줬지만…….

대장도 대장 나름대로 여러 가지로 고민을 안고 있겠지. 질투나 시샘을 받는 일도 있을 거고. 왠지 딱했다. 하지만 오늘 이렇게 실력을 인정받아 표창을 받았다. 부디 루드팅크 대장의 자신감으로 이어지길 바랐다.

아, 그리고 보니 경사스럽게도 제2원정부대에 새로운 동료가

온다던데……

"안녕, 멜. 오랜만이야."

"응?!"

갑자기 모르는 남자가 인사를 건넸다.

금색 머리칼을 하나로 묶고 기사단 제복을 화려하게 갖춰 입은 귀공자, 라는 풍모를 하고 있었다. 푸르고 투명한 눈동자를 가늘게 뜨며 화사한 미소를 짓는 남성은 모르는데—아, 퍼뜩 생각이 떠올랐다. 입가에 점이 있는 금발벽안의 미남이라면, 짚이는 데가 있어!

"아, '용맹스러운 도끼의 귀공자'님!!"

"뭐야, 좀 더 귀여운 애칭으로 불러주면 좋을 텐데."

식당에서 일했던 아름다운 여장남자. 자라 아트 씨였다. 정말 복직할 줄이야.

하지만 이렇게 기사 차림을 하고 있으니 확실히 남성으로 보였다. 귀공자라고 불릴 만큼 꽤 남자다웠다.

식당에서는 아리따운 아가씨로밖에 보이지 않았는데. 거 참 세상에 참 희한한 일도 많았다.

"식당은 어떻게 하신 거예요?"

"요즘 청혼을 받는 일이 많아서 귀찮아졌거든."

"오오……그거 정말."

"그래서 관심이 식을 때까지 기사로 복직하기로 했어."

그만큼 매번 끌어안으면 당하는 쪽도 자신에게 마음이 있는 것 같다는 착각을 하게 되겠지. 자업자득이라고나 할까, 뭐라고 할까.

하지만 새로운 동료라는 말을 듣고 글쎄? 라며 고개를 갸우뚱거렸다. 분명 입대시험을 본다고 했던 것 같은데.

"그래, 그건 물론 볼 거야."

듣자하니, 다양한 부대로부터 권유를 받은 듯 했고 일단 가입대를 한 다음 마음에 드는 곳에 소속될 거라고 했다. 자라 씨를 원하는 부대가 몇 군데나 있다고.

"전에 맛있는 '원정 밥'을 만든다고 했지? 정말 맛있으면 입대하려고."

"그, 그렇군요."

때마침 오늘은 말을 타고 한 시간 정도 걸리는 곳에 위치한 평원에서 마물 퇴치를 하게 됐다.

즐겁고도 즐거운 원정임무가 들어온 것이다.

"그러니까 멜의 요리, 기대하고 있을게."

찡긋 한쪽 눈을 감으면서 말하는 자라 씨. 엉겁결에 '윽!' 하고 신음소리를 흘리고 말았다. 왠지 책임이 막중해진 것 같다.

업무 개시 종이 울렸기 때문에 서둘러 루드팅크 대장의 집무실로 향했다.

대원들이 일렬로 섰고, 루드팅크 대장이 자라 씨를 앞으로 불러 소개했다.

"임시입대를 한 자라 아트다. 아직 임시입대라 우리 부대로 들어올지는 모르겠지만."

"다들 잘 부탁해."

박수를 치는 벨리 부대장과 쓴웃음을 짓는 우르가스, 무반응의 가르 씨.

각자 반응이 달랐다. 난 굳어진 미소를 보이며 가볍게 박수를 치다 말았다.

그렇게 조례가 끝나고 원정 준비에 착수했다.

난 구급도구를 확인하고 보존창고의 식료품을 가방에 채워 넣어 등에 메고, 냄비는 안장에 매달았다. 이번에는 무사히 등자를 밟고 말에 올라탔다.

전원 집합해서 목적지인 평원으로 향했다.

씩씩하게 말을 달리는 제2부대 대원들. 난 필사적으로 그 뒤를 쫓았다.

이번에도 도중에 있는 호수에서 말을 쉬게 했다.

불을 피우고 물을 끓여 티타임을 가졌다. 설탕을 듬뿍 넣은 홍차에 비스킷을 담가서 먹는 건 정말 행복한 시간이었다.

자라 씨가 얼굴을 씻고 있기에, 수건을 건넸더니 웃는 얼굴로 받아들었다.

"고마워, 멜."

"아뇨."

자라 씨는 수건을 깔끔하게 접어서 돌려주었다. 이런 모습이 여성스럽게 느껴졌다. 듣자하니 누나만 다섯인 집에 막내로 태어난 자라 씨는 누님들로부터 많은 영향을 받으며 컸다고 한다.

"옛날부터 귀여운 물건이나 하늘하늘한 옷을 좋아했지만 부모님은 아무 말도 하지 않으셨어. 공부만 빼먹지 않으면 뭐든 해도 된다고."

아무래도 자유로운 가정에서 구김살 없이 성장한 것 같았다.

"그 결과 이런 식으로 커버렸지만."

"하지만 부러워요."

우리 마을에는 '이렇게 행동해야 한다'는 삶의 방식이 있었다. 거기서 벗어나면 한심한 녀석이라는 낙인이 찍히게 된다.

"멜도 힘들었겠네."

"네. 하지만 이 부대에 온 이후로는 자유롭고 즐거운 시간을 보내고 있으니까……. 용기를 내서 왕도로 떠나오길 잘한 것 같아요."

"그래?"

자라 씨가 머리를 쓰다듬어주었다. 여장을 하고 있을 때라면 몰라도 남성의 차림으로 이런 일을 당하니 왠지 쑥스러웠다. 엉겁결에 시선을 허공으로 보내버리고 말았다.

"아, 그렇지!"

갑자기 부스럭거리며 가방을 뒤지는 자라 씨.

"자, 멜. 이거 줄게."

"이게 뭔데요?"

"호두. 비상식량으로 갖고 다니는 거지만."

"포장지가 귀엽네요."

"으응, 기분이 좋아질 것 같아서. 귀여운 포장지에 싸왔어."

"그런 게 중요하죠."

"역시 멜이야. 알아줘서 기뻐."

감싸고 있던 꽃모양의 포장지를 풀었다. 그곳에서 나온 건 볶은 호두. 사양 않고 먹었다.

"어때?"

"맛있어요."

너무 많이 먹는 건 주의해야겠지만 호두는 몸에 좋았다. 자양강장 작용, 신경 진정 작용, 노화예방, 피부미용 효과 등. 비상식량으로는 멋진 선택이었다.

자라 씨도 하나 집어 입 안으로 쏙 넣었다.

"어머…… 좀 떫은데."

"그래요?"

우리 마을 숲에서 채취하는 호두는 좀 더 떫고 썼다. 그래서 전혀 신경 쓰지 않았지만 자라 씨는 그렇지 않은 것 같았다.

"그럼 설탕에 졸여볼까요?"

"할 수 있겠어?"

"네, 간단해요."

마을에선 호두가 너무 써서 먹을 수 없을 경우, 볶은 호두를 설탕에 졸여 먹기도 했다.

작은 냄비를 꺼내 물과 설탕을 넣었다. 불에 올리고 부글부글 끓여 설탕이 녹으면서 캐러멜 색이 되면 호두를 넣는다. 마무리로 벌꿀을 넣고 졸이면 완성.

완성된 호두 설탕 절임을 손바닥 정도 크기의 잎사귀에 올렸다.

잠시 건조시키면 바삭바삭해진다.

그동안 요리가 끝난 냄비를 씻고 물기를 없앴다. 슬슬 다 식었으려나?

"그럼 먹어볼까요?"

"으응."

표면은 바삭한 캐러멜. 내용물은 아삭아삭한 볶은 호두. 구수하면서 고급스러운 맛이 났다. 역시 왕도에서 산 벌꿀과 설탕. 그리고 자라 씨의 호두. 재료 맛의 대승리였다.

맛있어서 양손으로 볼을 꾹 눌렀다.

나도 모르게 자라 씨에게도 어땠는지 물어보았다.

"입에 맞으세요?"

"응, 멜은 천재야!"

"다행이네요."

그 후 디저트 이야기로 분위기가 달아올랐다. 자라 씨가 마을에 캐러멜 파이가 인기인 가게가 있다고 했다. 파이 안에 나무 열매가 가득 들어 있다는데 상상만 해도 정말 먹고 싶어진다.

"흐음, 맛있을 것 같네요."

"그렇지? 다음에 같이 먹으러 가자."

"그래도 될까요?"

"그럼. 가게 내부가 귀여운 편이라 남자 혼자 들어가긴 힘들거든."

"그렇군요."

여장을 하면 괜찮을 것 같기도 한데, 그것 참.

"다행이다. 기운을 차린 것 같네."

"네?"

내가 풀이 죽은 것처럼 보여서 과자를 준 것 같았다. 아무래도 마을을 떠올리면 감상적으로 변하게 되는데 걱정을 끼친 모양이다.

"감사합니다. 걱정해주셔서 정말 기뻤어요."

"됐어. 여기 사람들은 좀 거칠지? 섬세해 보이는 멜이 걱정됐었어."

그렇지 않아요! 라고는 말할 수 없었다.

미안해요, 다들……

잠시 휴식을 취하고 이동 재개. 눈 깜짝할 사이에 평원에 도착했다.

다시 한 번 임무 내용을 확인했다.

"그럼 이렇게 알고. 지금 당장 토벌하러 갈 거다. 산토끼 위생병은——."

"대장, 그렇게 부르지 마. 산토끼가 아니라 리스리스 위생병이야."

딱 잘라 루드팅크 대장의 호칭에 대해 주의를 주는 자라 씨. 정말 좋은 사람이라 눈물이 나올 것 같다.

루드팅크 대장은 약간 어색한 듯한 느낌으로 '미안하다'라며 우물우물 사과해주었다. 그 이후 처음으로 리스리스 위생병이라고 불러주었다.

알았으면 됐어요, 알았으면.

그 이후 잠깐 자라 씨와 눈이 마주쳤다. 난 가볍게 인사를 건네며 감사의 마음을 전했다. 둘이 서로 피식 웃어보였다.

그리고 난 혼자 그 자리를 지키게 되었다. 이번에는 넓은 평원을 탐색해야 하기 때문에 다들 말을 타고 갈 것 같았다.

가르 씨는 이번에도 예비 창을 빌려주었다. 역시 상냥하다. 이번에도 감사히 빌리기로 했다.

모두를 배웅한 후 나도 애마를 타고 식재료를 찾으러 나섰다.

이번에는 자라 씨를 감탄하게 만들 식사를 준비해야 했기 때문에 꽤 부담감이 컸다.

평원이라 숲만큼 현지 식재료는 풍부하지 않았다.

맛있는 원정 밥을 만들어야 했기 때문에 가능한 한 갖고 온 식재료는 메인으로 쓰고 싶지 않았다.

좋은 식재료가 있으면 맛있는 음식이 만들어지는 건 당연한 일이었다.

저벅저벅 말과 함께 걷고 있다가 하천을 발견했다.

뭔가 조개나 생선을 구할 수 있지 않을까, 들여다보다 뜻밖의 존재와 만나게 되었다. '부오오, 부오오' 삼각우 울음소리 같은 게 들렸던 것이다.

"저, 저건!"

내 손바닥보다도 큰 개구리! 통칭 프로쉬(산개구리)였다!

삼각우와 비슷한 울음소리가 특징으로 기쁘게도 식용이다. 숲을 산책하면서 물 근처에 가면 가끔 만날 수 있는 귀중한 단백

질원인데 맛은 닭고기와 비슷하면서 꽤 맛있다.

개구리라는 걸 알면 놀라겠지만 말하지 않으면 들키지 않 겠지. 육질이 닭과 거의 똑같거든!

난 슬금슬금 하천 바위에 있는 산개구리에게 다가가 손을 뻗 었다. 걸음이 빠르기 때문에 기회는 단 한번뿐. 두근거리는 마 음으로 기회를 엿보다가— 손으로 포획했다.

"우오오오오오오!!"

"부오오!!"

서둘러 들어 올려 펼쳐놓은 가죽 주머니에 넣고 입구를 닫 았다.

멋지게 포획에 성공했다. 주먹을 들고 승리를 자축했다. 아자!

미끈거려서 기분은 나쁘지만 해체를 해야 한다. 재빨리 숨통 을 끊고 등에 칼을 넣어 내장을 꺼내고 씻었다. 하는 김에 피도 전부 제거했다.

우선 한 마리.

대원 모두가 배불리 먹기 위해선 전원이 먹을 양을 잡아야 했다. 아직 주위에서 산개구리의 울음소리가 들렸다. 노력하면 6마리 정도는 잡을 수 있을지도 모르겠다.

가죽 주머니에 숨통을 끊은 산개구리를 넣고 말안장에 매달 았다. 경계를 위해 창을 들고 다시 산개구리 사냥을 재개했다.

창을 한 손에 든 채 귀를 기울이고.

산개구리 울음소리가 들리면 살금살금 발소리를 죽여 다가간 다음 지체 없이 포획.

그렇게 물가에서 사냥을 반복했다.

노력해서 6인분의 개구리를! 이렇게 목표를 세웠지만 그렇게 잘 되진 않았다.

게다가 최악의 사태가——.

"히익!!"

바위 근처에서 발이 미끄러져 강으로 굴러 떨어지고 만 것이다.

온몸이 흠뻑 젖은 건 말할 것까지도 없었다.

얕은 곳이라 다행이었지만 바닥에 몸을 강하게 부딪치고 말았다. 머리도 살짝 찢어졌다.

아파, 그냥 아파.

바위 근처에 떨어진 창을 회수하고 말이 있는 곳까지 돌아와 가방을 열었다.

떨어진 곳이 깨끗한 강이라 다행이었다. 더러운 강이었다면 흙냄새가 지워지지 않았겠지. 다행히 이 근처는 온난한 기후였기 때문에 그렇게까지 춥지 않았다. 눈이 쌓이는 장소였다면 힘들었겠지.

어딘가 그늘이 될 만한 곳이 없는지 주변을 살폈다. 큰 바위를 발견하고 거기 숨어 옷을 갈아입기로 했다. 머리를 닦는 사이에 몸이 점점 떨려서 어금니가 덜덜 소리를 냈다. 아무리 따뜻한 장소라고 해도 온몸이 흠뻑 젖은 상태라면 감기에 걸리고 말 것이다. 빨리 젖은 옷을 벗어야 해.

외투를 벗는데 툭! 하고 두건에서 무언가가 떨어졌다.

"으악, 응? 뭐지……?!"

무슨 민물고기가 들어있었던 모양이다. 모처럼이니 감사히 받았다.

허무하게 그냥 강에 떨어진 건 아니라는 사실에 어느 정도 마음도 편해졌다.

땋은 머리를 풀어 물을 짜내고 가방에서 수건을 꺼내 젖은 몸을 닦았다.

속옷까지 갈아입지 않으면 안 되는 사태라니. 젖은 옷은 이곳 바위에서 말려야겠다.

상처에는 마을에서 비법으로 전해지는 연고를 발랐다. 타박상에는 물로 희석시킨 레몬그라스 정유를 발라 혈액순환을 촉진시켰다.

약도 충분하고, 위생병이라 다행이라고 생각한 순간이었다.

아직 머리는 젖은 상태였지만 더 이상 여기서 느긋하게 있을 순 없었다. 모두가 먹을 저녁을 만들어야 했다.

수분을 품은 머리칼이 살결에 달라붙으면 차갑기 때문에 좌우로 땋은 다음 머리 뒤쪽으로 묶었다.

참고로 점심은 각자 빵과 육포로 때우기로 했다. 나도 때를 봐서 먹어야지.

루드빙크 대장이 정해놓은 곳으로 돌아가서 그 근처에 있는 돌을 쌓아올려 간이 화덕을 만들었다. 그리고 장작을 모아 성냥으로 불을 피웠다.

마을에 있었을 땐 기본적으로 화덕의 불이 꺼지지 않게 관리했고 필요할 때는 부싯돌을 사용했는데. 쉽게 불을 붙일 수 있는 성냥은 정말 편리한 것 같았다.

우선 점심을 먹어야 했다.

메인은 아까 우연히 손에 넣은 민물고기. 기생충이 무서웠기 때문에 내장은 제거했다.

불이 커지기 전에 나뭇가지에 꽂아서 구웠다. 향초의 풍미도 좋지만 이번에는 심플한 소금구이를 선택했다.

굽기 시작한 지 몇 분이 지나자 노릇노릇하게 구워졌다. 빵을 가방에서 꺼내 같이 먹었다.

식전 기도 후에 생선을 덥석 베어 물었다.

껍질은 바삭바삭! 소금간이 딱 좋았다. 지방이 포함되어 있어 씹으면 은은한 단맛도 느껴졌다. 우물우물 머리와 뼈만 남기고 전부 다 먹어버렸다.

부드러운 빵에는 벌꿀을 주르륵 뿌려 먹었다.

빵에 벌꿀을 듬뿍 바르는 건 마을에서는 상상도 못하는 사치스러운 행위였다. 기사대 만세.

너무 맛있어서 혼자 발을 파닥파닥 구르고 한숨을 내쉬며 내 방식대로 식사를 즐겼다. 정말 배가 불렀다.

생선뼈는 다른 대원들에게 들키지 않도록 구멍을 파서 묻어 뒀다. 증거 은닉 완료.

배불리 먹고 잠깐 잡초 위에 누워 좀 쉬고 있다 보니, 해가 기울기 시작해 저녁 준비를 시작해야 했다. 벌떡 몸을 일으켜서 기지개를 킨 후 뺨을 두들기며 기합을 넣었다.

강 근처에서 해체해둔 산개구리를 가죽 주머니에서 꺼냈다.

산개구리는 넓적다리 살이 통통하고 탄력이 있어서 맛있었다.

3마리를 잘라 나누었다. 튀김으로 만들면 한 사람당 다리 하나. 미묘했다. 하지만 튀김이 가장 맛있기 때문에 수프 재료로 쓰지 않고 향초를 발라 밑간을 해두었다.

상반신은 잘게 잘라 수프에 넣기로 했다. 머리 부분도 물론 투입. 이걸로 무슨 고기인지 알 수 없을 것이다. 살의 반 정도를 넣고 끓여 불순물을 제거하고 약초 마늘과 고추 등 향신료로 제대로 간을 맞추었다. 도중에 후추 버섯 등을 넣어 한소끔 더 끓였다.

간을 한 번 보았다. 산개구리 육수가 제대로 우러나 깊은 맛이 났다. 수프 냄비를 화덕에서 내려놓고 작은 냄비를 불에 올렸다.

아까 딴 바질과 약초 마늘, 산개구리 살에 올리브 오일을 두르고 바삭하게 볶았다.

구수한 냄새가 감도는 그걸 수프에 넣었다. 이걸로 완성이었다.

눈 깜짝할 사이에 날이 저물어 있었다. 랜턴에 불을 켜고 주변을 밝혔다.

두 번째 음식은 산개구리 튀김.

밑간을 해둔 넓적다리 살을 소량의 올리브유로 바삭하게 튀기기만 하면 되는 간단한 요리.

타이밍 좋게 산개구리 튀김이 완성됐을 때 제2원정부대 모두가 돌아왔다.

피곤한 얼굴을 하고 있는 루드팅크 대장을 맞이했다.

"다녀오셨어요?"

"그래."

노력한 보람이 있어 목표 토벌 숫자를 채웠다고 했다. 내일 아침에는 돌아갈 수 있다는 뜻.

"정말, 자라 씨 덕분에 빨리 끝났어요."

우르가스의 말에 만족스럽게 고개를 끄덕이는 벨리 부대장.

"도움이 됐다면 다행이네."

자라 씨는 아름다운 미소를 보이며 말했다. 그 표정에 피로는 엿보이지 않았다.

손잡이 길이가 자기 키 만한 전투용 도끼를 가볍게 손에 든 모습을 바라보면서 가녀린 몸 어디에 힘이 숨어 있는 건지 신기하게 느껴졌다.

배가 고프겠지만 난 모두의 상태에 눈을 번뜩였다.

"상처는 입지 않았죠?"

이전에 전투에서 돌아와 식사를 하다가 다들 상처투성이였던 걸 눈치 챈 적이 있었다.

그때는 모두 이 정도는 괜찮다고 말했지만 약을 빨리 바르지 않으면 상처자국이 남고 치료도 늦어진다. 그래서 이번에는 제대로 한 사람 한 사람 확인했다.

우르가스는 손끝이 거칠어져 있었기 때문에 보습 연고를 발랐다.

벨리 부대장은 뺨에 찰과상이 있어 깨끗하게 씻고 약을 발랐다. 평원을 지나가다 나뭇가지에 걸린 것 같았다. 여성이니 얼굴은 좀 조심해줬으면 좋겠는데.

루드팅크 대장은 턱에 베인 상처가. 수염을 깎을 때 실패한 것 같았다. 어떻게 된 거지. 임무 중의 상처가 아니었어? 이쪽에도 약으로 대응.

자라 씨는 상처가 없었다. 역시나 대단했다.

가르 씨는 털이 덥수룩했기 때문에 빗으로 빗어주었다.

위생병의 일이 끝나고 식사 시간이 되었다.

배식은 자라 씨가 도와주었다. 신중하고 신속하게 접시를 놓는 모습을 보고 역시 전직 식당 직원이라고 감탄했다. 나도 저런 식으로 솜씨 좋게 행동할 수 있다면 좋을 텐데.

문득 시선을 느껴 옆으로 돌아보다 자라 씨와 눈이 마주쳤다.

"어머, 멜, 그 머리 모양 귀엽네."

"아, 네. 감사합니다."

무심코 강에 빠져 머리가 젖고 말았다는 이야기를 했더니 놀란 것 같았다.

"물 근처는 정말 위험하니까."

"네, 조심할게요."

뭐지? 걱정해주는 사람이 있다는 고마움. 감동이야.

"혼자 있을 땐 가까이 가지 않는 게 좋아."

"그렇죠. 감사합니다."

자라 씨의 가르침을 가슴에 새겼다.

빵을 잘라 수프 그릇 위에 올려두었다.

준비가 끝나고 식전 기도를 드렸다.

"리스리스 위생병, 오늘 식재료는?"

우르가스가 좋은 질문을 해주었다. 하지만 대답은 하지 않았다.

"무슨 고기가 들어가 있는지 맞춰볼래요?"

"고기를 갖고 왔어요?"

"아뇨, 낮에 조달했어요."

"그렇군요."

난 자라 씨를 향해 몸을 돌리고 도전장을 내밀듯 말했다.

"자라 씨, 이 고기가 무슨 고기인지 맞추지 못한다면 우리 부대로 들어와 주세요."

사실은 맛있으면 입대하겠다고 약속했지만 솔직히 자신이 없었다. 그래서 이런 제안을 해보았다.

"그래. 그게 더 재미있겠어."

자라 씨는 도전을 받아들여주었다. 자신이 있는 건지 눈을 가늘게 뜨며 그릇 위에 올라와 있는 고기를 바라보았다.

"먹자."

루드팅크 대장의 한 마디에 다들 일제히 먹기 시작했다.

"아후, 우와, 맛있다."

우르가스는 마음에 든 것 같았다. 벨리 부대장도 표정이 부드러워져 있었다.

가르 씨는 꼬리를 살랑살랑 흔들며 먹었다.

"뼈도 먹을 수 있으니까 잘 씹어서 삼키세요."

산개구리는 뼈가 많다. 하나하나 제거했다간 날이 저물고 말았겠지. 뼈에서도 맛있는 육수가 우러나오기 때문에 그대로 끓였다.

"루드팅크 대장, 어떠세요?"

"그럭저럭 맛있군. 하지만 무슨 고기인지 짐작이 안 돼. 생선처럼 담백하지만 닭고기의 풍미도 느껴지고."

"후후후."

루드팅크 대장은 모른다고 했다. 힐끔 자라 씨를 곁눈질로 보았다. 무언가를 확인하듯 신중하게 고기를 씹고 있었다. 수프를 마시고 이번에는 넓적다리 튀김을 집어 들었다.

나도 집어서 베어 물었다.

바삭바삭하게 튀겨진 넓적다리 살에선 향초 냄새가 났다. 뼈에서 살이 가볍게 풀어지듯 떨어졌고 씹으면 맛이 배어 나왔다. 루드팅크 대장이 말한 대로 식감이나 맛은 생선과 닭고기의 중간 정도.

이건 근처에 살던 할아버지가 아주 좋아하던 음식으로, 잡아가면 용돈을 받을 수 있었다. 실제로 먹어본 건 한 번 정도. 기름에 튀겼는데 느끼하지 않고 꽤 맛있었다.

자라 씨는 깔끔하게 먹은 뒤 다리 구조를 관찰하고 있었다. 발목부터 그 앞부분은 잘라냈기 때문에 무슨 생물인지 쉽게는 알수 없을 것이다.

다들 깔끔하게 먹어주었다. 휴우, 일단 안심.

마지막으로 자라 씨에게 질문했다.

"무슨 고기인지 아시겠어요?"

"그게 전혀 모르겠어. 씹으면 살짝 육즙이 흐르는데 느끼하지 않고 뒷맛이 깨끗해. 이런 고기는 먹어본 적이 없어."

후우훗 하고 웃음이 흘러나올 것 같았다. 식당에서 일했던 자라 씨도 산개구리 고기는 먹어본 적이 없는 모양이었다.

"하지만 강으로 갔었다고 했으니까 강변에서 사는 생물이겠지."

그 말을 듣고 순간 가슴이 철렁했다. 내가 나서서 친절하게 힌트를 주고 말았잖아.

"그, 그래서?"

"으~음, 잘 모르겠지만 희귀한 물새?"

"아쉽습니다!"

그 순간 벨리 부대장이 '우리 부대로 온 걸 환영해!'라며 기뻐했다. 어색한 미소를 보이며 어깨를 움츠리는 자라 씨.

"그래서, 리스리스 위생병, 무슨 고기였어요?"

"산개구리예요."

그렇게 말하자 그 자리의 공기가 얼어붙었다.

"개, 개구리……?"

"거, 거짓말이죠?"

"농담이지?"

"사실이에요."

머리를 감싸 쥐는 자라 씨를 비롯한 대원들. 의외로 섬세한 듯했다.

"당했어."

"죄송합니다, 어려운 문제를 내서."

"으응, 물새 치고는 뼈가 많은 것 같았는데 설마 개구리일 줄이야."

어떻게든 속여서 다행이라고 생각했다. 이걸로 자라 씨는 제2원정부대의 대원이 되었다.

"하지만 자라 씨. 정말 괜찮으시겠어요?"

"괜찮다니?"

"우리 부대에 들어와도."

"아아———."

자라 씨는 귓가에서 살며시 속삭였다.

"멜의 요리가 맛있었으니까, 한 입 먹은 순간 입대는 결정되어 있었어."

그 말을 듣는 순간 얼굴이 빨개졌다. 이런 건 반칙이잖아.

자라 씨가 인기 많은 이유를 알 것 같았다.

*

제2원정부대는 자라 씨를 맞이해서 6명이 되었다.

겉모습은 귀공자인 자라 씨지만 성격은 여성스러운 느낌이라 부대도 꽤 화려해졌다.

그리고 자라 씨 덕분에 굉장히 근사한 일이 생겼다.

루드팅크 대장의 수염이 자라면 주의를 주고 가르 씨의 손톱을 자르고 청소 방식이 엉성한 우르가스에게 친절히 방법을 전수. 그리고 벨리 부대장에게는 자기 자신을 몰아붙이는 훈련은 피하라고 말해주었다.

제2원정부대에 들어와 신경이 쓰였지만 좀처럼 지적할 수 없었던 걸 대신 말해주다니. 너무 고마웠다.

하루하루가 충실했지만 자라 씨의 입대를 가장 기뻐한 사람이 험악한 표정을 짓고 있었다. 벨리 부대장이었다. 듣자하니 환영회 계획을 짜고 있는 듯했다.

그런데 계속 끙끙거리며 고민에 휩싸여 있었다.

"벨리 부대장, 왜 그러세요?"

"아니, 자라에게 뭘 먹고 싶냐고 물어봤는데 요구가 미묘해서."

질문한 걸 후회하고 있다고 중얼거렸다.

"대체 뭘 요구했는데요?"

"고기 완자 스튜야."

"흐음, 그렇군요."

듣자하니 고기 완자는 가정 요리라서 좀처럼 파는 가게가 없다고 했다.

게다가 판다고 해도 고기 완자는 소스에 졸인 요리가 많았고 스튜를 파는 가게는 왕도에서는 전무하다고.

"으음. 평범한 고기 완자로 참아주려나······? 하지만 억지로 입대를 강요한 나로서는 좋아하는 음식을 먹이고 싶은데."

벨리 부대장은 신음했다. 이렇게 환영회에 최선을 다한다는 건 몰랐다.

쓸데없는 참견일지도 모른다고 생각하면서도 한 가지 제안을 해보았다.

"괜찮으면 제가 만들까요?"

"뭐?"

"고기 완자 스튜, 만드는 방법을 알고 있는데."

"괜찮겠어?"

"네. 아, 하지만 극히 평범한 스튜와 고기 완자고 환영회인데 제가 만든 음식으로 대접하는 건 좀 그럴까요?"

벨리 부대장은 내 손을 덥석 붙잡았다.

"그렇지 않아. 최고야. 다들 기뻐할 거야."

"그렇다면 다행이네요."

그런 이유로 자라 씨의 환영회 요리 담당을 맡게 되었다.

여러 가지 이야기를 나눈 결과 환영회는 루드팅크 대장의 집에서 열리게 되었다.

듣자하니 단독 주택에 살고 있다고 했다.

"재료는 종이에 써주면 이쪽에서 준비할게. 일손이 부족할 때는 대장의 집에서 일하는 고용인들이 도와줄 거야."

"감사합니다."

대단한 저택에 살고 있는 것 같아서 긴장이 되었다.

그건 그렇고, 간단히 받아들이고 말았는데, 괜찮을지 걱정이 되었다. 내가 직접 만든 요리는 아무것도 없는 원정지에서 먹기 때문에 맛있는 음식인데.

하지만 뭐, 자라 씨를 위해 전력을 다할 수밖에 없었다.

재료비는 루드팅크 대장이 부담해주기로 했기 때문에 재료 본연의 맛으로 맛있게 느껴질 수 있는 메뉴를 생각해보았다.

환영회 당일. 난 아침부터 루드팅크 대장의 집으로 향했다.

틀림없이 굉장히 호화로운 저택에서 살고 있을 거라고 생각했는데 2층 건물의 빨간 용마루 기와가 귀여운 집이었다.

자그마한 정원에는 아름다운 화단이 있었고 아치 형태로 된 장미도 있었다. 이런 집에 살고 있다니 꽤 의외였다.

문을 두드리자 할머님이 나왔다.

"어머, 귀여운 아가씨. 당신이 리스리스 씨군요."

"네, 그렇습니다. 처음 뵙겠습니다. 신세 좀 지겠습니다."

"네에, 그럼요. 들어와요."

할머님의 이름은 마리아 씨. 듣자하니 루드팅크 대장의 유모였던 것 같았다.

대장이 독립할 때 함께 나오셨다고.

"도련님이 데리고 와주셨죠, 이 늙어 빠진 부부를."

루드팅크 대장은 노부부와 셋이서 살고 있다고 했다. 할머니의 목소리가 약한 게 집 생각이 나서 눈물이 날 것 같았다.

앞으로 루드팅크 대장이 유모 할머니께 효도했으면 좋겠다고 생각했다.

차를 마시자고 권해주셨지만 오늘은 놀러 온 게 아니라 요리가 목적이었다. 게다가 메뉴수를 생각하면 시간이 아슬아슬할 것 같았다.

그런 식으로 설명을 했더니 마리아 씨는 웃는 얼굴로 도와주겠다고 말해주셨다.

미안한 마음도 들었지만 감사한 말씀이었기에 마리아 씨의 손을 빌리기로 했다.

우선 고기 완자 만들기부터.

루드팅크 대장은 따로 챙겨둔 멧돼지 고기 덩어리를 준비해주었다.

"어머, 멜 씨, 굉장하군요. 고기 덩어리로 고기 완자를 만들다니."

"이게 더 맛있거든요."

"확실히 그렇겠네요."

가게에서 다진 고기는 크기가 균일하지만, 그러면 식감이 재미없는 음식이 된다.

"힘들겠지만 열심히 해보려고요."

"네에, 열심히 해봐요."

큰 식칼로 고기를 잘게 써는 동안 마리아 씨는 사전 준비를 도와주었다.

많은 사람들이 먹을 고기 덩어리였기 때문에 꽤 힘들었다.

도중에 마리아 씨의 남편인 토니 씨도 도와주었다.

"죄송합니다, 힘이 많이 드는 일을 부탁드려서."

"정원사라 힘은 있답니다, 아가씨."

"감사합니다~~."

진심으로 감사했다.

토니 씨는 노신사로 보였는데 꽤 파워풀해서 고기를 척척 잘게 썰어주었다.

굵게 다진 고기와 잘게 다진 고기. 이 두 가지를 섞어서 고기 완자의 탱글탱글한 식감을 만들어냈다.

커다란 볼에 마리아 씨가 계량해준 향신료를 대량으로 넣었다. 그 이후 갈아낸 감자, 빵가루, 술, 소금, 후추 등도 넣어 조물조물 반죽했다.

토니 씨, 마리아 씨와 셋이 반죽을 둥글게 만들어 고기 완자 모양을 완성.

"왠지 옛날 일이 떠오르네요."

마리아 씨의 집은 대가족이라 고기 완자를 먹는 날은 가족이 총출동해서 만들었다고 한다.

그때가 그립다며 부드러운 표정으로 고기 완자를 둥글게 만들어주었다.

내가 만들었지만 굉장한 양이었다. 한 명당 10개 정도라고 생각하고 대충 어림잡아 100개 정도?

전부 먹을 수 있을지 불안해졌다.

모양을 완성한 다음 고온의 기름에서 바삭하게 튀기는 작업을 시작했다.

치익 치익 튀겨지는 고기 완자들. 표면이 바삭하고 깔끔하게 튀겨졌다.

전부 튀겼을 땐 점심시간 종이 울렸다.

위험했다. 계획대로 했지만 마리아 씨와 토니 씨가 도와주지 않았다면 좀 더 걸렸겠지.

다시 한 번 두 분에게 인사를 건넸다.

"괜찮아요. 파티 준비 하는 걸 아주 좋아하니까."

"네에, 나도 생각보다 즐겁게 요리를 만들었어요."

다행이다. 두 분 모두 그런 식으로 말씀해주셔서.

슬슬 점심을 먹자고 마리아 씨가 제안했다.

가볍게 먹을 수 있는 비스킷을 준비해왔는데, 마리아 씨가 무려 샌드위치를 만들어주셨다. 맛있어 보여!

"부엌을 쓸 수 없을 것 같아서 아침부터 준비했어요. 물론 멜씨가 먹을 것도 있죠."

"와아, 감사합니다. 너무 기뻐요."

정말 상냥한 사람들이었다. 처음 보는 나에게도 도시락을 나눠주시다니.

훈제육에 치즈, 푸른 잎 채소가 들어간 형형색색의 샌드위치는 정말 맛있었다.

점심 식사 후 큰 냄비로 10인분 정도 되는 스튜를 끓이기 시작했다. 루드팅크 대장의 집에 큰 냄비가 있어서 다행이다.

듣자하니 마리아 씨 집에서 갖고 온 것 같았다.

"우리 집은 가족이 10명이었거든요."

"그러셨군요."

"네에, 아들이 6명이나 있어서 식사 준비가 정말 힘들었죠."

그 고생, 저도 잘 알고 있어요.

요리 당번일 때 가족 모두가 먹을 요리를 준비하는 건 정말 힘든 작업이었다. 힘든 건 물론이고 손가락으로 집어먹으려는 남동생이나 여동생들에게 주의를 주어야했다. 그걸 떠올리는 것만으로도 오싹해졌다.

하지만 본가에서의 생활은 북적거려서 즐거웠다. 혼자가 외롭지 않다면 거짓말이겠지.

"멜 씨, 왜 그래요?"

"아, 아뇨!"

눈가에 맺힌 눈물을 닦았다. 감상에 빠져 있을 때가 아니었다. 소매를 걷어붙이고 남은 요리도 완성하기로 했다.

마을 시계탑 종소리가 크게 울려 퍼졌다. 이건 퇴근 시간을 알리는 종이었다.

슬슬 원정부대 대원들이 찾아오겠지. 요리는 마리아 씨와 토니 씨 덕분에 기적적으로 늦지 않게 완성할 수 있었다.

10명이 앉을 수 있는 식당 안 테이블에는 버터케이크에 닭고기 통구이, 감귤 풍미의 샐러드, 감자 그라탕, 생선 찜 등이 놓여 있었다. 갖고 온 비스킷에는 치즈나 훈제 고기를 올려 카나페를 만들어보았다. 루드팅크 대장은 술을 준비했는데 예쁜 병이 식탁을 풍성하게 해줬다.

만반의 준비를 끝냈을 때 현관 벨이 울렸다. 마리아 씨와 토니 씨는 손을 뗄 수 없는 상황이라 내가 나가기로 했다.

그건 그렇고 좀 일찍 온 것 같은데. 일이 끝나는 종이 울린 지 10분 정도밖에 지나지 않았다. 기사단 건물에서 루드팅크 대장의 집까지 꽤 거리가 있었기 때문에 전력질주를 하지 않으면 무리일 텐데.

어쩌면 서둘러 일을 끝내고 온 걸지도 모른다. 그렇게 생각하며 문을 열었는데— 들어온 건 흑발의 미인. 드레스 차림의 젊은 아가씨였다.

나에게 의아스러운 시선을 보내며 물어왔다.

"……누구?"

나도 묻고 싶었다. 이런 미인을 본 기억은 없었다.

"혹시 새로운 고용인인가요?"

"네?"

"다행이다. 그렇게 늙은 고용인들은 얼른 해고하라고 했는데."

"아니……저는…….."

"아닌가요?"

"네."

그 순간 손목을 꽉 잡혔다.

"저기, 당신. 크로우와 어떤 관계예요?"

"네? 아니, 저는——.."

이 사람은 대체 누구지?

마리아 씨나 토니 씨에 대해서도 나쁘게 말해서 울컥 화가 났다.

"멜리나 아가씨!"

등 뒤에서 마리아 씨가 다가왔다. 흑발 미인의 이름은 멜리나인 것 같았다.

마리아 씨는 찾아온 멜리나 씨를 보고 꽃이 피어나는 듯한 미소를 지어보였다.

"오랜만입니다. 잘 지내셨나요?"

"마리아는? 허리는 괜찮아?"

"네, 아가씨 덕분에."

"새로 일 할 사람을 고용하라고 했잖아? 아직 고용하지 않았다니……."

"뭐, 그건 때가 되면."

"정말! 언제까지고 건강할 순 없다니까!"

언뜻 보기엔 느낌이 별로였는데 착각한 것 같았다. 멜리나 씨는 마리아 씨의 몸을 걱정해서 그런 말을 한 것 같았다.

허물없는 사이라는 걸 몰랐기 때문에 깜짝 놀라고 말았다.

"그래서, 이 포레 엘프는?"

"여긴 도련님 부대의 대원으로 멜 리스리스 씨. 요리를 잘해서 오늘 파티 준비를 하러 오셨습니다."

"어머, 그랬던 거야?"

멜리나 씨는 '착각해서 미안해요'라고 사과해주었다. 듣자하니 그녀는 루드팅크 대장의 약혼자인 것 같았다. 그래서 그런식으로 험악한 태도를 취했던 건가?

어쨌든 서로 오해가 풀려서 다행이야.

멜리나 씨는 아름다운 장미꽃을 선물로 주었다. 화병에 꽂고

테이블 위에 올려두었다.

그렇게 움직이고 있는데 제2원정부대 대원들이 찾아왔다.

오늘 홈 파티는 서프라이즈라 자라 씨는 깜짝 놀란 표정이었다.

그리고 루드팅크 대장은 약혼자인 멜리나 씨를 소개했다. 우르가스가 진심으로 부러워했다.

그리고 자라 씨는 고기 완자 스튜를 보고 기뻐해주었다.

"멜, 고마워. 왕도에서 이걸 먹을 수 있을 줄이야!"

자라 씨는 눈이 많이 내리는 북부지방 출신이라 했다. 그곳에서 1년에 한 번 먹을 수 있는 귀한 음식이 이 고기 완자 스튜라고.

확실히, 고기 완자는 손이 많이 가기 때문에 가게에서 팔지 않는 건 이해가 갔다. 본가에서도 1년에 한 번 만들까 말까 했으니까.

자라 씨는 눈가에 살짝 눈물을 머금고 있었다. 하지만 이렇게 기뻐해줄 줄이야. 만든 보람이 있었다. 잔에 술을 따르고 건배했다.

우선 메인인 고기 완자 스튜부터.

고생해서 다진 고기로 만든 고기 완자는 탱글탱글한 식감에다 입 안에서 육즙이 주르륵 흘러내렸다. 루드팅크 대장의 고급 레드 와인으로 만든 농후한 스튜와 잘 어울렸다.

자라 씨의 표정을 보고 맛이 어떤지는 알 수 있었지만 만약을 위해 감상을 물어보았다.

"어떠세요?"

"고마워, 정말 맛있어……."

"다행이네요."

자라 씨가 만족한 것 같아 나도 어깨의 짐을 내려놓을 수 있었다.

모두 맛있다고 말해주었다. 술이 들어가고 점점 분위기가 달아올랐다.

기분이 좋아진 루드팅크 대장이 노래를 부르기 시작했다. 같이 취한 멜리나 씨는 식당에 있는 피아노를 치기 시작했지만 두 사람 모두 자기가 좋아하는 곡을 부르고 연주했기 때문에 완전히 제각각이었다. 이건 너무 심하다고 벨리 부대장은 크게 웃었다. 아무래도 술에 취하면 웃는 버릇이 있는 듯 계속 즐거워 보였다.

가르 씨는 꼬리를 붕붕 흔들며 반짝거리는 눈으로 버터케이크를 먹고 있었다. 달콤한 걸 좋아한다는 사실은 몰랐는데. 가르 씨도 취한 건가? 왠지 느낌이 새끼 강아지 같아서 귀여웠다.

우르가스는 마리아 씨와 토니 씨의 이야기를 들으면서 엉엉 울었다. 술을 마시지도 않았는데 왜? 아무래도 그는 할아버지, 할머니 밑에서 자란 모양이었다. 그런 데에 약해지는 마음은 잘 알고 있었다.

자라 씨는 아까부터 나를 끌어안고 계속 감사인사를 건넸다.

"멜~ 정말 고마워~ 정말 좋아해."

자라 씨는 약간 귀찮은 술버릇을 갖고 있었다. 대충 '네, 네' 하고 적당히 대답했다.

"앞으로 잘 부탁해~~."

자라 씨의 그 말을 계기로 모두가 차례차례 감사인사를 건 넸다.

루드팅크 대장은 노래를 멈추고 진지한 얼굴로 말했다.

"이봐, 잘 들어, 리스리스. 기사단에는 스카우트 싸움이 있어. 다른 데서 스카우트해도 가면 안 된다."

그 말에 동의를 표하는 벨리 부대장.

"그래. 리스리스 위생병이 떠나면 난 외로울 거야."

이어서 가르 씨가 이쪽으로 다가와서 깊게 고개를 숙였다. 나도 똑같이 답했다.

다음으로 우르가스도 다가왔다. 한쪽 무릎을 꿇고 자세를 낮추길래 쓰다듬어주길 바라는 것 같아서 머리를 슥슥 쓰다듬 었다. 우르가스는 뺨을 새빨갛게 물들이며 '아니에요!!'라고 말했다. 아무래도 용건은 따로 있는 것 같았다.

"리스리스 위생병의 요리는 정말 맛있어요. 치료도 정확해서 씻을 때 상처 부위가 아프지 않게 됐어요. 저기, 앞으로도 잘 부탁드릴게요."

역시 취하지 않은 탓인지 제대로 된 말을 해주었다.

마지막으로 자라 씨가 한 마디.

"우리 결혼할 거예요!"

"안 하거든요."

"뭐어?!"

터무니없는 말을 하는 자라 씨의 말을 가볍게 받아넘기며 나도 감사 인사를 건넸다.

"아직 많이 부족하지만 앞으로도 잘 부탁드릴게요."

그렇게 말하고 가슴이 후련해졌다. 난 여기서 필요한 사람이고 여기 있어도 된다고 생각하니 기뻐서……. 눈물이 날 것 같았지만 꾹 참았다.

앞으로도 맛있는 음식을 만들고 모두가 기뻐해준다면 좋을 텐데.

난 위생병이지만. 일단 말해둔다.

사람에게는 적재적소라는 것이 있다고 한다. 나의 경우는 태어나고 자란 마을이 아니라 왕도에 있는 기사단이었다.

고향에선 아무것도 못한다는 낙인이 찍힌 나지만 이곳엔 나를 필요로 해주는 사람들이 있었다. 이 이상 기쁜 일은 없겠지.

앞으로도 최선을 다해 노력하자고 다짐했다.

에녹 제2부대의 원정밥

왕도명물, 대파 전병

어제 시장에서 대량의 수풀사과를 구입했다. 지금이 제철로 새콤달콤하고 맛있었다.

3분의 2는 과일 설탕 절임을 만들었다.

그 외에 설탕에 졸여 얇게 잘라 구운 사과칩, 술과 벌꿀을 넣고 끓인 당밀절임도 만들었다.

완성된 음식은 펄펄 끓여 소독한 병에 채워 보존 창고에 보관.

벗긴 껍질도 버리지 않고 이용해 술을 만들었다.

우선 병에 물과 수풀사과 껍질, 설탕, 감귤즙을 넣고 효모를 투입. 그 다음은 방치. 3주 정도면 술이 완성된다. 술은 원정 중에 요리에 넣거나 루드팅크 대장의 저녁식사 반주로 쓸 생각이었다. 벌꿀주는 다음에. 지금은 제철인 재료로 만든 술이 좋아 보인다.

10병 정도 만들었는데 완성이 기대됐다.

오후부터는 수풀사과를 사용해서 구운 과자를 만들었다. 직사각형 틀에 넣어 굽는 것으로 이것도 전부 다 해서 10개. 3개월 정도 보관할 수 있는 우수한 보존식이었다. 정신을 차리고 보니 디저트를 대량생산하고 말았다. 보존 창고 안에 달콤한 냄새가 가득했다.

루드팅크 대장은 얼굴을 힘껏 찡그리며 말했다.

"이거, 육포에 냄새가 배는 거 아니야?"

"그, 그건……?"

무심코, 원정지에서도 달콤한 걸 먹고 싶어져서 흥분해 만들고 말았다.

반성하지 않으면 안 되겠지.

어떻게 처리할지 생각하고 있는데 뒤에서 이야기를 듣고 있던 자라 씨가 멋진 제안을 해주었다.

"집무실에 있는 대장의 술 저장고에 넣는 게 어때?"

"뭐?! 네가 어떻게 그걸 알고 있는 거야?"

"융단이 젖혀진 흔적이 있었으니까."

근무 중에 마시는 건 아니라고 주장하는 루드팅크 대장. 도대체 나이도 젊은데도 어째서 이렇게 술을 좋아하는 걸까?

"그러게. 아저씨 냄새가 난다니까."

"맞아요, 맞아!"

최근 수염을 깎고 외형이 젊어진 루드팅크 대장이었지만 알맹이가 산적이면 의미가 없었다.

기사다운 행동과 기사다운 환경 속에서 착실히 직무를 다했으면 좋겠다고 생각했다.

"하지만 집무실에 술이 있다니, 감사부에 들키면 또, 안 좋은 소문이 퍼질 거야."

그런 이유에서(?) 루드팅크 대장의 술은 일부는 보관창고로 옮기고 남은 건 집으로 가져가기로 했다. 평화적 해결이었다.

업무가 끝난 후 자라 씨가 포장마차 거리로 가서 음식을 먹으며 돌아다니자는 권유를 했다.

우르가스와 가르 씨도 함께. 벨리 부대장은 약혼자와 식사 약속이 있는 것 같았다.

"그래? 벨리 부대장한테도 약혼자가 있었구나."

뭐지? 이 안타까운 느낌은. 사이가 좋았던 친척 언니가 결혼해버릴 때 느꼈던 기분과 비슷했다. 나 이외에 안타까운 표정을 짓는 젊은이가 또 있었으니. 우르가스 청년이었다.

"벨리 부대장, 진짜예요?"

"우르가스도 지금 알았군요."

"네⋯⋯."

살짝 눈물을 머금은 우리를 뒤에서 자라 씨가 끌어안아주었다.

"두 사람 모두, 우울해하지 마! 오늘은 내가 맛있는 음식을 사줄 테니까!"

"진짜요?!"

"좋았어!"

우울 모드에서 기적적인 부활을 이뤄낸 우르가스와 나.

가르 씨는 느긋하게 꼬리를 흔들면서 시시한 대화를 바라보고 있었다.

왕도에는 밤에만 영업하는 포장마차 거리가 있었다. 퇴근길에 들르는 사람들로 붐빈다고 했다.

오늘은 사복을 입고 집합했다. 머리는 땋았던 것을 풀고 높은 위치에서 하나로 꽉 묶었다.

복장은 셔츠의 옷깃에 리본을 묶고 밑에는 직접 만든 감색의 긴 스커트를 입었다.

전신거울로 모습을 확인했다.

──응, 아직, 촌스러워.

시골촌뜨기 같은 모습은 좀처럼 없앨 수 없는 거겠지. 이 이상 멋을 부리는 건 그 자리에서 단념했다.

좀 추울지 몰라 기사대 외투를 걸쳤다.

집합 시간이 된 것 같아서 방을 나섰다. 물론 지갑이 든 가방도 잊지 않고.

기사대 정문 앞에는 눈에 띄는 3인조가 있었다. 장신의 늑대 수인, 가르 씨. 검은 가죽 재킷이 수수해 보였다.

우르가스 청년은 목을 감싸는 감색 상의에 검은 바지 차림. 우르가스 주제에 꽤 멋졌다. 마지막으로 자라 씨. 오늘은 완벽한 여장. 머리는 길게 땋아 머리 뒤쪽으로 묶고 옷단이 긴 원피스에 복슬복슬한 외투를 걸치고 있었다. 굳이 말할 것도 없이 미인에다 멋졌다.

반면에 나의 이 촌스러운 모습.

어쩔 수 없지. 아직 월급을 못 받아서 옷을 살 여유가 없으니까.

날 발견한 자라 씨가 뛰어와서 날 맞아준 건 다행이지만 터무니없는 말을 꺼냈다.

"멜, 다행이야. 어딘가에서 헌팅당하고 있는 줄 알았어."

"하하하."

그런 일이 있을 리가 없잖아. 적당히 웃으며 얼버무렸다.

자라 씨는 걱정해줄 뿐만 아니라 헤어스타일이 귀엽다고 칭찬도 해주었다. 굉장히 기뻤다.

"춥지 않아?"

"아뇨, 괜찮아요."

"추워지면 말해. 끌어안고 따뜻하게 해줄 테니까."

"아뇨, 괜찮습니다."

"사양 안 해도 돼."

"생각해볼게요."

"긍정적으로!"

그런 이야기를 나누면서 포장마차 거리로 이동했다.

한산한 거리를 직진해서 중앙 거리를 통과. 점점 사람의 왕래
가 많아졌다.

오렌지색 랜턴 불빛에 둘러싸인 거리가 밤의 왕도 명물, 포장
마차 거리.

"우와아, 아름답네요."

"그렇지?"

포장마차 거리에서 맛있는 냄새가 감돌았다.

튀긴 빵에 고기만두, 구운 감자, 삼각우 꼬치구이에 대파 전
병, 향초 고기, 고기 전병, 달콤 짭조름한 감자, 등등. 포장마차
간판 글자를 따라가는 것만으로도 맛있어 보였다.

다들 걸어가면서 구입한 음식을 먹고 있었다.

"굉장해…… 굉장해……."

너무 압도돼서 어휘력이 죽어버리고 말았다. 포장마차를 바라
보면서 '굉장해'라는 말밖에 할 수 없었다.

"멜, 뭐 먹고 싶어?"

"추천하는 음식은 없나요?"

"으~음, 가장 맛있는 건 대파 전병이려나?"

"처음 들어요."

대파 전병이라는 건 얇게 늘인 반죽에 잘게 채썬 대파와 다진 고기 소스를 넣고 빙글빙글 말아 만든 음식이라고 했다.

"흐음, 맛있을 것 같네요."

우르가스와 가르 씨(늑대 수인이지만 파는 괜찮은 것 같았다)도 같은 걸 주문하기로 했다.

주문을 받으면 곧장 만들어주는 시스템이라 우리는 철판 위를 바라보고 있었다.

우선 반죽을 떠 철판에 올리고 숟가락 뒷부분으로 얇게 펴 준다. 그 위에 계란을 넣고 으깬 다음 섞는다. 빈 공간에서 대파를 볶다가 가볍게 익으면 다진 고기 소스를 넣고 굽는다.

마지막으로 구워진 반죽 위에 대파를 얹고 빙글빙글 말아주면 완성.

철판은 4개가 있었고 4명의 점원이 재빨리 만들어주었다.

종이에 포장된 대파 전병을 받아들었다. 돈은 자라 씨가 내주었다.

"아, 전병 값을."

"됐어, 됐어. 오늘은 전부 내가 살 테니까."

"아, 감사합니다."

아무래도 한턱 쏘는 것 같았다.

멈춰 서 있으면 방해가 되기 때문에 걸어가면서 먹었다. 마음속으로 신에게 기도를 드리고 대파 전병을 베어 물었다.

"——와아, 맛있어!"

반죽 바깥 부분은 바삭하고 속은 부드러웠다. 대파가 아삭아삭 씹혀 식감도 좋았다. 다진 고기는 굵게 썰어 만족감이 있었고 알싸한 양념이 반죽과 대파에 어울렸다. 너무 맛있어서 그 자리에서 가볍게 폴짝폴짝 뛰고 말았다. 역시 자라 씨가 추천할 만하다고 생각했다.

다음은 고기만두. 자라 씨와 반씩 나눴다.

"우와, 육즙이 엄청나."

반죽은 말랑말랑. 반으로 가르니 육즙이 흘러넘쳐 손끝까지 떨어졌다. 후끈후끈 감도는 수증기도 굉장했다. 갓 쪄서 따끈따끈했다.

고기가 육즙을 품고 반짝반짝 빛나고 있었다. 이게 무슨 사태인 걸까.

입을 크게 벌리고 베어 물었다.

다진 고기에는 맛이 듬뿍 농축되어 있었고 육즙이 스며든 반죽 또한 맛있었다.

눈 깜짝할 사이에 다 먹어치웠다. 계속 먹고 싶어지는 마성의 음식이었다.

수건으로 손을 닦고 있는데 자라 씨가 무언가를 알아차렸다.

"어라?"

"왜 그러세요?"

"우르가스와 가르 씨를 놓친 것 같아."

"아, 정말이네요."

마지막으로 본 두 사람은 진지한 얼굴로 고기만두를 몇 개 먹을지 의논하고 있었다.

"이거 큰일이네요."

"이런 일도 있을 것 같아서 일행을 놓치면 그 자리에서 해산하기로 했어."

"그랬군요."

그렇다면 우리도 여기서 해산인가, 라고 생각했는데.

"그럼 식후 디저트를 먹으러 가볼까?"

"오오!"

설마 하던 디저트! 옆에는 달콤한 음식들을 팔고 있는 포장마차도 있는 것 같았다.

설탕을 바른 튀긴 빵과 과일 사탕 꼬치를 사먹었다. 디저트 배는 따로 있다고들 하니까. 마지막으로 크림이 들어간 빵을 사주었다. 이게 또 너무 맛있어서…….

이것저것 실컷 먹고 돌아가기로 했다.

우루가스와 가르 씨와는 기사대 정문 앞에서 재회했다. 통금까지 몇 분 남지 않았기 때문에 서둘러 해산. 굉장히 즐거웠다.

다음에는 벨리 부대장이나 루드팅크 대장도 불러 같이 가보고 싶었다.

*

이른 아침. 도중에 우연히 만난 자라 씨와 출근을 하다가 처음 보는 기사에게 붙잡혔다.

"어이, 네가 제2부대의 위생병이군."

말을 걸어온 건 20세 전후의 젊은 기사. 자라 씨보다도 키가 작았고 몸집이 작은 청년이었다.

이쪽 반응 따위 일절 신경 쓰지 않고 질문을 내가 아닌 자라 씨에게 던졌다.

"어이, 왜 그래? 포레 엘프라고 들었는데 너 맞지?"

기사는 계속해서 자라 씨에게 계속 말을 걸었다.

혹시 포레 엘프=절세미인=자라 씨라는 결론인 건가?

흐음, 흐음, 납득―할 리가 없잖아~~!

왜 자라 씨의 귀가 뾰족하지 않다는 걸 눈치 채지 못하는 거지?

왜 옆에 귀가 뾰족한 내가 있는 걸 눈치 채지 못하는 거야?

크으윽, 어금니를 꽉 깨물었다.

어차피 포레 엘프치고는 키도 작고 얼굴도 수수하고 마력도 없어서 시집도 못 간다고요! 라고 자신에 대한 평가를 떠올리다 보니 허무해졌다. 슬펐다.

그런 건 아무래도 상관없다 치고.

자라 씨는 어쩔 생각인 거지? 힐끔 쳐다보니 눈을 가늘게 뜨고 기사를 내려다보고 있었다.

오해를 풀 줄 알았는데 뜻밖의 말을 꺼냈다.

"나에게 무슨 볼일?"

자라 씨의 낮은 목소리에 움찔거리는 기사. 남장을 한 여인이라고 생각한 거겠지. 여장 차림을 알고 있는 내 입장에서 보면 기사 제복 차림은 멋진 남성으로 보이는데.

하지만 산적인 루드팅크 대장과 나란히 서면 화려하고 가냘프게 보인다. 옷을 입으면 도리어 여위어 보이는 스타일인 듯.

뭐, 전투 중에는 큰 도끼를 붕붕 휘두르는 오빠지만.

"포레 엘프는 남자도 이렇게 아름다워……?!"

그건 글쎄. 여자는 미인이 많지만 남성은 사냥도 하고 임업을 생업으로 하는 사람도 많으니까 다부진 체형이 두드러졌다.

반면에 왕도로 찾아오는 포레 엘프는 학자 기질의 비슬비슬한 청년들뿐이라 일족 전원 미인설이 소문으로 퍼진 걸지도 모른다.

기사 청년은 눈을 크게 뜨고 자라 씨를 위에서 아래로 훑어보았다.

저쪽 기분도 모르는 건 아니지만.

자라 씨는 거듭해서 무슨 일인지 물었다. 목소리가 낮아진 걸 보면 살짝 화가 난 거겠지.

"아, 요, 용건은 우리 대장이 이야기를 좀 하고 싶다고 해서."

"이야기?"

"그래. 최근 제2부대가 새로운 위생병이 온 이후 실적이 늘었다고 화제가 되고 있는데 괜찮으면 전속이라도 하지 않겠냐고."

"거절하겠다고 말해줘."

"하지만 우리 부대는 실력자밖에 입대할 수 없는 부대로——."

원정부대에도 여러 가지가 있는 듯했다.

처음에는 소수정예인 줄 알았는데 입대하고 제2부대의 실태를 파악하게 되었다.

최소한의 변변찮은 장비밖에 주지 않고 원정부대의 좌천지라 불리고 있었다. 그런 느낌이니까 스카우트는 큰 출세겠지.

하지만 전속할 생각 따위 눈곱만큼도 없었다.

자라 씨는 힐끔 나를 확인하듯 시선을 보냈다. 난 고개를 옆으로 저었다. 자라 씨는 고개를 끄덕이곤 기사 청년에게로 다시 얼굴을 돌렸다.

"됐어. 돌아가. 말할 거리가 안 되니까. 그쪽 대장에게도 전해줘. 앞으로 일절 이런 교섭을 하러 오지 말라고."

"아, 네. 대장에게 그렇게 전하겠습니다. ……저기, 저 죄송했습니다."

"됐어. 알았으면."

마지막으로 피식 위압감이 있는 미소를 띠었다. 왠지 이렇게 대하는 게 익숙한 것 같은 인상.

기사 청년은 부리나케 돌아갔다.

자라 씨는 크게 한숨을 내쉬었다. 나 때문에 터무니없는 일에 휘말리고 말았다.

"저기, 죄송합니——."

사과하려고 하는데 날 꽉 끌어안았다. 힘이 너무 강해서 '크윽' 하고 소리가 흘러나왔다.

"아, 이런, 멜, 미안해."

"괘, 괜찮아요."

다시 한 번 자라 씨에게 사죄와 감사의 말을 건넸다.

"됐어, 전혀. 하지만 나의 멜을 스카우트하려고 하다니, 절대로 용납 못 해!"

"아, 네."

방금 '나의'라는 그냥 넘길 수 없는 말이 들린 것 같았지만 그대로 놔뒀다.

자라 씨는 계속 화가 나 있었다. 조례에서 루드팅크 대장에게 보고해버릴 정도로.

루드팅크 대장은 '하하하' 하고 웃어넘길 것 같았는데 발끈해 눈을 크게 뜨고 산적처럼 무서운 표정을 짓고 있었다. 수염이 없어도 얼굴이 무섭네요. 아니, 그게 아니라.

"스카우트라고?!"

그렇다고 대답하자 혀를 찼다. 반응을 보인 건 루드팅크 대장뿐만이 아니었다.

"어떻게 된 거야? 그런 걸 절대로 용납할 수 있을 리가 없잖아."

벨리 부대장도 드물게 소리를 거칠게 높였다. 우르가스와 가르 씨도 끄덕끄덕 고개를 끄덕였다.

"그러고 보니 리스리스 위생병은 전에도 여자 기숙사를 나오다 트집을 잡힌 적이 있었지."

"그 전에도 누가 말을 걸어온 적이 있다고 했죠?"

"응? 뭐야, 멜, 어떤 식으로 말을 걸어왔는데?"

"아, 아뇨, 과자를 줄 테니까 식당에서 잠깐 이야기 좀 하지 않겠냐고."

"뭐라고?!"

기사가 갖고 있던 건 귀여운 포장지로 감싼 구운 과자였다. 왕도의 과자는 굉장히 매력적이었지만 모르는 사람을 따라 가면 안 된다고 늘 부모님께 주의를 받아왔기 때문에 거절했다.

"기숙사에서 여기까지의 거리를 어떻게든 해야 할 것 같은데."

루드팅크 대장과 벨리 부대장이 무언가 중얼거리며 이야기를 나누었다.

"그럼 멜, 우리 집에서 같이 살자. 부대까지 매일 같이 갈 수 있잖아!" 자라 씨가 터무니없는 소리를 꺼냈다.

"네?"

그건 좀 곤란할 것 같다고— 말하려는데 루드팅크 대장이 그 제안을 채용하고 말았다.

"좋아, 그렇게 해."

"네에? 그런, 갑자기 그렇게 말씀하셔도."

"우리 부대로서도 위생병이 스카우트 당하면 곤란해."

최종적 인사권은 루드팅크 대장에게 있는 거 아니냐고 지적하자 그렇지 않다는 대답이 돌아왔다.

"인사부가 명령하면 대응할 수 없어. 그것보다도 큰일인 건 네가 전속을 희망하는 거지."

"아니, 그런 일은 없을 거예요."

"그건 알 수 없는 일이야."

예를 들어, 좋은 조건을 제시받으면 내가 무심코 권유받은 자리에서 승낙한다거나 그런 일을 두려워하고 있는 것 같았다.

"절 믿지 못한다는 뜻인가요?"

"아니. 우리 부대의 처우가 별로 좋지 않기 때문에 하는 말이야."

다른 부대의 대우를 듣고 나면 누구든 마음이 흔들릴 거란 뜻.

"솔직히 말리는 건 이쪽의 오만일지도 몰라. 리스리스 입장에 선 다른 부대로 가는 편이 부담이 적겠지. 하지만 우리에게는 리스리스가 필요해."

"루드팅크 대장……."

마을에선 이런 식으로 인정을 받은 적이 없으니까 솔직히 말하면 꽤 기뻤다.

다시 한 번 날 받아주고 필요하다고 말해준 제2부대에서 열심히 해보고 싶었다.

그런 마음을 확실하게 전하려는데——.

"그러니까 자라를 벌레 퇴치에 쓰는 거지. 출퇴근을 하다 권유를 받으면 곤란하니까 함께 살도록 해."

"네?"

자라 씨는 웃는 얼굴로 '맡겨줘!'라고 말했다.

아니, 아니, 잠깐만 기다려 달라고 해도 말을 듣지 않았다.

"우리 집은 2층집이니까 2층의 비어 있는 방을 쓰면 돼. 난 절대로 올라가지 않을게."

아침 식사와 저녁 식사도 자라 씨가 만들어주겠다고 했다. 정말 좋은 대우 아닌가.

"저기, 어째서 그렇게까지 해주시는 거예요?"

"걱정되니까."

남자와 둘이서 사는 건 좀 그렇다고 생각했는데 그 외의 동거인도 있는 것 같았다.

"여자아이도 있으니까 걱정하지 마."

"네에……."

뭐, 다른 여자아이도 있다면 괜찮겠지?

음, 결정은 다음에 하는 걸로.

오후의 휴식시간. 아침에 부대의 모두에게 폐를 끼쳤기 때문에 사과의 뜻을 더해 과자를 만들기로 하고, 식당에서 재료를 구입했다. 계란과 밀가루와 삼각우 우유에 버터를 이용해 팬케이크를 만들기로 했다. 재료를 준비하고 기사대 건물의 간의 부엌 화덕에 불을 붙였다.

우선 계란을 노른자와 흰자로 나눴다. 노른자에는 밀가루와 녹인 버터, 삼각우 우유를 섞고 흰자에는 설탕을 넣어 거품을 냈다.

흰자가 폭신폭신해지면 노른자와 밀가루를 휘저어 섞은 것과 합쳐서 조심스럽게 나무 주걱으로 섞는다. 뜨거워진 프라이팬에 버터를 한 숟갈 넣고 숟가락으로 건져 올린 반죽을 올린다.

치익 치익 구워지는 소리를 들으면서 적당히 구워지면 뒤집는다.

노릇노릇 맛있게 구워졌다.

최대한 흰자 거품을 많이 냈기 때문에 폭신폭신하고 두툼한 팬케이크가 완성되었다.

접시 위에 3장을 겹쳐 올렸다. 꽤 많은 양이었지만 폭신폭신 식감이 가벼우니 문제없겠지.

달콤한 것을 좋아하는 자라 씨, 벨리 부대장, 가르 씨, 우르가스의 접시에는 얼마 전에 만든 사과 설탕 절임을 곁들였다. 달콤한 걸 싫어하는 루드팅크 대장에게는 검은 후추를 뿌린 계란 프라이를 위에 올렸다.

각자 맡은 일을 하고 있던 모두를 휴게실로 불렀다. 완성된 팬케이크를 보고 다들 놀란 것 같았다.

"와아, 리스리스 위생병, 어떻게 된 거예요?"

"아뇨, 아침부터 여러분께 폐를 끼친 것 같아서."

사과의 뜻으로 만든 팬케이크라고 했더니 눈을 크게 뜨는 우르가스.

"멜, 폐라니, 전혀 그렇게 생각 안 해."

"그래. 동료를 걱정하는 건 민폐에 포함되지 않아."

자라 씨, 벨리 부대장……. 가르 씨도 신경 쓰지 말라는 듯 고개를 가로저었다.

"여러분, 감사합니다."

하지만 뭐, 모처럼 만든 거니까 맛있게 먹어줬으면 좋겠다. 어서 먹어보라고 권했더니 다들 마침 출출했다며 기뻐해줬다.

자리에 앉아 먹기로 했다.

팬케이크를 칼로 잘랐더니 폭신한 촉감이. 사과 설탕 절임을 위에 올려서 한 입.

"으~~음."

긴 의자 등받이에 몸을 기댄 체 하아 하고 한숨을 내쉬었다.

내가 만들었지만 맛있어. 반죽의 은은한 달콤함과 사과의 새콤달콤함이 실로 잘 어울렸다.

입 안에서 스르륵 녹아 없어지는 반죽도 좋았다.

실은 적은 재료로 조금이라도 더 만복감을 느낄 수 있도록 개량한 메뉴였다. 형제가 많으면 이런 생각만 하게 된다. 그래도 우르가스는 3단으로 포개진 팬케이크를 기쁜 듯이 입 안 가득 집어넣고 감상을 늘어놓았다.

"리스리스 위생병, 이거, 지금까지 먹어본 팬케이크 중에서 제일 맛있어요!"

그 말에 벨리 부대장이나 가르 씨도 고개를 끄덕였다. 입에 맞는 것 같아 무엇보다 다행이었다.

우르가스는 루드팅크 대장의 계란 프라이도 맛있어 보인다고 중얼거렸다.

"좀 먹어볼래?"

"우와, 감사합니다!"

우르가스는 기쁘게 팬케이크 위에 노른자를 얹어 먹었다. 이것도 입에 맞는 모양.

달콤한 음식 뒤에 먹는 짭조름한 음식은 참을 수 없는 법.

한가로이 보낸 오후였다.

*

시간은 눈 깜짝할 사이에 지나갔다. 겨울도 깊어지고 눈이 내리는 날도 있었다.

제2부대는 여전했다. 훈련과 보존식을 만드는 나날들.

"오늘도 춥네요~"

난 가르 씨와 함께 호두 등, 나무 열매를 막대기로 거칠게 부수는 간단한 일을 하고 있었다.

멀리서 복도를 걸어오는 발소리가 들렸다. 분명 루드팅크 대장이겠지.

"루드팅크 대장일까요?"

가르 씨는 고개를 끄덕거렸다. 아무래도 정답인 듯했다.

잠시 후 문이 열렸고.

"루드팅크 대장, 다녀오셨어요?"

"……그래."

회의에서 돌아온 루드팅크 대장의 표정이 안 좋아 보였다. 휴게실로 들어와 하아 하고 성대한 한숨을 내쉬었다.

이야기를 들을 시간은 없었고 바빠서 그냥 내버려뒀다.

방 안에선 나무 열매 두들기는 소리만 들렸다. 그 속에서 또다시 루드팅크 대장의 한숨 소리가.

나와 가르 씨는 나무 열매가 들어있는 자루를 나무 막대기로 두들겼다. 바삭바삭하게 볶아먹는 종류의 열매라 꽤 단단했다.

"가르 씨, 비가 올 것 같아요."

둘이서 창문 밖을 바라보았다. 세탁해놓은 수건을 거둬들여야 할 것 같았다.

느릿느릿 일어나다 우울한 얼굴을 한 루드팅크 대장과 눈이 마주쳤다. 이대로 무시할 수는 없겠지. 아무래도 빨래는 가르 씨가 걷어 와야 할 것 같았다. 눈과 눈으로 대화를 나누며 빨래를 부탁했다.

이렇게 일이 없어진 나는 마지못해 말을 걸었다.

"루드팅크 대장, 무슨 일 있으세요?"

"내일 아침부터 수행해야 할 갑작스러운 임무가 들어왔어."

"어라, 그거 실망이네요."

왜냐하면 내일은 휴일이었으니까.

"어쩔 수 없죠. 위에서 내린 명령이니까."

격려해봤지만 루드팅크 대장의 표정은 풀리지 않았다.

그렇게 모두에게 말하기 힘든 걸까? 내가 다른 대원들에게 알리면 되겠냐고 물어보니 고개를 가로로 내저었다. 종례 시간에 보고할 거니까 괜찮다고.

그렇다면 왜 그런 우울한 표정을 짓는 거지?

"아직 뭔가 근심스러운 일이라도?"

"……이야."

"네?"

작은 목소리로 중얼거려서 다 들리지 않았다. 귀를 기울인 채

다시 한 번 물어보았다.

"루드팅크 대장, 못 들었는데 한 번 더 말씀해주세요."

"내일이 멜리나의 생일이야."

"우와아……."

그 말을 듣는 순간 루드팅크 대장과 똑같은 표정을 되었다.

멜리나 씨는 루드팅크 대장의 약혼자였다. 미인이었지만 꽤 강한 성격. 저렇게 기가 죽는 걸 보면 상당히 잡혀 사는 게 틀림없었다.

생일이니까 외출이나 식사 약속을 했겠지. 분명 '나와 일 중 어느 쪽이 더 중요해?!'라고 캐물을 게 틀림없었다. 남의 일이었지만 부들부들 몸이 떨렸다.

"난…… 어떻게 하면 좋지? 저기, 리스리스 위생병, 이런 경우 어떻게 하면 용서해줄까?"

"아니, 저에게 물어보셔봤자."

우리 마을에서는 일하는 남편과 아내가 필사적으로 서로를 떠받쳤다.

숲에 가서 짐승을 사냥하고 행상인에게 모피나 고기를 판다. 그리고 나무를 벌목하고 장사를 한다. 매일의 노동과 교환으로 그럭저럭 생활을 하고 있었다.

일보다 중요한 건 없었다. 숲에 사는 우리는 일하지 않으면 살아갈 수 없으니까.

그러니까 약속을 했다고 해도 갑자기 일이 들어왔다고 하면 '아, 네'라고밖에 말할 수 없었다.

뭐, 이건 숲에 사는 포레 엘프의 사정이고.

하지만 왕도에서 사는 사람들— 특히 귀족인 루드팅크 대장이나 멜리나 씨는 일을 하지 않아도 살 수 있었다.

따라서 이번 일은 루드팅크 대장에게 일대 사건인 것이다.

참고로 '나랑 일, 둘 중 어떤 게 더 중요해?!'라는 대사는 마을에서 유행했던 기사와 아가씨의 연애소설 속 인상적인 한 마디.

포레 엘프의 상식으로 말하자면 '일보다 소중한 건 없어!'겠지만 왕도에 사는 사람들은 이런 걸로 싸우기도 하는구나~ 하고 화제가 되었었다.

설마 눈앞에서 그런 장면과 맞닥뜨릴 줄이야. 역시 왕도. 고개를 푹 숙인 루드팅크 대장에게 살짝 조언을 해보았다.

"자라 씨에게 상담해보는 게 어때요?"

"자라에게?"

"네. 가장 여성스러우니까 뭔가 조언을 해줄지도 몰라요."

루드팅크 대장은 팔짱을 끼고 알았다고 대답했다.

그런 것보다 신경 쓰였던 것에 대해서 질문했다.

"그러고 보니, 임무라는 건 뭔가요?"

"사랑의 도피를 한 귀족 중 한 명을 설산으로 찾으러 가야 해."

"그것 참 과혹한 일이네요."

등산이니까 장비는 최소한으로 준비하지 않으면 안 되겠지. 그리고 춥기 때문에 영양가가 높은 보존식을 준비해야 했다. 추운 곳에선 그저 거기 있는 것만으로도 활동력을 소비하게 되니까.

참고로 행방불명이 된 건 대귀족의 아들로 사랑의 도피를 하던 중 도망친 설산에서 따로따로 떨어지고 말았다고 한다. 여성은 이미 구조되었다는데.

"하지만 왜 설산 같은 곳에."

"결혼을 반대했던 가문 사람들에게 쫓겨서 도망쳤다는군."

"그렇군요."

원정부대 대원들이 교대로 수색을 하러 간다고 했다. 오늘로 이틀째라고.

"그 사람, 살아있나요?"

"글쎄. 하지만 시체가 발견될 때까지 찾으려는 것 같아."

"네에? 말도 안 돼……."

우리에게 배정된 수색 시간은 반나절 정도.

"미끄러져 떨어졌다면 발견하기 힘들 텐데."

"하지만 할 수밖에 없잖아. 상부의 명령이니까."

오늘 가르 씨와 함께 부순 나무 열매는 비스킷 반죽에 섞어서 구울 생각이었지만 작전 변경이다.

"루드팅크 대장, 잠깐 장 좀 보러 갔다 와도 될까요?"

"그래. 퇴근 시간까지 돌아오도록."

"알겠습니다."

비가 내리기 전에 갔다 왔으면 좋겠는데. 그런 생각을 하면서 일단 우산을 빌려 나갔다. 빠른 걸음으로 나가서 서둘러 장보기를 끝내야지.

사야할 건 화곡류와 건조 과일.

화곡류라는 건 찐 곡물을 으깨서 건조시킨 것이다. 식이섬유가 풍부하고 영양가가 높고 손쉽게 먹을 수 있어서 왕도에서도 인기가 많은 듯했다.

이 화곡류를 사용해서 어떤 걸 만들기로 했다.

산에 올라갈 때는 '행동식'이라는 영양보충을 목적으로 한 식재료가 필요하게 된다.

쉽게 먹을 수 있고 영양가가 높은 걸 준비해야 한다. 가능하면 주머니 등에 넣고 걸어가면서도 먹을 수 있는 게 좋다.

그래서 화곡류와 건조 과일, 나무 열매 등을 볶아 벌꿀로 굳힌 막대기 모양의 음식을 만들 생각이었다.

몸이 떨릴 만큼 달아 냄새만 맡아도 살이 찔 것 같은 음식이지만 등산을 할 때는 이 정도로 칼로리가 높은 음식을 섭취해야 했다.

등산을 하면 눈 깜짝할 사이에 피로해지기 때문에 손쉽게 영양보충이 가능한 음식이 필요해진다.

서둘러 장을 보고 돌아올 생각이었는데 비가 억수같이 쏟아지기 시작했다. 외투에 달린 두건을 뒤집어쓰고 우산을 쓴 다음 빗속을 종종걸음으로 돌아왔다.

루드팅크 대장에게 돌아왔다는 사실을 보고하고 바로 조리에 들어갔다.

우선 부숴놓은 나무 열매와 화곡류, 건조 과일을 넣고 소금을 가볍게 뿌려 섞는다. 한 번 볶았더니 구수한 향이 감돌았다. 그릇에 넣고 열을 식힌 다음 벌꿀을 뿌려서 섞는다.

재료가 뭉쳐지면 사각 철판에 넣고 화덕에서 굽는다.

노릇노릇하게 구우면 완성.

다 구워진 것은 막대기 형태로 잘라 안쪽까지 식으면 종이로 감쌌다.

한 사람당 5개씩, 전부 다 해서 30개 정도를 만들어봤다.

임무는 반나절 정도였으니 충분하겠지. 이른 아침에 출발할 것 같으니 미리 준비를 해놓자.

휴게실로 돌아가니 머리를 감싸 쥔 루드팅크 대장과 다리를 꼬고 앉은 자라 씨의 모습이 보였다.

"아, 수고하셨습니다."

"멜도 수고했어."

어색한 분위기라 그대로 나가고 싶었지만 자라 씨가 옆자리를 톡톡 두들겼기 때문에 마지못해 앉게 되었다.

"멜, 들었어? 루드팅크 대장의 이 세상에서 가장 불행한 이야기."

"아, 네."

"가엾지 않아?"

자라 씨에게 상담한 결과, 보석을 선물하면 된다는 이야기가 나왔다.

"하지만 가게는 이미 문을 닫았잖아."

"어머, 천하의 루드팅크 가문의 도련님이 왔는데 열어주겠지."

"하지만 나로서는 여자들이 어떤 걸 원하는지……."

자라 씨와 루드팅크 대장이 동시에 나를 쳐다보았다.

"아니, 저도 몰라요. 지금까지 숲에서 살아서 보석 같은 건 본 적도 없거든요."

자라 씨가 더 잘 알지 않냐고 물어보았다.

"싫어, 남자랑 둘이서 보석상에 가다니, 안 좋은 의미로 오싹하잖아."

"우연이군, 나도 그런데."

그런 이유에서 세 사람이 사이좋게 보석상에 가기로 했다.

"밖에 비가 오는데요."

"됐으니까 가보자."

별로 내키지 않는 나. 루드팅크 대장은 빨리 끝내려고 안절부절 못하고 있었고

자라 씨는 좀 즐거워 보였다.

보석 가게는 역시 문이 닫혀 있었다. 하지만——.

"이봐, 아무도 없어?!"

이 얼마나 산적 기운이 흘러넘치는 사람인지.

쾅쾅 문을 계속 두드리며 외치는 루드팅크 대장의 난폭한 목소리에 깜짝 놀라는 자라 씨.

"잠깐, 빚쟁이가 아니라고?!"

루드팅크 대장은 무의식이었던 듯 머쓱한 표정을 짓고 있었다.

자라 씨에게 주의를 받고 귀족 도련님다운 행동으로 부탁하기 시작했다.

이렇게 해서 억지로……가 아니라 특별히 문을 열어주었다.

가게 안은 반짝반짝 빛나는 아름다운 목걸이나 귀걸이, 브로치 등이 예술품처럼 진열되어 있었다.

자라 씨와 루드팅크 대장은 저건 아니야, 이건 아니야 라며 둘이서 진지하게 고르고 있었다.

왠지, 뒤에서 보고 있자니 사귄 지 얼마 안 된 연인사이로도 보였다.

점원도 같은 생각을 한 건지 탐탁지 않은 눈으로 지켜보고 있었다.

차분히 고르다 최종적으로 목걸이를 산 모양. 녹색 보석이 달려 있어서 굉장히 아름다웠다.

결국 난 함께 가기만 했을 뿐, 아무것도 하지 않았다. 하지만 보석을 볼 수 있었기 때문에 득을 본 기분. 문득 든 생각인데 브로치 정도라면 하나 정도 갖고 있어도 되지 않을까? 언젠가 구입하기 위해 열심히 돈을 벌어야지. 그렇게 멍하니 바라보고 있는데 자라 씨가 손짓하며 날 불렀다.

"저기, 멜. 루드팅크 대장이 브로치를 사준다는데?"

"네?!"

설마 하던 보상이? 괜찮다고 사양했지만 자라 씨도 하나 받을 거라고 했다.

우리에게 보여준 건 꽃과 토끼와 별과 새 모양 브로치. 전부 다 귀여웠다.

"이봐, 넌 토끼가 좋지 않겠어?"

루드팅크 대장의 말은 무시했다.

전부 다 예뻤다. 하지만 고민되는데…….

역시 나에게 브로치는 어울리지 않았고 안 사도 될 것 같다고 생각하던 중, 옆에 있던 자라 씨가 꽃 모양의 브로치를 가리켰다.

"멜, 이 꽃으로 하는 게 어때? 분명 잘 어울릴 거야."

"그럴까요?"

"그럼, 당연하지."

우리의 대화를 듣던 루드팅크 대장이 꽃 브로치를 사겠다고 점원에게 말했다.

"내 건 멜이 골라줄래?"

그렇게 책임이 막중한 부탁을. 하지만 모처럼 말해줬으니 진지하게 골라서 최종적으로 맹금류 모양의 브로치를 선택했다.

"멜은 꽤 차분한 걸 골라주는구나."

"너에게 딱이잖아. 육식계니까."

"어머, 우후후."

수수께끼의 대화를 나누는 오빠들. 점원이 브로치가 든 봉투를 가지고 나왔다.

설마 이런 멋진 선물을 받게 될 줄이야.

내일부터 또 일을 열심히 해야겠다고 생각했다.

*

　어제 일을 열심히 하겠다고 결심했지만 오늘 임무가 설산에서의 수색이라는 걸 떠올리고 살짝 우울해졌다. 게다가 원래라면 휴일이었다.

　아침부터 침대 위에 푹 쓰러져 있었다. 일어나는 게 정말 귀찮았다.

　의욕이 없었고. 기력이 없었고. 기운도 없었다.

　정말 아무것도 없었다. 하지만 시간은 날 기다려주지 않았다.

　느릿느릿 일어나던 와중 어제 받은 브로치가 눈에 들어왔다. 포장지가 예뻐서 개봉하지 않고 그대로 놔두었다. 오늘 임무가 끝나고 기숙사로 돌아오면 조심조심 열어봐야지. 그걸 기대하며 오늘 하루 임무에 도전하기로 했다.

　식당으로 가자 늘 뵙는 아주머니가 날 맞아주었다. 갓 구운 빵을 2개 챙기고 오믈렛과 수프를 받아 자리에 앉았다. 우선은 식전 기도부터.

　──맛있는 식사를 먹을 수 있다는 사실에 감사드립니다.

　우선 빵부터 먹기로 했다. 버터가 들어있는 항아리를 가지고 와서 잔뜩 발랐다.

　오늘은 영양분을 많이 축적해도 괜찮을 것 같아서 버터를 거듭해서 발랐다. 따끈따끈한 빵 위에서 버터가 녹아내렸다. 연한 계란색이 열을 받아 스르륵 색깔이 변하며 호박색이 되는 순간을 참을 수가 없었다. 계속 바라보고 싶었지만 시계를 보니 조례 시간이 다가오고 있었다. 바삭바삭 급하게 베어 물었다. 버터의 농후한 풍미에 감동하고 있을 시간이 없었다.

오믈렛을 칼로 썰어보았다. 그러자 안에서 주르륵 치즈가 흘러나왔다.

이런 건 들어본 적이 없었다. 오믈렛 안에 치즈를 넣다니, 대사건이었다. 분명, 분명 당연히 맛있겠지. 한 입 크기로 잘랐다. 포크를 푹 찌르면 끈적끈적하게 늘어나는 치즈. 칼로 치즈를 잘라내고 먹었다.

이 맛…… 말로 형용할 수가 없었다.

포크를 꽉 쥐고 눈을 감은 채 잠시 감동에 빠졌다.

오믈렛에 치즈를 넣는 요리를 생각한 사람은 천재라고 생각했다. 그런 생각을 하는 와중에 업무 시작 시간 30분 전을 알리는 종이 울렸다. 천천히 맛보고 있을 시간이 없었다.

서둘러 먹고 기숙사를 벗어났다.

조례에는 아슬아슬하게 늦지 않았다.

오늘로 8일 연속 근무였기 때문에 모두들 눈이 풀려 있었다.

유일하게 자라 씨는 평소와 다름없었지만. 이 사람, 대체 컨디션 관리를 어떻게 하고 있는 거지?

뭐, 됐어.

여전히 행방불명인 귀족 도련님은 찾지 못한 듯했다.

"뭐, 오늘쯤 사체를 찾게 되겠지."

루드팅크 대장의 농담 같은 한 마디에 웃지 못하는 우리들. 정말 싫다. 원래 휴일이었던 것도 있어서 괜히 우울해졌다.

설산까지는 마차로 간다고 했다. 그건 조금 안심.

조례가 끝나고 바로 이동하게 되었기에, 각자 짐을 갖고 밖으로 나왔다.

6인승 마차가 준비되어 있었지만 덩치가 큰 사람이 많다보니 좀 좁았다.

특히 체격이 큰 가르 씨는 몸을 웅크리고 있는게, 기분이 안 좋아 보였다.

난 구석 자리를 차지했다. 그 옆은 자라 씨. 눈앞에는 벨리 부대장까지, 화려했다.

루드팅크 대장이 신호를 보내자 마차는 움직이기 시작했다.

변해가는 풍경을 바라보고 있는데 전방에서 시선이 느껴졌다.

벨리 부대장이 날 보고 있었다. 눈이 마주치자 싱긋 미소를 지어주었다.

"리스리스 위생병, 왕도에서의 생활에는 좀 익숙해졌어?"

"네, 덕분에."

모두 친절했고 마을에서 살던 때보다 사치스러운 생활을 할 수 있었다. 기숙사의 기사 언니들도 상냥했고 식당 아주머니들도 친절하게 대해주었다. 불만은 눈곱만큼도 없었다.

"앞으로의 목표라던가 꿈, 그런 건 없어?"

"일단 동생들의 결혼자금을 모으고 싶은데."

그런 발언을 했더니 일제히 시선이 모여들었다. 모두 눈을 크게 뜨고 날 바라보고 있었는데 우르가스가 질문을 해왔다.

"어라, 리스리스 위생병은 독신이죠?"

"그런데 왜요?"

"왜 여동생들의 결혼자금을?"

"그야 당연히 여동생들을 웃는 얼굴로 시집보내기 위해서죠."

"리스리스 위생병은?"

"전 파혼 당했거든요."

순간 아주 고요해진 차 안. 루드팅크 대장이 작은 목소리로 우르가스에게 '거기까지 물어본 거라면 마지막까지 물어봐'라고 팔꿈치로 찔러댔다. 소곤거리는 소리 다 들리는데요.

"아~ 저기, 왜 파혼을 당한 건데요?"

"전 아무것도 가진 게 없거든요."

"아, 아무것도 가진 게 없다고요?"

"재산도 없고, 마력도 없고, 미모도 없죠."

"네에~?!"

포레 엘프의 현모양처 조건을 말했더니 다들 놀라는 듯했다.

"리스리스 위생병, 결혼을 포기하다니 너무 아까워요."

"하지만 왕도의 편리한 삶을 알게 된 이상 포레 엘프 숲으론 돌아갈 수 없을 것 같아요."

"그럼 왕도에서 결혼 상대를 찾아보는 건?"

"그런 유별난 사람이 있을 리가 없잖아요."

"……여기 있는데."

자라 씨가 뭔가 발언한 후 마차가 크게 흔들렸다. 밖에선 마부의 비명 소리가 들렸다.

마차는 움직임을 멈췄고 그와 동시에 루드팅크 대장이 외쳤다.

"──마물이다!"

비명을 직전에 삼켰다. 원정지로 가는 도중에 마물을 만나다니, 운이 나빴다. 최악이었다.

루드팅크 대장은 의자 밑에서 대검을 꺼내들고 달려 나갔다. 가르 씨도 그 뒤를 이었다.

"뭐야, 나와 가르 씨의 무기는 뒤쪽 짐칸에 있잖아."

자라 씨는 실망스럽다는 느낌으로 밖으로 나갔다.

"리스리스 위생병, 우르가스가 신호를 줄 때까지 마차 안에 있어."

"아, 알겠습니다."

나에게 주의를 주고 벨리 부대장은 마차에서 나갔다. 마지막으로 우르가스가 불안한 얼굴로 뛰어나갔다.

혼자 남겨진 나. 밖에서는 마물의 새된 울음소리가 들렸다. 살짝 앞쪽 창문으로 상황을 훔쳐보았다. 기사대 대원들과 대치하고 있는 건 머리가 두 개인 거대 뱀이었다. 길이는 5미터 정도. 숲의 보호색이라고도 할 수 있는 녹색 비늘에 붉은 눈이 수상하게 번뜩였다. 다시 비명을 지를 것 같아서 입을 손으로 틀어막았다.

잽싸게 얼굴을 돌리고 마차 바닥을 바라보았다.

그렇게 큰 마물을 본 적이 없었기 때문에 심장이 쿵쾅쿵쾅 요동치고 있었다.

마부는 기사였지만, 그걸 보면 누구라도 비명을 질렀을 거야.

그러고 보니 마부 오빠는――. 신경이 쓰여서 다시 창문 밖을 바라보았다. 구석에 쓰러져 있었다. 상처를 입은 걸까? 출혈은 없는 것 같았지만. 신호를 줄 때까지 대기를 명받았기 때문에 그 자리에서 기다리기로 했다. 미안해요, 오빠.

전황은 나쁘지 않은 것처럼 보였다. 자라 씨가 도끼로 용감히 베어내고 있었고 루드팅크 대장은 긴 꼬리로 찔러대는 공격을 칼로 쳐 튕겨냈다.

움직임은 일절 군더더기가 없었다.

틈을 봐서 벨리 부대장과 가르 씨가 심장이 있는 부위를 공격했다.

멀리서 우르가스가 활을 쏘았다. 바람처럼 날아간 활은 거대 뱀의 눈에 명중했다.

루드팅크 대장과 대원들이 우세했지만 왠지 불안해서 보고 있을 수 없었다.

쿵 하고 크게 지면이 흔들렸다.

마차도 삐걱삐걱 소리를 냈다. 충격으로 쓰러질 것 같았지만 창틀을 붙잡고 힘껏 버텼다.

창문 밖의 상황을 확인해보니 거대 뱀은 쓰러져 있었다.

휴우 한숨을 내쉬고― 있을 시간이 없었다. 구급도구를 준비해서 부상자 치료가 언제든 가능하도록 대비했다. 처음으로 마차에 들어온 건 우르가스였다.

"리스리스 위생병, 이제 괜찮은 것 같아요."

"네, 수고하셨습니다."

"아뇨, 난 거의 아무것도 안 했는걸요."

그렇지 않았다. 난 분명 보고 있었다. 우르가스가 급소에 활을 날리는 모습을.

굉장히 겸손한 청년이었다. 나도 본받고 싶었다.

"아마, 부상자는 없을 것 같은데."

"다행이에요."

"찰과상 정도는 있을지도 모르지만요."

"알겠습니다."

마부 대원은 기절한 것 같았다. 그걸 듣고 겨우 진짜 의미로 안도할 수 있었다. 내가 치료할 수 있는 데에도 한계가 있었다. 일부 부대에서는 담당의가 있다고도 하지만, 수는 그리 많지 않았다. 그래서 전투를 나갈 때마다 부디 큰 상처를 입지 않도록 빌었다.

아직은 안에 있는 게 좋겠다는 말에 가만히 대기하고 있었다.

어느 정도 시간이 흐른 뒤에 모두가 돌아왔다.

루드팅크 대장 대신 마부를 맡고 있던 청년이 마차에 올라탔다. 아무래도 정신을 차린 듯했다.

만약을 위해 교대한 것 같았다. 당분간 루드팅크 대장이 고삐를 잡을 거라고.

청년은 불편한 표정으로 옆에 앉아 있었다. 덜컹덜컹 흔들리는 마차에서 난 청년을 치료했다.

이야기를 들어보니— 마물과 조우한 후 마차를 멈추고 우리에게 알리려고 등을 보인 순간 공격을 받았다고 한다.

운전 중에는 시야 확보가 우선이라 투구를 쓰지 않기 때문에 얼굴은 상처투성이였다. 가죽 장갑도 찢어져서 그 틈으로 보이는 살갗에 피가 맺혀 있었다.

상처 입구를 젖은 천으로 닦아내고 청결한 상태로 만든 다음 약을 발라두었다.

찢어진 장갑도 시간이 있었기 때문에 꿰맸다.

"죄송합니다, 감사합니다."

"아뇨, 신경 쓰지 마세요."

요란스러울 정도로 감사인사를 해주었다. 뭐, 기분이 나쁘지는 않았다. 왠지 위생병의 일을 충분히 해낸 것 같아서 성취감에 가득 차 있었다.

*

마차는 덜컹덜컹 소리를 내며 앞으로 나아갔다. 모르는 대원이 있기 때문인지 아무도 말을 꺼내려고 하지 않았다. 임무지에 도착하기 전에 진단서를 써두었다. 물론 아까 기절한 기사의 것이었다.

머리를 부딪쳤기 때문인지 의식이 몽롱한 것 같았다. 게다가 거대 뱀으로부터 몸통에 공격을 받았기 때문에 배에 내출혈 흔적이 있었다. 그래서 일단 의사의 진단을 받는 게 좋을 것 같아 귀환 지시서를 기록해놓았다.

위생병은 대원의 건강상태를 봐서 임무에 참가할 수 있는지 없는지를 판단했다.

그 이후 한 시간 정도 만에 수색본부로 쓰고 있는 건물에 도착했다. 지면에 눈이 쌓여 전신에 닭살이 돋았다. 자라 씨는 설국출신이라 아무렇지 않다고 말했다. 부러웠다.

건물 안에선 많은 기사들이 왕래하고 있었다. 접수처로 보이는 장소에서 루드팅크 대장이 이름을 말하자 회의실로 가도록 안내를 받았다.

스쳐지나가는 기사들은 굉장히 지친 것처럼 보였다. 우르가스가 낮은 목소리로 말을 걸었다.

"우와, 상당히 힘든 임무 같네요."

"뭐, 설산 수색이니까요."

마을에서는 눈이 내릴 때 여자나, 아이들은 숲에 들어가면 안된다고 배웠다. 위험하기 때문에.

사랑의 도피를 한 두 사람은 어째서 설산으로 도망치고 만 걸까.

회의실에는 홀쭉한 아저씨들이. 반은 기사가 아니었고 고급스러운 옷을 입은 귀족처럼 보였는데 아마도 수색을 의뢰한 귀족이겠지.

책상 위에는 산의 지도가 펼쳐져 있었고 수색한 범위가 색칠되어 있었다.

원정부대의 총대장으로부터 설명이 이어졌다.

우리가 수색할 곳은 설산의 기슭. 그 곳을 한 바퀴 돌아보는 것. 간단한 임무로 들리지만 길은 오르내림이 심한 것 같았다. 가장 홀쭉한 아저씨—원정부대의 총대장은 우리에게 말했다.

"늑대 수인의 후각, 포레 엘프의 청력에 기대하고 싶군."

오오, 가르 씨뿐만 아니라 나까지 언급할 줄이야. 책임이 막중했다.

원정부대 정예들이 산 중턱까지 수색한 것 같지만 발견에 이르지는 않았다.

"찾지 못한다고 해도 수색은 오늘로 일단락 지을 생각이다. 다음에 여기로 파견되는 건 눈이 녹은 시기일 거다."

이번엔 시체까진 찾지는 않을 것 같았다. 거기까지 하면 기사대 측에 사망자가 나올지도 모르니.

루드팅크 대장에게 지도가 건네졌다. 그리고 추가 장비도.

바닥에 징이 박힌 장화에 털이 두툼한 외투, 귀를 감쌀 모자─ 이건 뾰족한 귀를 가진 난 장비할 수 없었다. 두건으로 참을 수밖에 없겠지. 그리고 목도리에 장갑 등, 설산행군용 한 벌이 지급되었다. 수색용 긴 지팡이에 식재료가 가득 들어있는 상자까지.

"이게 반나절 분량이야. 체력은 금방 소비될 테니까 바지런히 섭취하도록."

상자 속 내용물은 초콜릿에 사탕, 비스킷 등 과자류.

그걸 본 루드팅크 대장은 미간을 찡그렸지만─ 금방 무표정으로 돌아왔다.

단 게 싫어서 그런가?

"루드팅크, 위험할 것 같으면 바로 돌아와라. 눈사태도 2번 정도 발생했어. 다행히 피해는 없었지만."

게다가 설산에는 중형 마물, 설산에 사는 설웅(雪熊)이 나온다고 했다. 3년 전에도 이부근에서 발견 되어 토벌됐다고 했다. 기분 나쁜 정보를 듣고 말았다.

만나지 않았으면 좋겠는데…….

이상으로 설명은 끝.

출발 전에 식사를 하라는 명령을 받았다. 기사 오빠들이 식사를 만들고 있는 듯했다. 급작스럽게 식당이 된 방에는 기사들이 눈을 부라리며 수프와 빵을 먹고 있었다.

가장 먼저 쟁반을 손에 들고 앞으로 걸어갔다.

우선은 수프. 큰 뼈가 붙은 고기가 떠 있는 수프로 버터 덩어리가 풍덩 떨어져 있었다. 다음으로 비계가 많은 구운 고기가 탁 놓였다. 그리고 둥글고 커다란 빵과 삶은 계란이 3개. 야채 초절임이 든 병도 건네받았다.

왠지, 한 끼만으로 무리하게 원기를 북돋우려는, 기합이 엿보이는 메뉴였다.

옆에서 먼저 먹기 시작한 우르가스가 '윽' 하고 신음했다.

"왜 그래요?"

"죄송합니다. 참을 수 없을 정도로 맛이 없어서."

"그게 무슨……!"

우르가스가 공략하고 있었던 건 버터를 넣은 수프.

적포도주가 들어간 진한 수프에 넣는다면 이해하겠지만 개운한 느낌의 수프에는 오히려 느끼할 것 같았다. 하지만 안 먹으면 설산에서 쓰러지고 말 거야.

용기를 내서 한 입.

"윽!"

"그렇죠?"

"네…….."

얼굴을 찡그리며 열심히 집어넣었다.

식후 지급받은 장비를 걸치고 설산으로 향했다.

밖은 추웠다. 차가운 바람이 살을 찌르듯이. 귀는 역시 추웠다. 엘프용 장비도 충실했으면 좋겠다.

"리스리스는 우르가스와 밧줄로 몸을 묶도록."

루드팅크 대장이 지시를 내렸다. 듣자하니 내가 도중에 굴러 떨어지지 않도록 하기 위한 대책인 것 같았다. 벨트에 밧줄을 묶고 우르가스가 내 밧줄을 손으로 잡았다.

"좋아, 가요, 리스리스 위생병!"

"네, 알겠습니다, 잘 부탁할게요!"

"바보냐?! 너희들은!!"

우리는 아무래도 실수를 한 것 같았다. 루드팅크 대장의 지적으로 드러났다.

서로의 벨트에 밧줄을 묶고 이동하라는 뜻이었다. 하마터면 강아지 산책과 같은 상태로 설산으로 향할 뻔했다. 올바른 방법으로 밧줄을 매고 출발했다.

어느 샌가, 날씨는 악화. 강한 바람이 거칠게 불어왔다.

"왠지 눈보라 같은데…….."

설국 출신인 자라 씨의 안 좋은 예감이 예언처럼 들렸다.

아아, 싫어. 가고 싶지 않아. 하지만 가야 했다.

선두는 눈길에 익숙한 자라 씨. 다음으로 가르 씨. 벨리 부대장 뒤에 우르가스와 나, 루드팅크 대장 순서로 나아갔다. 전투가 일어나면 우르가스는 날 안고 후퇴하기로 했다.

자라 씨나 가르 씨가 만들어준 길로 나아갔다.

산으로 가면 갈수록 눈은 깊어졌다.

발밑이 위험했지만 밧줄로 묶은 우르가스가 휙 휙 끌어줘서 의외로 편했다.

막대기로 푹푹 눈을 찌르며 나아갔다.

이건 터무니없는 수색 아닐까? 라고 생각했다.

잠시 찾다가 잠깐 휴식. 오랫동안 찾아보다가 오랫동안 휴식하는 걸 반복했다.

어제 만든 행동식은 잽싸게 꺼내서 먹을 수 있었기 때문에 도움이 되었다.

도중에 손이 얼어서 어떻게 할 수가 없었다.

우연히 동굴 같은 장소를 발견했고 그곳에서 휴식을 취하기로 했다.

산의 경사면을 관통하는 구멍은 어둡고 축축했지만 바깥보다는 따뜻했다.

자라 씨가 모닥불을 만들어주었다. 나도 냄비를 꺼내고 준비를 했다.

"사과주를 데워서 마셔요."

알코올은 데우면 날아가겠지, 아마도.

가방에서 술병을 꺼내자 자라 씨가 빤히 바라보았다.

"멜, 그 술 혹시 직접 만든 거야?"

"그런데요, 왜요?"

"아니, 주류 길드에 등록한 증명서가 없는 것 같아서."

"어라? 혹시 술을 만들면 안 된다는 법률이 있나요?"

"으응, 안타깝게도."

어쩜, 왕도에서는 '주류 길드'라는 게 존재하고 집에서 직접 술을 만들 경우에는 돈을 내고 허가를 받아야 했다. 몰랐다.

직접 만든 경우에는 병에 허가증을 붙여야 한다고 했다.

"아, 제가 무슨 짓을……."

"걱정하지 마, 여긴 왕도가 아니야."

그렇게 말하며 루드팅크 대장은 사과주를 냄비에 콸콸 부었다.

"……묵인해선 안 되지만 지금은 긴급사태니까. 큰일을 위해서 사소한 건 신경 쓰지 마."

벨리 부대장까지 그런 말을. 가르 씨는 못 본 척을 해주었다.

"우와~ 맛있겠다!"

우르가스는 이미 마실 생각인 것 같았다.

힐끔 자라 씨를 바라보자 어깨를 움츠리는 동작을 보여주었다. 아무래도 입을 다물어줄 것 같았다.

미안하다고 생각하면서도 준비를 이어나갔다.

사과에는 피로회복, 부종 해소 등의 효과가 있었다.

거기에 몸의 활성화를 촉진하는 생강 분말과 목에 효과가 좋은 벌꿀을 넣었다.

숟가락으로 휘젓자 스르륵 새콤달콤한 향기가 퍼져나갔다.

대원 한 명 한 명의 컵에 따르고 각자의 앞에 놔두었다.

루드팅크 대장은 컵을 손에 들고 올리며 말했다.

"이 일은 비밀로."

다들 '오케이'라고 말하며 데워진 술을 건배하듯 들어 올린 다음 입으로 가져갔다.

알코올 성분은 거의 날아가 버린 상태였지만, 사과의 단맛과 알싸한 생강의 풍미가 있었고 마지막으로 벌꿀의 은은한 달콤함이 느껴졌다. 서서히 몸이 따뜻해졌다. 맛있었다.

어느 정도 휴식 후, 수색을 재개했다.

자라 씨는 잿빛 하늘을 올려다보며 우울한 표정으로 한숨을 내쉬었다.

"저기, 자라 씨. 날씨가 위험한 느낌인가요?"

"아마도. 하지만 모르겠어. 설산의 날씨는 변덕스러우니까."

검은 구름이 계속 흘러갔다.

마을에 살았을 때, 하늘이 저런 모양일 때는 빨리 집으로 들어가라는 말을 들어왔다.

하지만 지금은 임무 중. 집으로 돌아갈 수는 없었다. 자라 씨는 일단 루드팅크 대장에게 보고한 듯했다.

"날씨는 좋지 않지만 조금 더 앞으로 가볼 거다. 바람이 강해지면 후퇴할 생각이야."

그래서 조금 더 앞으로 나아가기로 했다. 눈은 내리지 않았지만 내려 쌓인 눈이 점점 깊어져 아까보다 걷기 힘들었다.

여전히 난 우르가스와 로프로 묶인 상태로 나아가고 있었다. 우르가스는 나의 보조를 맞춰 천천히 걸어주었다.

윙윙 소리를 내며 불어오는 차가운 바람. 흔들리는 나뭇가지, 밟으면 사박사박 소리를 내는 눈.

산으로 들어온 이후 계속 같은 소리가 들렸지만 느닷없이 다른 소리가 들렸다. 우르가스에게 잠깐 멈춰달라는 말을 건네고 귀를 기울였다.

"──아!"

"왜 그래요?"

"뭔가, 이쪽으로 다가오고 있어요."

"혹시 행방불명이 된 도련님일까요?"

"아뇨…… 안타깝게도 들리는 건 네 발 짐승의 발소리예요."

"그, 그럼……."

아직 멀리 있었다. 하지만 저벅저벅 목적을 갖고 이쪽으로 다가오고 있었다.

아마 10분도 지나지 않아 해후하게 되겠지. 도망쳐봤자 쫓아올 게 틀림없었다.

우르가스는 즉각 루드팅크 대장에게 보고했다.

네 발 짐승이라는 말을 듣고 설웅이라고 단언한 것 같았다. 가르 씨도 그럴 거라고 말했다. 진한 적의를 드러내고 있는 짐승 냄새가 가까워지고 있다고. 바람이 냄새를 어지럽혀서 알아차리는 게 늦었다고 했다.

다들 짐을 그 자리에 내팽개친 다음 각자 무기를 손에 들고 전투태세를 취했다. 난 우르가스와 함께 후퇴하게 되었다. 이어져 있던 밧줄도 풀었다.

"그렇다 해도 설웅과 만나게 될 줄이야."

우르가스는 정말 귀찮다는 듯한 말투로 말했다.

활을 시위에 메기고 준비했지만 살깃을 당기고 있던 손을 풀고 성대한 한숨을 내쉬었다.

"최악이에요. 바람이 강해져서 화살이 명중할 것 같지 않아요."

"네에, 왠지 그럴 것 같았어요."

이렇게 바람이 강한 날은 화살이 소용없기 때문에 포레 엘프 남자들은 사냥을 하지 않았다.

일찍이 일족의 역사 속에 바람을 읽고 활을 쏘는 자도 있었다고 하지만, 전설의 사냥꾼이라고 불렸다. 지어낸 이야기일지도……

"설웅은 기사대 안에서도 싸우기 싫은 마물 10종류 안에 들어가는 존재예요. 설마 대치하게 될 줄이야."

"네에."

아까부터 묘한 압력을 느꼈고 이마에는 땀이 송글송글 맺혔다.

설산에 사는 설웅은 중위 마물이라고 불리며 5명 이하와의 전투는 금지되어 있었다.

"금지라고 해도 만나게 되면 싸울 수밖에 없잖아요."

"뭐, 여러 가지로 복잡하거든요."

전투에 제한이 있는 가장 큰 이유는 노동재해의 보상액이 얽혀 있기 때문이라고 했다. 만약 정해진 인원수 이하로 전투행위를 행한 경우, 지불되는 보상금이 훨씬 줄어든다고.

"우와, 왠지 안 좋은 규칙 같네요. 그거."

그에 대한 설명도 들은 것 같은데 규율에 대한 설명은 지루한 데다 반나절 정도로 상당히 길었다.

남의 이야기를 장시간 들은 적이 없는 나는 꾸벅꾸벅 졸면서 건성으로 들었던 것이다.

"다시 한 번 제대로 다시 읽어야 할 것 같네요."

"그러게요. 읽어두는 편이 좋아요. 기사는 기본급이 높고 오는 자를 막지 않기 때문에 입대 희망자는 끊이지 않지만 꽤 악랄한 규칙도 많거든요."

"으~~음."

우르가스와 이야기를 나누면 기분이 좀 풀릴 줄 알았는데 화제 선택을 잘못하고 말았다.

기분은 한층 더 무거워졌다.

"아~ 슬슬 온 것 같은데요."

전투가 시작된다는 말을 듣고 오싹 하고 닭살이 돋았다.

전위의 루드팅크 대장이 검을 들고 자세를 낮췄다. 설웅은 바로 근처에 있겠지.

"리스리스 위생병은 설웅이 보이면 좀 떨어지세요. 무슨 일이 있어날지 모르니까."

"아, 네."

그리고 전위 2명이 전투불능이 되면 본부로 돌아가 보고해달라는 부탁을 받았다.

"나도 위생병 교육을 받았으니까 리스리스 위생병의 부재 중 치료에 대해서는 걱정 안 해도 돼요."

"알겠습니다."

가능하면 그런 상태는 되지 않았으면 좋겠지만. 우르가스의 표정은 전에 없이 긴장되어 있었다.

도저히 말을 걸 수 없었다. 가만히 마른침을 삼키며 지켜보았다.

휘잉 휘잉, 불어오는 바람소리가 크게 느껴졌다. 쿵쾅쿵쾅 고동치는 심장 소리도.

많은 나무들 사이로 붉은 두 눈이 흐릿하게 떠올랐다.

"──히익!"

무의식중에 비명을 지를 뻔했지만 직전에 삼켰다.

우르가스가 괜찮다고 말해줬지만 그래도 무서웠다.

그사이 설웅과의 거리가 좁혀져, 모습을 어렴풋이 파악할 수 있게 되었다.

난 우르가스에게서 떨어져 대원들의 전투를 지켜보게 되었다. 오늘만큼 나에게 마력이 있으면 좋겠다는 생각을 한 날은 없을 것이다. 회복마법이나 축복마법 등을 쓸 수 있다면 틀림없이 든든했을 텐데.

지금의 나는 응급처치밖에 할 수 없었기 때문에 답답한 마음을 느끼고 있었다. 유일하게 할 수 있는 일이라면 전투 상황을 보고 수색본부로 구조를 부탁하러 가는 것.

그러니까 무슨 일이 일어나도 눈을 피하지 않고 상황을 파악해야 했다.

겨우 전모가 분명해진 설웅. 컸다. 어쨌든 굉장히 컸다.

납죽 엎드린 상태에서도 루드팅크 대장보다 클 줄이야.

새하얀 털가죽을 바늘처럼 세우고 갸르릉 갸르릉 울면서 어금니를 드러내고 있었다.

꽤 거리를 두고 있는데도 공포로 몸이 떨렸다. 온몸에 닭살이 돋고 땀이 쏟아졌다.

게다가 옆으로 들이치는 바람에 눈이 섞여 있었다. 최악이었다.

그 자리에 계속 서 있는 것도 힘들었다. 하지만 루드팅크 대장과 대원들은 과감하게 싸우고 있었다.

챙 챙, 무기 소리가 울렸다. 아마도 피부가 금속처럼 단단하겠지.

루드팅크 대장은 사나운 설웅을 상대로 공격적인 자세로 맞서고 있었다.

벨리 부대장은 틈을 엿보는 것처럼 보였다.

가르 씨는 중거리에서의 일격을 가했지만 치명상을 입힌 것처럼 보이지는 않았다.

자라 씨는 발의 힘줄을 노리고 있는 건지. 도끼 자루를 빙그르르 돌려서 물 흐르는 듯한 동작으로 설웅의 발을 도끼날로 베었다. 공격이 제대로 들어간 것인지 새하얀 눈에 붉은 피가 촤라락 뿌려졌다.

설웅의 거대한 몸뚱이가 기우뚱 기울자, 일제히 후방으로 물러났다.

"우와~~ 이 타이밍인가."

우르가스가 뭐라고 투덜거렸다. 한층 더 강해진 바람이 불었고 시야도 새하얘졌다.

눈이 보호색이 되어 설웅의 모습도 어슴푸레하게 보였다.

우르가스는 활을 최대한 당겼다. 슝 하고 현이 휘어지는 소리가 울렸다.

그리고 활을 쐈다.

목표와 다른 방향으로 날아갔다고 생각했는데——.

"아, 우와, 굉장해. 마, 맞았어!"

멋지게 화살은 자라 씨가 상처를 입힌 발에 명중했다. 이 강한 바람 속에서 대단한 솜씨였다.

상처에 거듭 공격을 받아 설웅은 몸부림치고 있었다. 독화살 같은 걸까? 일격에 저만큼 괴로워하다니.

루드팅크 대장과 대원들은 단숨에 후방으로 물러났다. 우르가스도 나를 돌아보았다.

"리스리스 위생병, 우리도 후퇴해요."

"아, 네."

깊은 눈 속을 최대한 빠른 걸음으로 나아갔다.

이동하면서 우르가스가 설명을 해주었다.

화살촉에 독을 발랐기 때문에 나머지는 멋대로 날뛰는 사이에 숨이 끊어질 거라고.

역시, 화살에 독을 발라둔 것이었다.

이동을 위해, 내 짐 이외의 다른 물품은 전부 포기. 나중에 회수 가능하면 좋겠지만…….

치료도구나 식료품 등이 들어있는 가방은 우르가스가 들어주었다. 체력에 자신이 없었기 때문에 많은 도움이 되었다.

집합장소는 아까 들렀던 동굴. 아직 안에는 아무도 없었다.

"리스리스 위생병, 괜찮아요. 루드팅크 대장과 대원들은 분명 무사할 겁니다."

"네에, 그럴 거예요."

루드팅크 대장의 누구에게도 지지 않는 산적의 혼을 믿을 수밖에 없었다.

만약을 위해 동굴 입구에 성수를 뿌렸다. 이걸로 설웅은 다가올 수 없을 것이다.

우리는 루드팅크 대장과 대원들을 기다리는 동안 식사를 하기로 했다.

휴식을 취한 지 별로 시간이 지나지는 않았지만 놀랄 정도로 배가 고팠다.

우르가스는 모닥불을 만들었다. 지급품으로 받은 고형연료가 활약을 했다.

우선 물을 끓여서 차를 탔다. 쓴 약초차였지만 따뜻한 걸 입에 넣으니 긴장했던 마음도 다소 편해졌다.

"대원들에게는 미안하지만 먼저 먹도록 하죠."

"그래요."

부대의 지급품이 들어 있는 가죽 주머니를 열었다.

그 안에서 빨리 배가 부를 만한 소시지를 꺼냈다. 포크로 찔러 불 위에 올려두었다.

우르가스와 둘이 아무 말 없이 소시지를 계속 구웠다.

도중에 소시지 껍질이 투둑 하고 터졌다. 육즙이 흘러내려 불 속으로 떨어졌다.

노릇노릇한 색깔로 알맞게 구워지면 그때가 먹을 타이밍. 가방에서 빵을 꺼내 우르가스에게 건넸다.

신에게 기도를 드리고 식사를 시작했다.

우선 갓 구운 소시지부터.

덥석 문 부분에서 지방이 배어 나와 혀가 데일 것 같았다. 굵게 다진 고기를 향초 등으로 진하게 간을 해서 그런 건지 아무것도 바르지 않아도 맛있었다.

껍질은 바삭거리고 안쪽 고기는 탱글탱글. 소금기가 강했고 원재료의 맛이 응축되어 있었다.

꿀꺽 삼킬 때까지 입안은 아주 행복했다.

다른 부대는 늘 이렇게 맛있는 음식을 먹어온 건가? 그런 생각을 하고 있는데——.

"리스리스 위생병, 이건, 분명 귀족들에게 받은 간식일 거예요."

무려 서민의 입에는 좀처럼 넣지 못하는 고급 소시지인 듯했다. 정말 맛있었던 이유가 여기 있었다.

식사가 끝나면 뭔가 요리라도 만들려고 했는데 큰 냄비는 무거워서 갖고 오질 않았다.

작은 냄비는 약초차 용이었다.

약간 부족한 기분이 들어서 냄비를 쓰지 않는 요리를 생각하며 가방 속을 뒤졌다.

비스킷에 치즈, 간 파테에 훈제육. 냄비를 쓰지 않고 만들 수 있는 요리.

"으~~음. 아, 카나페를 만들 수 있겠네요."

카나페라는 건 비스킷 등에 치즈나 야채, 고기 등을 올려서 먹는 주로 술안주로 나오는 요리였다.

얼마 전에 루드팅크 대장 집에서 만난 전직 유모, 마리아 씨가 만든 음식이었다.

"우르가스도 도와주세요."

비스킷에 파테를 바르고 치즈를 올려 흑후추를 가볍게 뿌렸다. 그 외에도 소시지와 치즈 조합, 사과 설탕 절임, 초콜릿 등 짭조름한 것부터 달콤한 것까지 만들었다.

루드팅크 대장과 대원들이 돌아오면 금방 먹을 수 있도록 많이 만들었다. 나와 우르가스는 2, 3개를 먹고 배가 가득 차고 말았다. 왠지 모를 불안감에 가슴이 괴로워져서 음식이 들어가지 않았다.

"루드팅크 대장과 대원들이 안 오네요……."

불쑥 우르가스가 중얼거렸다. 음색이 어두웠다. 적어도 불은 꺼지지 않도록 근처에서 나뭇가지를 주워와 모닥불을 지피고 사소한 노력을 게을리하지 않았다.

귀를 기울여 봐도 눈이 휙휙 날리는 소리밖에 들리지 않는다는 점이 불안을 부채질했다.

루드팅크 대장과 대원들은 아직도 돌아오지 않았다.

*

그 이후 한 시간 정도 지났을까. 루드팅크 대장과 대원들은 아직도 돌아오지 않은 상태였다.

"혹시 내가 쏜 독화살이 제대로 맞지 않아서 루드팅크 대장과 대원들이 설웅과 싸우게 됐다면——."

머리를 감싸 쥐고 떨리는 목소리로 중얼거리는 우르가스.

"괜찮아요. 우르가스의 화살은 제대로 명중했어요."

귀뿐만 아니라 눈도 좋다고 자부해둔다.

"독에 내성이 있으면……."

"괜찮다니까요. 걱정이 너무 과해요."

아니, 독의 내성은 알 수 없지만 여기서 나쁜 생각을 하는 건 좋지 않았다. 분명.

달콤한 걸 먹으면 기분도 풀릴 거야.

"우르가스, 초콜릿 먹어요! 아, 마시멜로도 있어요."

주섬주섬 귀족들이 준 간식 주머니를 뒤져 과자를 꺼냈다.

"난 마시멜로는 처음 먹어봐요."

마시멜로라는 건 설탕, 계란 흰자, 물, 아교 등을 섞어서 만든 과자였다.

폭신폭신하고 입 안에서 녹아내린다고 했다.

마을에서 유행했던 이야기 속에서, 아가씨가 늘 먹는 단골 과자로서 그려져 있었다. 어릴 때 마시멜로라는 건 어떤 것인지 꿈꾸기도 했다. 설마 먹을 수 있는 날이 올 줄이야.

주머니에 들어 있는 마시멜로는 둥글고 부드럽고 분홍색과 노란색의 귀여운 색깔을 띠고 있었다. 이걸 기사 아저씨나 오빠들이 먹고 있는 모습을 상상하니 꽤 웃겼다.

마시멜로를 우르가스의 손바닥 위에 한 개 올리고 나도 덥석 입 안에 넣었다.

"우와, 폭신폭신! 맛있어!"

겉모습 그대로 폭신하고 부드러웠고 표면은 반들반들했다. 은은하게 느껴지는 달콤한 향기와 씹으면 쫀득한 탄력과 새콤달콤한 과일의 풍미가 느껴졌다. 마치 눈을 먹고 있는 것 같았고, 고급스럽게 입에서 녹아내렸다.

이렇게 어두컴컴한 동굴 안인데 기분이 단숨에 좋아져!

"우르가스, 이거, 굉장해요. 먹어봐요."

마시멜로는 상상 이상으로 맛있었다. 우르가스에게 권했지만 멍하니 고개를 숙일 뿐.

어쩔 수 없이 손바닥 위에 있던 마시멜로를 가져가 그의 입에 밀어 넣었다.

"으음!"

"잘 씹어봐요."

우물우물 마시멜로를 먹는 우르가스. 기분이 부드러워진다는 말을 하면서도 표정은 풀리지 않았다.

"아, 그렇지. 책에 쓰여 있었어요! 마시멜로를 불에 구우면 맛있다고."

즉시 우르가스가 먹을 것과 2개의 포크에 마시멜로를 찔러 넣고 불에 구웠다. 굽는 데엔 요령이 있는 것 같았다. 첫 번째 마시멜로는 불에 너무 가까이 대서 태우고 말았다.

이렇게, 굽는다기보다, 불에 그을린다는 표현이 더 맞으려나.

우르가스는 얼빠진 눈으로 마시멜로를 굽고 있었다.

이번에는 불에 너무 가까이 대지 않도록 주의하고, 노릇노릇한 색을 띠면 돌려가며 구워보았다.

"이번에는 잘 구워졌네요."

아직 뜨거웠기 때문에 식힌 다음 먹기로 했다.

달콤한 향기가 동굴 안에 감돌았다. 그것만으로도 기분이 좋아졌다.

슬슬 식었겠지. 일단 후우 후우 불어서 먹었다.

"뜨거워!"

아직 뜨거웠다. 한 번 더 후우 후우 불어서 씹었다.

"……웃, 아후……하지만 맛있어!"

표면은 바삭. 안쪽은 쫀득~

마시멜로는 구워 먹으면 풍미가 더 진해지는 것 같았다. 아아, 맛있어. 어두컴컴한 눈 속이었지만 행복한 기분이 들었다. 내가 먹는 걸 보고 우르가스도 먹었다.

"우와, 맛있어…….."

구운 마시멜로를 먹은 우르가스의 얼굴이 좀 풀어졌다. 찡그리고 있던 미간도 풀렸다.

역시 맛있는 음식은 기분을 온화하게 만들어준다.

"우르가스, 핫초코를 만들어요. 거기다 마시멜로를 띄워서 먹는 거예요."

이것도 이야기 속에 나오는 아가씨가 마시던 음식이었다.

"죽을 만큼 달콤하대요."

"그렇겠요."

하지만 평소 같았으면 아까워서 마시지 못하겠지.

우리에게는 귀족에게 받은 고급 초콜릿이 있었다. 그리고 맛있는 마시멜로도.

냄비를 불에 올리다가 무언가가 이쪽으로 접근하는 소리를 알아차렸다.

"왜 그래요, 리스리스 위생병?"

"뭔가 오고 있어요!"

질질 끄는 묵직한 발걸음. 우르가스는 자세를 낮추고 활을 준비했다.

"설웅인가요?"

"죄송해요, 잘 모르겠어요…….."

발소리는 복수로 들리는 것 같았다. 설마 동료를 데리고 찾아온 건가?

바람은 아까보다 더 강해져 있었다. 요란한 소리를 내서 주위

소리를 제대로 분간할 수 없게 만들었다. 강렬한 살기가 전해져서 오싹 소름이 끼쳤다.

"리스리스 위생병, 내 뒤로!"

"만일의 경우엔, 설웅이 나에게 정신이 팔린 사이에 동굴을 탈출하세요."

"그, 그건……."

"원군을 부르러 가는 것도 중요한 임무입니다."

우르가스를 희생시키고 도망치다니…….

"알겠습니까?"

"아, 알았어요."

이런 곳에서 설웅과 전투를 하게 되다니, 운이 없었다.

게다가 나와 우르가스는 몸집도 작은데.

먹어봤자 전혀 맛이 없을 거야. 절대로, 절대로 맛이 없을 거라고. 필사적으로 설웅을 향해 텔레파시를 보냈다.

저벅저벅 소리를 내면서 접근하는 설웅.

"2마리예요! 살기등등한 설웅이 2마리!"

"최악이군……."

드디어 동굴 입구로 다가오는 설웅.

저벅저벅 육중하게 접근해오는데──.

"어, 어라?"

"왜 그래요?"

"아, 저기……."

우르가스에게 독화살을 내리도록 부드럽게 부탁했다.

"아니, 위험해요! 그치만 살기가 장난 아닌걸요!"

"괜찮아요. 왜냐하면 그건——."

어두컴컴한 동굴 속에서 흐릿하게 무언가가 다가오고 있다는 걸 알 수 있었다.

"리스리스 위생병, 위험합니다! 지금까지의 마물 중에서 가장 강한 살기가."

"누구더러 마물이라는 거야!!"

동굴 안에 낮게 울리는 소리. 그건 루드팅크 대장의 것이었다.

"응?"

"너희, 우리가 비참한 일을 당하고 있을 때 태평하게 단 거나 먹고 있다니!"

우르가스는 겨우 화살을 내려놓았다.

그리고 서서히 눈물을 흘렸다.

"대, 대장~~!!"

우르가스는 후다닥 일어나 루드팅크 대장을 끌어안으려고 했지만 좌우 볼을 잡힌 채 온 힘으로 거절당했다.

"기분 나쁘게 왜 끌어안으려는 거야!"

"그치만, 그치만~~."

뭐, 마음을 모르는 건 아니었다. 설웅인 줄 알았고 루드팅크 대장이 죽었다고 생각했으니까.

루드팅크 대장뿐만 아니라 가르 씨, 벨리 부대장, 자라 씨도 있었다.

게다가 가르 씨의 등에는 행방불명됐던 귀족 도련님이!

"도중에 가르가 찾아냈어. 하지만 언덕 중간에 걸려 있어서 구조에 시간이 걸렸지."

루드팅크 대장과 대원들은 필사적으로 구조해서 도련님을 구해낸 것이다.

벨리 부대장은 눈이 풀려 있었다. 자라 씨의 머리칼은 풀려 있었고 지친 것처럼 보였다.

가르 씨도 꼬리가 축 처져 있었다.

"제길…… 이 녀석 덕분에 터무니없는 사태에 휘말렸다니까."

역시나. 구조를 하다 죽을 만큼 위험한 일을 겪었기 때문에 살기등등했던 것이다.

깔개 위에 벌렁 눕힌 도련님.

'으응' 하고 끙끙거렸다.

이쪽에서 부르면 대답도 해주었다. 자신의 이름도 제대로 말했고. 다행이었다. 의식은 확실히 있었다.

우선 상태를 확인했다. 팔다리나 뺨에 붉은 발진이 있었다. 경도 동상이겠지.

일단 몸을 따뜻하게 해줘야 했다.

내가 상의를 빌려주기 위해 벗으려는데 가르 씨가 날 막아섰다.

자신에겐 털이 있기 때문에 괜찮다며 상의를 도련님에게 빌려주겠다고 했다.

"고마워요, 가르 씨!"

가르 씨의 외투라면 몸을 폭 덮을 수 있겠지.

모닥불을 키워서 몸을 데웠다.

눈을 갖고 와서 물을 끓였다. 다시 눈을 갖고 와서 적정 온도로 만들어 손끝 등을 천천히 데웠다.

혈액순환이 좋아지도록 수건으로 물기를 닦고 환부를 주무르고 마지막으로 보온 크림을 발랐다.

응급처치는 이걸로 완료. 나머지는 체온이 내려가지 않도록 하는 것뿐.

밖에는 눈보라가 휘몰아치고 있는 듯했다. 여기까지 도착한 게 기적이었다.

"가르가 달콤한 냄새가 난다고 하더군. 분명 너희 짓일 게 틀림없다고 생각해서 모험을 한 거지."

"그러셨군요."

구운 마시멜로 덕분에 합류할 수 있었던 것이다.

역시 마시멜로는 굉장해.

"아, 그렇지! 구운 마시멜로, 굉장히 맛있어요!"

"난 사양하겠어."

역시 루드팅크 대장은 단 걸 싫어하는 모양이었다.

다른 음식이 먹고 싶다는 말에 퍼뜩 정신이 들었다.

"죄송합니다, 식사를…… 아, 차를 끓여놨어요!"

도련님의 응급처치가 끝나고 긴장이 풀어졌지만 루드팅크 대장과 대원들은 식사를 하지 않았다.

만들어둔 카나페를 권하며 물을 끓이면서 소시지를 구웠다.

＊

눈보라가 심하기에 그치기를 기다렸다. 다행히 1시간 정도 기다리니 눈과 바람은 그쳤다.

묵묵히 산을 내려갔다.

깔개와 쓸모없는 무기로 만든 들것에 귀족 도련님을 싣고 영차영차 옮겼다.

도중에 전투가 일어나면 어떻게 할 거냐고 물어보니 터무니없는 말을 꺼내는 루드팅크 대장.

"그때는 당연히 이 도련님을 놔두고 도망가야지."

"네? 그건 너무 심한 거 아니에요?!"

루드팅크 대장은 껄껄껄 산적처럼 웃었다. 믿을 수 없다는 표정을 지었더니 자라 씨가 '농담이니까 괜찮아'라고 알려주었다.

얼굴이 흉악해 진심으로밖에 들리지 않으니까 헷갈리기 쉬운 발언은 삼갔으면 좋겠다.

밖은 해가 지고 있었다. 빨리 돌아가지 않으면 아주 캄캄해지고 말 거야.

쓸데없는 말은 하지 않고 성실하게 저벅저벅 내려갔다.

그럭저럭 무사히 기사대 본부로 돌아왔다. 귀족 도련님은 곧장 의사의 치료를 받게 되었다. 다행히 가벼운 상처로 끝난 모양이다. 응급처치가 좋았다고 군의관에게 칭찬을 받았다.

보고를 끝내자 귀족 아저씨들이 고맙다는 인사를 하러 왔다. 이제 구하지 못할 가능성이 높다는 말을 들었던 듯 눈물을 흘리며 기뻐했다.

정말 잘됐다고 생각했지만 이걸로 끝이 아니었다.

"내일, 짐을 회수하러 갈 거다."

나말고 다른 사람들은 짐을 포기한 채 돌아왔다. 거기엔 귀중
품도 들어 있었기 때문에 산으로 가지러 가야 했다.

"그리고 설웅 사체도 확인하고 오라는 명령을 받았다."

나와 우르가스는 동시에 '아아~~'라고 외쳤다.

아무래도 여기서 1박을 할 수밖에 없는 것 같다. 마차가 있으
니까 돌아갈 수 있을 거라고 생각했는데.

뭐, 어쩐지 이럴 것 같다고 예상하고 있었지만.

우르가스는 돌아갈 거라고 믿어 의심치 않았던 모양인지 머리
를 감싸고 바닥에 무릎을 꿇고 있었다.

"왜 그래? 왕도에서 무슨 할 일이라도 있어?"

"없어요. 약혼자도 없고."

약혼자라는 말을 듣고 얼굴을 굳어진 루드팅크 대장. 모두 못
본 척 했지만 어제 아침 뺨에 새빨간 손자국이 나 있었다. 지금
은 부었던 뺨도 가라앉았지만.

분명 '나와 일 둘 중에 어느 쪽이 더 중요해요?!'라는 말을 들
었을 게 틀림없었다.

꼭 라이브로 보고 싶었는데. 남의 일이니까 할 수 있는 말이
겠지만.

우르가스는 아직 우울해하고 있었다.

"그럼 왜 그래?"

"……입에 안 맞단 말이에요, 여기 식사가."

"어쩔 수 없잖아. 급하게 만들어진 시설이야. 요리사가 있을 리 없다고."

확실히 우르가스가 말한 대로 낮에 먹은 수프는 꽤 타격이 컸다.

굳이 말하자면 맛이 없었다. 우르가스는 맛있는 음식을 먹고 싶다고 울상을 하며 말했다.

"우르가스, 맛있는 음식인지는 모르겠지만 내가 뭔가 만들어 줄까요?"

적어도 여기서 나오는 음식보다는 맛있는 걸 만들 수 있을 것 같아 제안해보았다.

"그, 그래도 될까요?"

"네에, 그럼요."

"감사합니다, 리스리스 위생병!!"

우르가스는 한 줄기의 눈물을 주르륵 흘렸다. 그렇게까지 싫었던 건가?

뭘 만들지 생각하고 있는데 루드팅크 대장이 갑자기 눈앞에 어떤 물체를 내밀었다.

"그럼 이걸 써."

"으악!!"

그건 목이 없는 어떤 동물의 살덩이. 크기로 봐선 산토끼 겠지.

목만 쳐버렸을 뿐, 털도 제거하지 않은 채였고 피만 빼둔 것 같았다.

"이거, 어떻게 된 거예요?"

"구조 도중에 산에서 잡은 거야."

우르가스와 합류하지 못할 경우도 생각해서 식재료를 확보했던 것 같았다.

난 루드팅크 대장으로부터 산토끼를 건네받았다. 대장은 가뿐히 들고 있었지만 받아들고 보니 생각 이상으로 무서워서 휘청거리고 말았다.

"괜찮아, 멜? 좀 지친 거 아니야?"

자라 씨가 등을 받쳐주면서 날 들여다보았다. 괜찮다고 목을 옆으로 내저었다.

아직 한계는 아니었다.

우선 주방에서는 요리 담당 대원에게 방해가 될 것 같아서 밖에서 조리하기로 했다.

일단 루드팅크 대장에게 상부에 허가를 받을 수 있도록 부탁했다.

가르 씨는 장작을 가지러, 우르가스와 벨리 부대장은 식재료를 받으러 갔다.

자라 씨는 날 도와주기로 하고.

기다리는 동안 토끼를 해체했다.

우선 뒷다리를 묶고 나무에 매달았다. 다리에 칼집을 내고 쑥쑥 껍질을 벗겼다.

"어머, 멜, 능숙하네."

"저희 아버지가 토끼 사냥을 잘하셨거든요."

"그랬구나."

마을에서 소형 동물 해체는 여성의 일이었다. 그래서 10살 정도가 되면 제대로 훈련을 받는다. 뭐, 어릴 때는 울면서 해체를 했지만…….

내장을 제거하고 살과 뼈를 분리하고 눈으로 주물러 깨끗하게 만들었다.

"자라 씨도 익숙하시네요."

아까부터 척척 토끼를 분리하고 있었다. 식당에서 배운 줄 알았는데 그렇지는 않았다.

"나도 토끼만 먹어왔거든."

"그랬군요."

어떤 요리를 만들어 먹었는지 물어보니 의외의 조리법이 나왔다.

"피로 끓인 수프 같은 거?"

"네에~?!"

듣자하니 설국에선 식재료 확보가 힘들어서 사냥으로 얻은 사냥감의 피조차 헛되이 쓰지 않고 먹어버린다고 했다.

"우리 마을에서도 피로 소시지는 만들어봤는데."

"대표적인 메뉴지. 피 푸딩은?"

"아뇨, 들어본 적 없어요."

피 푸딩은 가축의 피와 향신료와 밀가루로 만드는 음식으로 재료가 재료다보니 철분이 풍부하다고 한다.

먹는 방법은 나무딸기 소스를 발라 먹는다고 했다.

"맛이 전혀 상상이 되지 않네요."

"으~~음. 실패한 팬케이크 같은 느낌?"

실패한 팬케이크라는 건 대체⋯⋯. 이상한 음식 같았다.

"팬케이크 같다니⋯⋯ 피 맛은 나지 않나요?"

"안 나."

"그렇군요."

약간 흥미가 생겼다. 철분 부족이 되기 쉽기 때문에 딱 좋을 것 같은데.

"이런 이야기, 다른 여자들한테 하면 기분 나쁘다고들 하는데."

"그렇겠죠. 하지만 뭐, 독특한 문화는 어디든 있으니까요."

우리 마을에서도 콩을 썩혀 만드는 요리가 있었다. 그걸 말하자 자라 씨가 놀라워했다.

어디서나 먹을 수 있는 음식인 줄 알았는데, 어느 날, 행상인에게 대접했더니 얼굴을 찌푸리며 '이렇게 냄새나는 음식은 처음 봤어!'라고 말하는 걸 듣고 우리 마을에만 있는 전통 식품이라는 걸 알게 되었다.

"그렇구나. 콩을 발효시키는 거지?"

"네에, 냄새가 지독해서 전 별로 좋아하진 않아요."

먹어보고 싶다는 자라 씨. 용기가 대단하다고 생각했다.

토끼 해체가 끝날 무렵 루드팅크 대장과 벨리 부대장과 대원들이 돌아왔다.

야외 요리 허가가 떨어진 모양이었다.

난 고기 가공을 해야 했기 때문에 다른 사람들에게 야채를 자르고 불을 피워달라며 도움을 부탁했다.

우선 냄비에 눈을 넣고 산토끼 뼈를 넣은 다음 육수를 냈다.

눈이 녹는 걸 기다리는 동안 고기를 두들겨 다진 고기로 만들었다. 이번에 부드러운 등뼈도 함께 부쉈다.

고기 누린내 제거를 위해 향신료를 충분히 뿌려주었다.

눈이 녹아 물이 끓자 냄비의 불순물을 제거하고 뼈를 꺼낸 다음 증류주를 넣었다.

벨리 부대장과 대원들이 잘라준 야채를 넣고 한소끔 끓였다.

보글보글 끓어오르면 토끼 뼈가 들어간 고기 완자를 투입.

다시 불순물을 제거한다.

마지막으로 향신료로 맛을 더하면 '눈을 녹여 만든 토끼 고기 완자 전골'이 완성.

어두컴컴한 와중에 랜턴 불빛만을 의지해서 그릇에 담았다.

순찰을 하고 있던 기사대원들의 시선이 계속 꽂혔다. 하지만 지금 우리에겐 부끄러움보다 공복이 먼저였다.

식사 준비가 끝나고. 루드팅크 대장은 내 가방에서 사과주를 꺼냈다.

"잠깐, 루드팅크 대장, 안 돼요!"

"걱정하지 마. 높으신 분들이 이런 것까지 보러 오지는 않으니까."

사과주를 6개의 컵에 따랐다. 아무래도 공범자로 만들 생각인 것 같았다.

식전 기도를 드린 다음 루드팅크 대장은 한 사람, 한 사람에게 술이 채워진 컵을 억지로 내밀었다.

다들 술이 든 컵을 손에 들고 쓴웃음을 지었다.

"오늘은 잘했다. 사양 말고 마셔."

허가도 받지 않은 아마추어가 만든 술이지만 이제 다들 모르겠다며 뻔뻔하게 건배했다.

쭈욱 단숨에 들이켜니 몸이 따끈해졌다.

지친 몸에 술이 스며드는 것 같았다.

토끼 전골도 먹어보기로 했다.

국물을 한 입 먹었다. 육수가 달콤해서 깜짝 놀랐다. 루드팅크 대장이 대충 피를 뽑은 건데도 충분히 맛있었다. 역시 겨울 토끼는 맛있는 것 같다.

살은 닭과 비슷했다. 고기 완자는 말랑말랑했고 향신료가 제대로 맛이 배어서 누린내도 나지 않았다. 뼈도 오도독오도독 씹혀 식감이 좋았다.

맛있었다. 맛있었지만 몰래 만든 술을 마신다는 죄책감도 있어서 몸을 웅크리고 얌전히 먹었다.

모두 말이 없었다. 뭐, 어떤지는 표정을 보면 알 수 있었다.

입에 맞아 무엇보다 다행이라고 생각했다.

*

──루드팅크 대장은 설산에서 밧줄을 끌어당기고 있었다.

밧줄에 묶인 대원들이 제대로 걷고 있는지 되돌아보며 확인하는 표정은 험상궂었다. 마치 산적 같았다.

발밑이 위험한 눈길을 의욕 없이 걷는 밧줄에 묶인 대원들.

루드팅크 대장은 느릿느릿 걸어오는 대원들을 보고 인내의 한계를 느낀 건지 밧줄을 휘익 강하게 끌어당겼다.

"자, 얼른 걸어."

"윽, 으윽~"

"우와! 너, 너무해……."

울상에 울먹이는 소리가 이어지는 대원들. 그건— 나와 우르가스였다.

죄인처럼 밧줄에 묶여 있는 이유는 다시 설산을 오르는 걸 싫어했기 때문이다.

섬세한 나와 우르가스는 설웅의 충격에서 벗어나지 못하고 있었다. 하지만 루드팅크 대장은 가차 없었다. 싫어하는 우리를 일렬로 세워, 밧줄로 묶은 다음 죄인처럼 억지로 연행하기 시작했다.

그런 이유로 울먹이며 설산에 오르게 되었다.

벨리 부대장이 가엾다고 말해주었지만 루드팅크 대장은 어리광 받아주지 말라며 딱 잘라 무시했다.

자라 씨는 업히겠냐고 상냥하게 물어보았지만 미안해서 거절했다.

그 대화를 듣고 있던 우르가스가 넌더리난 말투로 말했다.

"난 업히고 싶어요."

"어머, 좋아."

설마 하던 승낙에 주춤거리는 우르가스. 거절당할 줄 알고 있었겠지. '역시 됐어요'라고 살며시 물러났다.

제2원정부대 일행은 비교적 풀린 눈으로 산길을 걷고 있었다.

설국에서 살았던 자라 씨만 별것 아니라는 표정으로 있었지만.

귀족 도련님 수색으로부터 하룻밤이 지났다. 어제의 악천후와는 달리 날씨는 맑았다. 주변은 온통 은세계. 태양빛을 받아 눈은 반짝반짝 빛나고 있었지만 그건 때로는 인간의 목숨을 빼앗는 잔혹한 아름다움이었다.

"대장, 짐은 그렇다 쳐도 설웅은 내버려두죠~ 살아있으면 어쩌실 거예요?"

우르가스의 필사적인 호소도 루드팅크 대장은 들어주지 않았다.

듣자하니 중위~상위 마물을 쓰러뜨리면 훈장을 받을 수 있다고 했다. 하지만 토벌한 증거가 필요했다. 루드팅크 대장은 설웅의 목을 갖고 돌아가려고 아침부터 힘이 넘쳤다.

"악천후에 위험한 일을 당하면서까지 쓰러뜨린 마물이야. 보고서에는 우르가스의 일격으로 쓰러뜨렸다고 써두지."

"아니, 그러지 마세요. 괜히 주변으로부터 기대를 받는 것도 곤란하니까요."

"월급도 오를 테니까 그냥 쓰게 놔둬."

"싫어요~~."

우르가스, 섬세한 청년이여. 난 월급을 더 많이 받고 싶었기 때문에 설웅 발소리를 분간한 공적을 제대로 써달라고 부탁했다.

2시간 정도 걸었을까, 어제 포기했던 가방을 발견. 가르 씨가 찾아냈다. 눈보라가 휘몰아쳤기 때문에 눈 속에서 파내야 했지만.

무사히 짐을 회수하고 바로 설웅 수색을 위해 이동했다.

짐이 놓여있던 곳 근처가 전투 장소였지만 눈이 많이 내렸기 때문에 설웅의 혈흔은 깔끔하게 지워져 있었다. 이번에도 가르 씨의 코에 의지해서 수색이 시작되었다.

설웅은 부상을 입고 꽤 걸어간 듯했다.

"우르가스의 활은 전부 독화살인가요?"

"아뇨, 아니에요. 독화살은 고가라서 거의 쓰지 않아요."

"그렇군요."

독화살은 기사대 궁수에게 지급되는 물건인 듯했다.

"화살촉은 마석으로 만들어져 있는데 마물의 피에 반응해서 독을 발생시키는 특수한 물건이에요."

"흐음, 그런 굉장한 화살도 있군요."

국가기관인 '마물연구국'이 제작하고 있는 무기라고 했다.

사용한 경우에는 보고서를 올려야하기 때문에 약간 귀찮았지만.

"마물연구국, 이라."

자라 씨가 의미심장한 듯 중얼거렸다.

"그 마물연구국은 어떤 시설인가요?"

"말 그대로 마물의 연구에 혈안이 되어 있는 녀석들의 소굴이야."

어떤 대귀족의 지원을 받아 활약하고 있는 기관이라고 했다.

"마물의 사채를 갖고 오라고 끈질기게 군다니까."

"그건……굉장하네요."

자라 씨의 지인이 그곳에 소속되어 있는데 원정부대에 배속되었다는 걸 안 순간 계속 부탁하기 시작했다고 했다. 딱한 이야기였다.

그런 이야기를 하고 있는데 가르 씨의 움직임이 멈췄다. 그 앞에 일부가 봉긋하게 솟아있는 장소가 있었다.

"혹시 이 밑에 설웅이?"

"그런 것 같은데."

루드팅크 대장은 손에 들고 있던 밧줄을 홱 내쳐버리고 검으로 눈을 파냈다.

자유의 몸이 된 나와 우르가스는 천천히 뒷걸음질 쳤다.

루드팅크 대장, 벨리 부대장, 가르 씨, 자라 씨는 척척 무기로 설웅을 발굴하기 시작했다.

조금씩 전모가 분명해지고 있었다. 불과 몇 분 후, 거대한 설웅을 눈 속에서 파내었다.

"좋아, 목을 베어내야겠어. 자라, 도끼를 빌려줘."

"싫어. 날이 엉망이 될 테니까."

"검은 단단한 걸 베어버리는 데에 맞지 않아."

"그럼 검이 엉망이 되면 빌려줄게."

그런 이야기를 나누고, 검으로 퍽퍽 설웅의 목을 베어내려는 루드팅크 대장.

그 뒷모습은 기사단의 정규 대원으로는 절대로 보이지 않았다.

"우와아, 완벽한 산적."

나의 비교적 무례한 감상에 우르가스는 고개를 깊게 끄덕거리면서 '동감입니다'라고 말했다.

결국 루드팅크 대장의 검으로는 베어낼 수 없었기 때문에 자라 씨의 도끼로 목을 베기로 했다.

사후경직에다 얼어 있었기 때문에 꽤 고생해야 했다.

가까스로 설웅의 목을 베어냈다.

설웅의 목을 회수하면서 루드팅크 대장은 희희낙락하고 있었다.

목부터 아래쪽으로 이어진 설웅의 사체는 다시 눈 밑에 묻어 두기로 했다. 마지막으로 성수를 뿌려두면 다른 마물도 다가오지 않겠지. 목에도 똑같이 성수를 뿌렸다.

목은 깔개로 감싸 루드팅크 대장과 가르 씨 두 사람이 끌고 가기로 했다.

천이 부족해서 코끝만 삐져나온 것이 귀여운 것 같기도 하고, 아닌 것 같기도 하고.

아니, 귀엽지 않으려나.

이렇게 오늘 임무는 무사 종료. 나머지는 산을 내려가기만 하면 되지만—여기서 식사를 하자는 말을 꺼내는 루드팅크 대장.

"설웅의 머리를 둘러싸고 식사를 하다니……."

"딱히 둘러싸지 않아도, 저쪽에 두면 되잖아. 그리고 공복 상태로 하산하는 건 좋지 않아."

"으윽……."

확실히 공복이었다. 하지만 설웅만 봐도 식욕이 사라지는 게 이상했다.

도중에 쓰러지면 폐가 되기 때문에 마지못해 가방에서 빵을 꺼냈다. 육포와 번갈아 씹으면서 산을 내려가면 될 것 같은데──.

"아!"

"왜 그래?"

"빵이 딱딱하게 굳었어요."

정말 놀랍게도 빵이 얼어서 굳어 있었다. 어제와 달리 얇은 가죽으로 만든 숄더백에 식재료를 넣어왔던 게 문제였던 걸까. 역시나. 설산 원정에서는 이런 일도 일어나는구나, 하고 납득했다. 루드팅크 대장은 딱딱한 빵을 내려다보며 힘껏 얼굴을 찌푸렸다.

"수프에 불어버린 빵은 이제 먹고 싶지 않아."

"제멋대로네요."

얼어버린 빵을 본 순간 수프에 넣을 생각이었는데 루드팅크 대장으로부터 지적을 당하고 말았다.

어쩔 수 없이 시간이 좀 걸리는 요리를 만들기로 했다.

설원에서 조리하는 건 어려웠기 때문에 얼마 전 발견한 동굴까지 이동했다.

그곳에서 가르 씨와 우르가스에게 모닥불을 피워달라고 부탁했다.

우선 주방 담당 기사들에게 받은 버터가 든 항아리를 꺼냈다.

'설산에서 컨디션이 안 좋아지면 버터를 핥아!'라고 강렬한 주장과 함께 건네준 것이었다.

이때까지 수프에 버터를 가득 넣은 건 너였군, 하고 마음속으로 생각했다. 설마 주방 담당 중 버터교 신자가 있을 줄은 생각도 못 했다.

"왜 버터를 갖고 온 거야?"

"손쉽게 영양분을 흡수할 수 있으니까요."

버터에는 단백질, 지방, 탄수화물, 염분 등 다양한 영양분이 포함되어 있었다. 하지만 그냥 먹는 건 꽤 힘들었다.

조리로 돌아가서. 꽁꽁 언 빵 안에 잘게 자른 치즈와 훈제육, 흑후추를 뿌린 걸 끼워 넣었다.

그리고 열을 가한 냄비에 버터를, 버터를……

"크으윽……"

버터도 얼어 있었다. 철 숟가락이 전혀 들어가지 않았다.

"멜, 이리 줘봐."

"아, 감사합니다."

자라 씨는 항아리에 쑥쑥 숟가락을 넣어 버터를 냄비에 넣어주었다.

따뜻해진 냄비 속에서 치지직 하는 소리가 울렸다.

녹은 버터를 두르고 얼어버린 빵에 치즈와 훈제육을 끼운 걸

넣었다. 나머지는 익히면서 주걱으로 꾹꾹 눌러주며 굽기만 하면 끝. 노릇노릇 알맞게 구워지면 완성.

"치즈와 훈제육을 넣은 바삭한 샌드위치입니다!"

루드팅크 대장은 그렇군, 이라고 말하며 받아들었다.

한 번에 2인분밖에 구울 수 없었기 때문에 또 하나는 오늘의 공로자인 가르 씨에게 주었다.

루드팅크 대장은 뜨거운 걸 잘 못 먹는 모양인지 꽤 신중하게 후후 불어가며 베어 물었다.

"앗뜨……!"

아무래도 식히는 시간이 부족했던 모양이다. 얼굴이 새빨개졌다.

자라 씨가 뜨거운 차를 내밀었다.

"너, 내가 뜨거운 걸 잘 못 먹는다는 거 알면서 이러는 거지?!"

"어머, 그랬어?"

지금까지 먹는 데에 열중하느라 루드팅크 대장이 뜨거운 걸 잘 못 먹는다는 걸 알아차리지 못했다. 이건 좋은 발견.

그러는 동안 새로운 빵을 구웠다. 이번에는 벨리 부대장과 자라 씨에게 주려고 했는데.

"우르가스, 먼저 먹어."

"아트 씨, 그래도 될까요?"

"그럼."

자라 씨는 얼마나 상냥한 사람인가. 우르가스는 나와 함께 떼를 쓰며 아무것도 하지 않았는데. 게다가 나에게까지 그 상냥함을 보여주었다.

"이번에는 내가 만들어줄게. 뜨거워서 힘들지?"

"네? 아, 네. 감사합니다."

아무래도 자라 씨는 만드는 법을 외운 것 같았다. 솜씨 좋게 빵을 구워주었다.

"자, 먹어봐."

"감사합니다."

자라 씨가 직접 만든 빵을 입 안 가득 집어넣었다.

"우와, 굉장해!"

힘을 주는 방법이 나와 다르기 때문인지 표면은 더 바삭바삭했다.

안에서는 따끈따끈한 치즈가 주르륵 흘러나왔다. 따뜻해진 훈제육과의 궁합은 발군.

빵에서 삐져나온 치즈도 구수하고 바삭바삭하고 맛있었다.

역시나. 힘을 주는 상태에 따라 이렇게까지 식감이 바뀔 줄이야.

"자라 씨, 맛있었어요! 정말 감사합니다."

"그래, 다행이다."

맛있는 식사를 하면 이런 설산에서도 싱글벙글 미소를 지을 수 있는 법.

그 이후 자라 씨와 번갈아가며 구운 샌드위치를 만들었다.

내가 만든 바삭 쫀득한 샌드위치는 우르가스와 벨리 부대장에게 호평이었고 자라 씨가 만든 바삭바삭 샌드위치는 루드팅크

대장과 가르 씨의 지지를 받았다.

평범한 샌드위치보다 귀찮지만 가끔 만드는 건 괜찮을 것 같았다.

*

설산에서 수색본부로 돌아오니 귀족님—알텐부르크 백작이 할 말이 있다고 해서 집합을 하게 되었다.

위로의 말을 직접 전하고 싶다고.

하지만 대부분의 기사들은 왕도로 귀환했기 때문에 강당에 있던 건 우리 제2부대를 포함해서 20명 정도의 기사들뿐이었다.

"이번에는 부족한 아들이 엄청난 폐를 끼치고 말았네——."

정말 그랬다고 목소리 높여 말하고 싶었다. 알텐부르크 백작은 상세한 사정을 설명했다.

듣자하니, 도련님은 고용인 아가씨와 사랑의 도피를 했다고 한다. 두 사람의 결혼은 오랜 세월에 걸쳐 반대에 부딪히고 있었다.

이 때문에 서둘러 어울리는 가문의 아가씨와 짝을 지어주려 했는데 사랑의 도피를 하고 만 것이다. 이 지역에는 알텐부르크 가문의 피서지로 사용하는 고용인용 저택이 있다고 한다. 주인 일가가 사는 저택은 여기서 말을 타고 몇 분 더 달린 곳에 있다고 했다. 여름이 되면 매년 찾아왔기 때문에 오두막집 위치 등을 숙지하고 있었던 것이다.

추격자들로부터 도망치기 위해 도련님과 고용인 아가씨는 도중부터 각자 행동을 하게 되고 나중에 오두막집에서 만나기로 약속했다. 하지만 그게 실수였던 모양이다.

폭설이 오는데 무모한 도련님은 오두막을 목표로 설산을 올라갔다.

한편 눈 섞인 강풍이 부는 곳에 있던 고용인 아가씨는 산으로 올라가지 못하고 저택 안에서 기다렸다고 한다. 그녀는 눈이 깊은 걸 보고 올라갈 수 없을 것 같다고 판단했다고 한다.

도련님이 오는 걸 씩씩하게 기다리고 있었지만 전혀 올 기색이 보이지 않았다. 먼저 와서 산으로 들어갔다는 건 꿈에도 몰랐던 것 같았다.

어쩌면 어딘가에서 사고에 휘말렸을지도 모른다는 생각에 기사대에 통보했다고 했다.

그런 경위가 있었구나 하고 흐음 흐음 고개를 끄덕이면서 알텐부르크 백작의 이야기를 들었다.

도련님은 모피 외투를 입고 숲 중턱에 있는 오두막에 도착했다고 한다. 하지만 아무리 기다려도 연인은 찾아오지 않았다. 오두막의 식재료도 다 떨어져가고 불안한 마음에 하산. 도중에 언덕에서 굴러 떨어졌다고 했다.

기사대도 오두막으로 찾으러 갔지만 엇갈린 모양.

뭐, 무사히 발견되었고 상처도 경상이었으니. 정말 다행 아닌가.

원정부대의 수색도 헛수고는 아니었다.

그래서 결국 고용인 아가씨와의 결혼을 인정받은 것 같았다.

다행히, 아가씨도 남작가의 영애. 가문에 격차는 있지만 귀족사회를 전혀 모르는 건 아니었다. 어떻게든 노력해줬으면 좋겠다고 빌었다.

솔직히 말하자면, 이야기가 너무 길고 길었다. 점점 졸려왔다. 그 모습을 눈치 챈 루드팅크 대장이 밖으로 가서 정신을 차리고 오라고 말했다.

이야기 도중 퇴실하는 게 좀 그랬지만 서서 조는 것보다는 나을 것 같아서 방을 나섰다.

밖으로 나가서 쭈욱 기지개를 켰다.

날씨가 쌀랑했지만 쓰러질 정도의 졸음을 물리쳤기 때문에 기분이 좋았다.

어제 사용한 냄비를 밖에 말려뒀다는 걸 떠올리고 회수를 하러 갔다.

깔끔하게 씻었다고 생각했는데 버터가 탄 흔적이 달라붙어 있었다. 어두운 곳에서 설거지를 했기 때문에 잘 보이지 않았던 거겠지.

졸음을 쫓을 겸 냄비를 깨끗하게 설거지하기 위해 주방으로 수세미를 빌리러 갔다.

요즘 들어 냄비가 눌어붙기 쉬워진 것 같은 기분이 들었다. 원래 오래된 냄비였기 때문에 어쩔 수 없겠지만.

눈을 냄비에 넣고 수세미로 싹싹 문질렀다.

꽤 단단하게 눌어붙어 있었다. 힘을 가득 줘서 문질러도 좀처럼 벗겨지지 않았다.

날씨가 추워져서 두건을 깊이 썼다. 손도 얼어갔다.

아직 눌어붙은 부분이 완전히 벗겨지지 않았다.

너무 열심히 문지르느라 나는 미처 눈치 채지 못했다— 뒤에서 다가오는 존재를.

"네가 귀족 아가씨인가?"

"네?!"

그 순간 몸이 붕 떴고 천으로 입이 막혔다.

곧장 유괴범이라는 걸 깨닫고 소리치려 했지만 천에 스며들어 있던 무언가를 흡수하고 말았고 바로 의식이 멀어졌다.

어, 억울해……

희미해져가는 의식 속에서 삼배 천에 둘둘 감겼다.

마지막으로 보인 건 수염투성이에 덩치가 큰 진짜 산적이었다.

＊

시끌시끌 북적이는 소리에 정신을 차렸다. 살며시 눈을 뜨자 아하하 하고 웃는 산적의 모습이.

시끄럽게 떠드는 건 루드팅크 대장인가…….

냄비를 이불처럼 내 배 위에 올려놓은 건 누구지? 진짜 무거운데.

그렇게 생각하며 다시 눈을 감으려고 했다. 하지만 평소와 미묘하게 웃는 소리가 다르다는 걸 깨닫고 퍼뜩 정신을 차렸다.

일어나려고 했지만 몸이 거적에 말려 있어서 움직일 수가 없었다.

주변은 처음 보는 방 안. 바닥에는 설웅 모피를 무두질한 게 깔려 있었다.

벽에도 짐승 털이 걸려 있었다.

눈앞에는 산적 같은 사람이 3명 정도 앉아 술을 마시고 있었다. 중심에는 멧돼지 통구이 같은 게 있었다. 제대로 처리하지 않은 탓인지 고기 누린내가 진동을 하고 있었다.

그때 떠올랐다. 내가 납치당했다는 것을.

냄비를 씻는 데에 열중하느라 등 뒤에서 다가오는 산적들을 눈치 채지 못하다니, 너무 멍청했다.

앞으로 어떻게 하지? 산적 3명에게서 도망칠 수 있을 리가 없었다.

냄비가 무거워서 간신히 몸을 움직이니 내 배에서 미끄러져 떨어지며 쿵! 하는 큰 소리가 울렸다.

일제히 돌아보는 산적들.

남자들은 수염투성이의 무서운 얼굴에 설웅 모피를 두르고 바로 옆에는 대검을 두고 있었다. 어떻게 봐도 진짜 산적이었다. 루드팅크 대장과는 전혀 달랐다. 무섭다고, 진심으로 그렇게 생각했다.

다음부터 루드팅크 대장은 고급스러운 산적이라고 부르기로 마음속으로 다짐했다.

아니, 그런 건 아무래도 상관없고.

"뭐야? 정신을 차린 건가?"

히죽히죽 웃으며 나를 보는 산적들.

거적에 둘둘 말린 나는 말을 걸자 깜짝 놀라 뒤쪽으로 굴렀지만 바로 벽에 부딪치고 말았다.

"너, 알텐부르크 백작의 딸이지?"

아니었지만 솔직하게 말하면 무슨 짓을 당할지 알 수가 없었다. 그래서 끄덕끄덕 고개를 끄덕였다.

"왠지 귀족 영애치고는 묘하게 세련되지 않은 아가씨지만."

미안하네요, 촌뜨기 엘프라서. 그런 말을 입 밖으로 내뱉기 직전에 다시 삼켰다.

지금 몇 시 정도 됐을까? 끌려와서 어느 정도 지난 건지 전혀 알 수가 없었다.

밖은 아주 캄캄했다. 창문으로 달빛이 쏟아져 들어왔다.

하아 하고 한숨을 내쉬자 배에서 꼬르륵 소리가 울렸다.

산적들이 아하하 하고 비웃었다. 생리현상이지만 부끄러웠다.

"뭐야, 배고파? 이봐, 바토스, 고기 좀 먹여줘."

뭐야, 착하잖아······가 아니라.

친절하게도 맛없어 보이는 멧돼지 통구이를 칼로 잘라 내 입가로 가지고 왔다.

그 고기를 들고 있는 손은 깨끗한 거야?! 칼도 거무스름해져 있어. 고기는 제대로 처리한 거야?!

싫어. 배탈 나기 싫어. 난 섬세하다고—라고 외치고 싶었지만 저항하면 무슨 짓을 당할지 알 수 없었기 때문에 가만히 있었다.

고기를 억지로 내 입안에 쑤셔 넣었다.

"…………."

"어때?"

솔직히 말하자. 그냥 맛없어. 일단 고기 누린내가 나고 다음으로 고기 누린내가 나고 마지막으로 고기 누린내가 났다.

최악이었다.

눈물을 흘리면서 어떻게든 삼켰다.

"그렇게 배가 고팠어? 불쌍한 녀석. 이봐, 조금 더 먹여줘."

"아니, 됐어요."

"사양하지 마."

사양하는 게 아니라 진심으로 싫은데, 산적들은 나에게 고기를 잔뜩 먹여주었다.

정말 감사하네요.

식사가 끝난 후 산적들은 본론을 꺼냈다.

"아까, 경고장을 보냈어. 너의 신병은 백작님이 이쪽의 조건을 들어주면 교환할 거다."

"……네."

분명 교섭에 응하는 건 기사대겠지. 어쩌지? 버림받기라도 하면. 너무 두려웠다.

"그건 그렇고——."

"아, 네?"

"너, 왜 냄비를 갖고 있었던 거야?"

"아, 그게~."

"귀족 아가씨가 냄비를 씻고 있다니, 이상하지 않아?"

"이, 이상하지 않은데요."

손님이 왔을 때 몸소 음식을 대접하는 건 귀족 영애의 소양이라고, 적당한 말로 둘러댔다. 이런 난처한 변명, 믿을 리가 없다고 생각했지만——.

"호오, 너, 요리도 할 줄 알아?"

"취, 취미 정도로."

"그럼 지금부터 뭐 좀 만들어봐. 만약 맛있는 걸 만들지 못한다면 넌 가짜다."

"네에~?!"

이렇게 쉽게 가짜 귀족 영예의 소양을 믿어버리는 산적들.

몸을 말고 있던 거적을 풀고 뭔가 만들라고 명했다. 긴 귀를 들키지 않도록 두건은 푹 뒤집어썼다.

그리고 외투의 마주한 부분을 꽉 쥐었다.

털가죽이 뒤에 붙어 있는 가죽 재질의 상의는 설산수색용으로 알텐부르크 백작가의 선물이었고 고가의 물건이었다. 이것만 입고 있으면 단순한 시골 처녀로는 보이지 않겠지.

검으로 위협당하면서 끌려간 부엌은 죽을 만큼 더러웠다.

돌로 만든 화덕은 그을음으로 더러워져 있었고 싱크대엔 그릇과 컵 등이 산처럼 쌓여 있었다. 식기는 전부 더러워져 있었다.

겨울이라 벌레가 생기지 않은 건 다행이었지만 도저히 요리를 만들 만한 환경이 아니었다.

"저기, 여기서는 조리를 할 수 없어요. 밖에 간이 화덕을 만들 어주실 순 없나요?"

"안 돼. 여기서 만들어."

"아아⋯⋯."

하아, 하고 깊은 탄식. 일단 조리장은 못 본 걸로 하고 요리 재료를 찾아보았다.

밖에 있는 오두막에 식재료가 보존되어 있었다. 아무래도 사 냥을 하면서 생활하고 있는 듯 육고기가 많이 보였다. 해체되지 않은 채 그대로 방치되어 있었고 피조차 빼지 않은 것처럼 보 였다. 보존 상태는 지독했고 어쨌든 냄새가 났다.

"죄송합니다만 이 안에서 가장 새로운 고기는?"

"거기 있는 설조지. 아침에 사냥했으니까."

고기를 들어보자 털에 윤기가 돌고 냄새도 나지 않았다. 이거 라면 아직 맛있게 먹을 수 있을 것 같았다.

설조는 맛있다는 말을 들어본 적이 있다. 경계심이 강하고 좀 처럼 잡기 어렵기 때문에 한 번도 먹어본 적은 없지만. 생각 보다 실력 좋은 산적이 있을지도⋯⋯.

그 외에도 강탈한 것인지 밀가루와 향신료도 있었다.

아침에 사냥한 새에 감자, 밀가루, 향신료. 재료는 어떻게든 될 것 같았다.

"아, 이 알은?"

"오늘 설조 둥지에서 가지고 온 거야."

역시 산적. 종족 보존 같은 건 전혀 생각하지 않는 것 같았다.

설조는 겨울이 번식기인 드문 새였다. 신선한 알이니까 문제없 겠지.

이 정도 재료라면 어떻게든 맛있는 음식을 만들 수 있을 것 같 은데——.

산적의 입에 맞는 음식을 만들 수 있으려나.

하지만 알텐부르크 백작가의 사람이 아니라는 걸 알면 무슨 짓을 당할지 알 수 없었다.

귀족의 영애라는 걸 증명하기 위해 최선을 다해야 해.

우선은 청소부터. 너무 더러운 부엌을 떠올리고 눈을 부라 렸다.

*

큰 문제가 발견되었다. 여기에는 세제가 없는 것 같았다. 어 떻게 된 거야!

비누조차 없다는 사실에 절망하고 말았다.

머리를 감싸 쥐고 있다가 이전에 할머니가 했던 말이 떠올 랐다.

——옛날에는 식기를 씻을 때 밀가루를 사용했단다.

그래. 밀가루 비누.

생각해보니 밀가루 안에 있는 글루텐이 기름을 흡수하고 더러 움을 없애기 쉽다는 말을 했던 것 같다. 좀 아깝다는 생각도 들 었지만 큰일을 위해 사소한 일은 신경 쓰지 않기로 하고. 소매를 걷어붙인 다음 청소를 시작했다.

청소에 뜨거운 물이 필요하다고 말하자 망을 보고 있던 산적은 밖에서 물을 끓여 오겠다며 그 자리를 떠났다. 그래도 괜찮은 거야? 망보기 담당?

여기서 도망칠 수 있을 것 같았지만 현재 있는 곳이 어딘지 알 수 없었고 길을 헤매다 조난이라도 되면 최악이었기 때문에 얌전히 있기로 했다.

경고장을 보냈으니 조만간 누군가가 도와주러 오겠지. 아마.

물을 끓이는 동안 설조의 피를 빼기로 했다. 밧줄로 양발을 묶고 그 근처에 방치되어 있던 식칼로 목을 베어버리려고 했는데 녹이 슬어서 쓸 수 없었다.

에잇! 에잇! 하고 몇 번이나 내리쳐서 목을 절단했다.

……아주 옛날의 참수형이냐?

후우 하고 한숨을 내쉬고 있는데 등 뒤의 문이 열렸다. 뒤를 돌아서 불평을 늘어놓았다.

"죄송합니다만, 이 식칼, 전혀 잘리지 않는데요."

"히익!"

산적은 내 얼굴을 보고 가벼운 비명을 질렀다. 왜 그러냐고 물으니 얼굴이 피투성이가 되었다고 했다.

"튀어나오는 피를 뒤집어쓴 것뿐이에요. 칼이 녹슬어서 몇 번이나 몇 번이나 식칼로 목을 두들겨 절단했다고요."

"그, 그런 거였어? 괜히 놀랐잖아."

"정말 죄송했네요."

아무래도 칼을 가는 숫돌이 있는 모양인지 지금부터 갈아주 겠다고 했다. 부엌문으로 나가는 산적.

그러니까 망보는 건 괜찮은 거냐고 물어보고 싶었다. 놀라울 정도로 엉성한 관리였다.

설조는 거꾸로 매달아놓고 피를 뺐다. 그걸 기다리는 동안 부 엌 정리를 하기로 했다.

커다란 나무통을 갖고 와서 더러운 식기를 계속 집어넣었다. 통 안에 식기가 산처럼 쌓였다. 그때서야 겨우 조리대가 보 였다.

여기 저기 전부 기름으로 끈적끈적. 더러워서 절대로 만지고 싶지 않았다. 하지만 할 수밖에 없었다. 다행히 수세미를 발굴 했다. 이걸로 어느 정도 작업도 편해지겠지.

도중에 물을 끓였다며 망보기 담당 산적이 들고 왔다.

"미안, 식칼은 조금 더 걸릴 것 같아."

"괜찮아요. 여기 청소도 시간이 꽤 걸릴 것 같으니까."

물도 필요하다고 요구했더니 밖에 있는 우물을 자유롭게 사용 해도 된다는 허가가 떨어졌다.

"이 문을 열면 바로 왼쪽에 있어."

"정말 감사합니다."

그러니까 그래도 되는 거야? 망보기 담당? 산적은 식칼을 갈 기 위해 다시 밖으로 나갔다.

난 뺨을 양손으로 두들기며 기합을 넣고 청소를 시작했다.

우선 뜨거운 물에 밀가루를 녹였다. 이대로는 뜨거울 테니까

밖에서 눈을 갖고 와 온도를 맞췄다. 끈적끈적해진 밀가루를 기름이 들러붙은 조리대에 뿌리고 수세미로 문질렀다.

비누의 힘은 이길 수 없겠지만 밀가루로도 그럭저럭 깨끗해졌다. 글루텐의 힘에 감사. 할머니의 생활의 지혜에, 진심으로 감사하다고 마음속으로 중얼거렸다.

조리대가 깔끔해지자 이번에는 그릇을 씻었다. 물론 전부 깨끗하게 씻을 생각은 없었다. 사용할 식기만 선택해서 밀가루로 기름때를 없앴다.

마지막으로 화덕 청소를 시작했다.

분명 재가 쌓여 있을 게 틀림없었다. 그렇게 생각하며 주머니 안에 있던 수건을 입과 코에 대고 묶은 다음 화덕 입구를 열었다.

"윽, 더러워, 콜록, 콜록!!"

화덕 입구를 연 순간 시커먼 재가 펄럭펄럭 날아올랐다. 창문을 열고 문도 열고 전부 열었다.

재를 담을 통을 가지고 와서 부지깽이를 찾았지만 보이지 않았다.

"어이, 식칼 다 갈았는데―뭐야, 이거, 콜록, 콜록!!"

당신이 청소를 빼먹은 결과야! 라고 외치고 싶었다. 부지깽이가 없는지 물었지만 지금까지 본 적 없다고 말했다. 대체 어떻게 된 거야.

"그럼 대신할 걸 빌려주세요."

"그런 거 없어."

"재를 치우지 못하면 요리를 할 수 없다고요."

"그렇게 말해봤자……."

어디 길고 끝부분이 평평한 물건이 없냐고 묻다가 산적 허리춤에서 좋은 걸 발견했다.

"아, 그 검. 부지깽이 대신 쓸 수 있을 것 같은데. 좀 빌려주시겠어요?"

밑져야 본전으로 물어보았다. 역시 거부할 줄 알았는데──.

"그래, 쓰고 싶으면 써."

"아, 감사합니다."

……무기를 빌려준 거야?

왠지 꽤 엉성하고 좋은 녀석 냄새가 나서 산적으로 먹고살 수 있을지 걱정이 되었다.

그런 건 아무래도 상관없고, 청소를 재개했다. 서둘러 화덕 안에 쌓인 재를 검으로 긁어냈다.

화덕을 깔끔하게 만들고 드디어 요리를 시작했다.

그 전에 설조를 해체해야 했다. 산적이 식칼을 갈아준 덕분에 해체하기 쉬웠다.

"귀족 아가씨는 해체도 할 수 있나보군."

"사, 사교계에 데뷔할 때 배우거든요."

"흐음, 의외네……."

해체에 대해 물어봐서 깜짝 놀라 순간적으로 거짓말을 지어냈지만 전혀 들키지 않았다.

휴우, 안도했다.

설조 고기는 포동포동해서 맛있을 것 같았다. 날개를 잡아 뽑고 내장을 꺼내고 부위마다 잘라냈다. 목살, 가슴살, 날갯죽지, 날개살, 허벅지살, 껍질 등등.

우선 뼈와 감칠맛 성분이 강한 날개살, 날갯죽지, 감자를 사용해서 수프를 만들었다. 양념은 향신료와 소금뿐. 굳이 진한 맛을 내지 않고 재료 본연을 맛을 즐기기로 했다.

목살은 구이로 만들었다. 이건 가볍게 소금을 뿌리기만 해도 맛있겠지. 목살은 희소 부위에다 씹는 맛이 있어서 감칠맛 성분도 강했다. 진한 맛을 느낄 수 있었다.

"죄송합니다만, 증류주나 뭐 없나요?"

"있어."

"요리에 사용해야 하니까 좀 나눠주세요."

"알았어."

산적은 나의 요구에 응해주었다.

"여기."

"감사합니다."

"그런데 술을 어디에 쓰려고?"

"술에 담가서 고기를 부드럽게 하려고요."

가슴살은 지방이 적어서 퍼석퍼석하기 때문에 약간 먹기 힘들다. 하지만 술에 담그면 부드러워진다. 산적은 감탄한 듯 '흐음'하고 탄성을 내뱉었다.

가슴살은 소금으로 주물주물 한 다음 잠시 술에 담가두었다. 그 사이에 밀가루를 물에 풀어 계란, 소금, 후추를 섞었다. 화덕에 불을 붙이고 냄비에 올리브 오일을 발랐다. 냄비가 따뜻해지면 반죽을 넣어 얇게 펴서 구웠다. 20장 정도 구웠을까? 접시 위에 겹쳐두었다.

반죽은 이 정도로 하고 다시 설조 조리에 들어갔다.

술에 담가놓은 가슴살을 꺼내 가볍게 물로 씻었다. 얇게 썰어서 살짝 데쳤다.

감자도 얇게 썰어서 닭껍질과 함께 바삭바삭해질 때까지 볶았다. 양념은 소금과 후추로만.

허벅지살은 밑간을 하고 향신료를 섞은 밀가루를 뿌려 바삭하게 튀겼다. 이게 가장 맛있을 것 것이다.

마지막으로 소스를 만들었다. 그렇다고 해도 대단한 건 아니었다. 주위에서 발견한 언제 건지 알 수 없는 굴소스에 향신료를 넣어서 맛을 낸 단순한 소스였다.

접시에 허벅지살 튀김, 구운 목살, 삶은 가슴살, 껍질과 감자구이, 얇게 썬 치즈 등을 올렸다.

"혹시 밀가루 피에 싸서 먹는 거야?"

"네!"

"흐음, 맛있어 보이는군."

설조가 한 마리밖에 없었기 때문에 소량의 고기로도 만족감을 얻을 수 있는 요리를 만들어보았다.

망보는 역할을 맡은 산적과 함께 거실로 옮겼다.

아무래도 식탁은 없는 듯했고, 바닥 위에 놔두고 먹을 것 같았다. 얇게 구운 반죽과 모둠 고기, 수프 냄비, 그릇을 갖고 갔다. 수저도 없었다. 주식은 고기. 칼로 잘라서 먹는다고.

"뭐야, 이건."

요리를 본 산적 우두머리 같은 남자가 물었다.

"설조 전병이에요."

"본 적 없는 요리군."

"왕도에서 유행하는 거예요."

"흐음?"

이건 얼마 전 먹은 대파 전병을 참고로 만든 요리였다. 좋아하는 재료를 넣고 말아 먹는 음식.

산적들은 요리를 바라보기만 할뿐, 움직이려고 하지 않았기 때문에 적당히 재료를 선택해 말아주었다.

우선 두목부터. 재료는 목살에 치즈. 굴소스를 뿌려 말았다.

"드시죠."

"으, 응."

푸른 잎 채소 같은 게 있었다면 아삭아삭하고 맛있었겠지만 아쉽게도 감자밖에 없었다. 뭐, 급하게 있는 재료로 만든 것치고는 잘 만들어진 것 같지만.

산적 두목은 미간을 찡그리며 우물우물 설조 전병을 먹었다.

"어떠세요?"

"……맛있군."

다행이다. 맛이 없는 음식을 먹고 있었기 때문에 입에 맞지 않을지도 모른다고 생각했는데 생각보다 미각은 제대로 되어 있는 것 같았다.

반죽은 부드럽고 탄력이 있었다. 설조 고기는 살이 단단하기 때문에 분명 맛있겠지. 맛보지 않았기 때문에 상상만 해본 거지만. 다른 두 사람에게도 만들어주었다.

"맛있어!"

"이렇게 제대로 된 식사는 오랜만이야!"

두목은 연달아 5개를 먹었고 날 진짜 귀족 영예라고 인정해주었다.

다행이다……아니, 전혀 다행은 아니지만, 이 상황이.

요리를 만들어서 귀족 영예라는 걸 증명하다니, 말도 안 돼. 이게 대체 뭔지 묻고 싶어졌다.

식사가 끝나고 다시 구속될 줄 알았는데 날 내버려둔 채 술판이 벌어졌다.

눈앞에서 시끌벅적 떠들썩한 술자리를 벌이다 갑자기 딱 멈추고 진지한 표정을 짓는 산적들.

바닥에 놓아둔 검을 쥔 순간 문이 쾅 하고 부서졌다.

"아, 아아……!"

심야 방문자를 앞에 두고 난 목소리가 떨렸다. 왜냐하면 여기 있는 산적들보다 훨씬 무시무시한 얼굴을 한 남자가 집으로 들어왔기 때문이다.

무서워. 너무 무서워.

"너희들, 절대 용서 못 해!"

"히이이이이이익!!"

"왜 네가 비명을 지르는 거야!!"

그 지적에 정신을 차렸다. 자세히 보니 무시무시한 얼굴의 남자는 내가 잘 아는 얼굴이었다.

"루드팅크 대장……!"

"냄비라도 뒤집어쓰고 얌전히 있어."

그 한 마디를 신호로 서로 노려보기 시작한 산적들(※그 중 1명은 루드팅크 대장)

별로 넓지 않은 방에 덩치 큰 루드팅크 대장과 산적들이 3명이나 있으니 꽤 위압감이 있구나.

그리고 모두 다 험악한 얼굴, 산적 같은 얼굴이라는 기적.

루드팅크 대장은 그렇게까지 산적 같지 않다고 생각했는데 지금 보니 꽤 산적 같았다. 앞으로도 안심하고 산적이라고 부르겠다고 마음속으로 결심했다.

"이봐, 잘도 우리 위생병을 납치해갔겠다?"

"이 여자가 위생병이라고?"

"어딜 봐도 위생병이잖아. 전투대원으로 보여?"

"아, 아니, 이 여자는 백작 영예잖아?"

"어딜 어떻게 봐도 포레 엘픈데."

산적들이 날 돌아보았다. 계속 두건을 깊게 뒤집어쓰고 있었기 때문에 귀를 보여주기 위해 두건을 벗었다.

"뭐야……!"

"너……!"

"거짓말을 하다니!!"

눈을 휘둥그렇게 뜨고 바라보는 산적들. 아니, 애초에 눈치

채는 게 너무 늦다니까.

산적들이 멍해져 있는 동안 루드팅크 대장 쪽으로 돌아들어가 그 기세 그대로 집을 나왔다.

"리스리스 위생병!"

루드팅크 대장 뒤에 있던 벨리 부대장이 나를 끌어당겨주었다. 꽉 안기고 보니 긴장하고 있던 마음이 편해지는 것 같았다.

"다행이다…… 무사해서."

"네, 덕분에."

가르 씨나 자라 씨, 우르가스도 있었다. 게다가 다른 원정부대 대원들도 몇 명이나 와 있었다.

자라 씨가 한 걸음 앞으로 나와 말했다.

"부대장, 검을 좀 빌려도 될까?"

"그래, 상관없어."

자라 씨는 벨리 부대장에게 도끼를 건네고 대신 쌍검 중 하나를 칼집에서 꺼냈다.

뭘 하려는 건지 했더니, 산적의 집으로 들어가 버렸다.

"벨리 부대장, 자라 씨는 대체……?"

"실내에서는 도끼가 불리하니까."

"아아, 그렇군요."

검 한 자루로 괜찮을지 걱정이 돼서 창문을 통해 안쪽 상황을 지켜보았다.

"역시. 덩치가 큰 산적 4명과 자라 씨까지 있으니까 집이 꽉 차네요."

"산적이 4명? 나에게는 3명밖에 안 보이는데, 어딘가 다른 장소에 숨어 있는 거야?"

"아, 죄송해요. 루드팅크 대장을 산적으로 포함해서 숫자를 세고 말았네요."

"아, 그런 거였어?"

루드팅크 대장의 산적 같은 얼굴은 벨리 부대장도 인정하고 있는 듯했다. 다행이다, 나만 산적으로 보는 게 아니라서.

창문으로 보이는 실내에선 루드팅크 대장과 자라 씨, 산적 3인조가 긴박하게 대립하고 있었다.

더 이상 이쪽에서 전투에 참가하는 건 어려울 것 같았다.

"후위의 우르가스 한 명 정도라면 가능할지도 몰라."

"벨리 부대장, 좀 봐주세요……."

몇 명의 기사가 부엌에 있는 부엌문으로 돌아 들어간 듯했다.

우르가스는 창문을 살며시 열고 수첩을 꺼내들어 안쪽 상황을 엿보고 있었다. 아무래도 보고서용으로 기록을 남기려는 것 같았다.

"저기, 벨리 부대장, 산적은 백작가에 뭘 요구했나요?"

"아. 여긴 백작가의 영진데 저 녀석들이 5년 전부터 멋대로 점거하고 있었거든——."

계속 퇴거 명령을 내렸지만 산적들은 그걸 무시. 숲으로 들어가 멋대로 사냥을 하고 타협을 하러 온 고용인을 검으로 위협하는 일도 있었다고 한다.

"그래서 요구는 퇴거 명령을 철회하라는 거였어."

"아~ 그럼 몸값 같은 건?"

"아니, 없었는데."

문득 의문이 들었다. 저 사람들은 산적인 걸까?

방 안에 있는 아저씨들을 훔쳐보았다. 수염투성이에 눈초리가 사납고 무기도 소지하고 있었다.

응, 완벽한 산적.

아무래도 부엌문 쪽으로 들어간 기사들의 배치가 완료된 것 같았다.

벨리 부대장이 창문을 가볍게 두들기며 신호를 보냈다.

그러자 루드팅크 대장이 검을 칼집에서 꺼냈다. 긴장하는 산적들.

"여기서 결판을 짓자. 패배하면 너희들은 여기서 나가는 거다."

"뭐라고?!"

그게 신호였다.

커다란 검을 들고 앞쪽에 있던 우두머리로 보이는 사람이 덤벼들었다.

먼저 움직인 건 자라 씨였다. 작은 쌍검 중 하나를 들고……
괜찮으려나?

전전긍긍하면서 지켜보았다.

반면에 산적들의 검은 크고 무거워 보였다.

하지만 걱정은 필요 없었다. 자라 씨는 위에서 내리찍듯 검을 막아냈다.

챙강! 하고 금속끼리 부딪치는 묵직한 소리가 울려 퍼졌다.

무거운 검을 미끄러뜨리고 산적이 들고 있던 검의 궤도를 피했다.

"——뭐야?!"

설마 하던 전개에 눈을 크게 뜨는 산적. 그게 한 순간의 틈을 만들었다.

그 이후 자라 씨는 곧장 배를 차올려 산적을 뒤쪽으로 밀어냈다.

쾅 하는 충격음과 함께 벽과 격돌한 산적은 '크윽!' 하고 신음 소리를 내뱉더니 움직이지 않았다.

"형님!!"

"형님, 어떻게 된 거야!!"

자라 씨가 간단히 쓰러뜨린 건 큰형인 듯했다. 설마 했지만 형제들이었다. 그런 건 아무래도 상관없고, 나머지가 반격해올 줄 알았는데 그 자리에 쓰러져 울어대는 산적들.

"으아아앙~ 어떻게 된 거야~."

"태어나서 본 여자들 중에서 제일 예쁜 누님한테 무참히 당하다니~~."

자라 씨는 예쁜 누님이 아닙니다. 예쁜 형님이에요.

"너무 미인이라서 넋이 나간 거지~~?"

"어쩔 수 없잖아~~."

정정하지 않는 게 더 행복하려나?

그 이후 부엌문 앞에 대기하고 있던 기사들이 돌입했다. 산적들은 눈 깜짝할 사이에 구속되었다. 밧줄에 묶여 연행되는 산적들 일행. 루드팅크 대장과 자라 씨가 돌아왔다.

"멜~ 괜찮아?"

갑자기 자라 씨가 꽉 끌어안았다. 마음이 좀 든든했다.

"괘, 괜찮아요. 자라 씨는 괜찮으세요?"

"으응, 걱정 마. 왜냐하면 그 사람들, 전투에는 아마추어였으니까."

"아, 역시 그 사람들, 산적이 아닌가요?"

"아마 그런 것 같아."

왜냐하면 왠지 나쁜 사람들처럼 보이지는 않았는걸. 분명 사냥을 하면서 살아가는 험악한 얼굴의 아저씨 3인조겠지.

"뭐, 하지만 점거와 유괴는 안 좋은 행동이죠."

"그 말이 맞아. 멜을 납치하다니, 절대 용서할 수 없어서 초보들을 상대로 강하게 나가고 말았어."

"무기도 갖고 있었고."

"손도끼였긴 하지만."

"어라, 손도끼였어요?"

무기라고 생각했는데 작업용 도끼였던 모양이다. 우리 마을에서는 그렇게 큰 손도끼를 본 적이 없었기 때문에 눈치 채지 못했다.

"리스리스 위생병, 돌아가자."

"아, 네."

사건은 무사히 해결.

산적처럼 보였던 아저씨들은 구속되어 기사대로 연행되었다.

납치되어 끌려간 장소는 작전본부인 저택에서 꽤 떨어져 있었다.

가까스로 돌아왔다.

밤늦은 시간이었지만 저택 안에는 불이 켜져 있었다. 유괴 소동이 있었기 때문에 철수하지 못했던 거겠지. 저택에 들어서기 전에 어떤 사실을 깨달았다.

"아!"

벨리 부대장이 얼굴을 들여다보며 '왜 그래, 리스리스 위생병?'이라고 물어보았지만 동요한 탓에 제대로 말을 할 수 없었다.

"진정해. 괜찮으니까."

등을 부드럽게 쓰다듬어줘서 겨우 말을 할 수 있었다.

"냄비를, 산적들 아지트에 놔두고 왔어요……!"

"아, 그 커다란 냄비 말이야?"

뭔가 깊은 추억이라도 있는 거냐고 묻기에 고개를 가로 저었다. 그저, 그게 없으면 원정지에서 요리를 만들 수 없기 때문에 곤란할 뿐이었다.

"그럼 다음 휴일에 같이 사러 가자. 분명 냄비 값 정도라면 경비에서 제외할 수 있을 거야."

"그, 그런가요?"

"그래, 걱정하지 마."

그렇다면 다행이지만. 마침 오래되어 낡은 상태였고.

"다음번 장보러 갈 때 고르러 갈까?"

"네!"

해냈다! 새로운 냄비! 모처럼 좋은 냄비를 사고 싶어.

"이전에 상인으로부터 왕도에 우츠강으로 만든 냄비를 팔고 있다는 말을 들은 적이 있는데."

"우츠…… 검의 단조에 사용되는 강철 말이야?"

우츠라는 건 나뭇결 모양의 강철이었다. 듣자하니 음식이 눌어붙지 않아서 오래 사용할 수 있다고 했다.

"우츠강은 검으로 만들기에도 굉장히 귀중한 강철이야. 정말 그걸로 만든 냄비가 있을지……."

"그렇군요."

있다고 해도 고가의 물품일지도 모른다. 상인 녀석, 정보를 아무렇게나 떠벌리다니.

뭐, 됐어. 새로운 냄비는 지금까지 쓰던 것보다 가볍고 쓰기 쉬운 걸로 고르면 되니까.

저택 출입문 앞에서 이야기를 나누고 있는데 루드팅크 대장이 어서 들어오라며 재촉했다.

"식사를 준비해났으니까 먹고 돌아가자."

"네!"

그러고 보니 아무것도 먹지 않았네. 안심한 탓인지 배에서 꼬르륵 소리가 났다. 식당에 가보니 나에게 버터를 건네준 기사가 있었다. 수프를 담은 그릇을 나에게 건네주었다.

"힘들었지? 이거 먹고 기운 내."

"아……네."

맑은 수프에다 기사는 버터를 퐁당 투입했다.

"으, 으윽……."

설마 하던 버터 수프, 또다시. 뭐, 공복은 최고의 양념이라고도 하니까 어쩌면 맛있을지도 모르지──.

"윽……!"

한 입 먹고 뭐라고 할 수 없는 느끼함에 순간 눈을 부라렸다. 나의 대각선 앞에 앉아 있던 우르가스도 같은 표정이었다.

공복일 때도 맛없는 음식은 맛이 없었다.

에녹
제2부대의
원정밥

남은 음식으로 만든 밀크 스튜

간신히 왕도로 돌아올 수 있었다. 3일 정도 씻지 못했지만 기숙사에 도착했을 무렵에는 이미 한계였다. 너무 녹초가 돼서 아무것도 하고 싶은 마음이 들지 않아 얼굴과 손과 발을 씻고 진흙처럼 잠들었다.

10일 만에 휴가를 받았다. 오늘만큼 휴일이 반가운 날이 없었다.

아침에 일어나니 온 몸이 아팠다. 너무 괴로웠다.

마차는 부상자가 우선이라 건강한 우리는 말을 타고 돌아왔다.

원정과 등산의 조합이었으니 몸이 산산조각 나는 것도 납득이 갔다.

느릿느릿 일어나서 기사대에 입대할 때 받은 회중시계 뚜껑을 열고 시간을 확인했다. 아쉽게도 아침 식사 시간은 이미 끝나 있었다. 매우 매우 우울해졌다.

하아 하고 한숨을 내쉬었더니 배에서 꼬르륵 소리가 났다.

아침식사 시간에 늦잠을 자다니, 최악이었다. 점심식사 시간까지 앞으로 2시간이나 남았는데.

게다가 방에도 비상식량 같은 건 없었다. 갑자기 원정을 떠나게 돼서 개인적으로 갖고 있던 비스킷도 들고 가서 먹어버리고 말았다.

따라서 현재 실내에는 음식이라곤 전혀 없는 상황이었다. 의기소침해져서 침대에 벌렁 드러누웠다.

점심때까지 자자. 아직 졸리니까. 하지만——.

꼬르륵. 배에서 애처로운 소리가 들렸다. 벌떡 일어났다. 하아, 오늘 두 번째 한숨.

어쩔 수 없지. 마을로 뭔가 먹으러 가자.

난로에 불을 붙이고 물을 끓였다. 몸을 닦고 옷을 갈아입었다. 회색 원피스를 입고 머리를 땋아서 둥글게 묶었다.

창문을 열어보니 날이 좀 서늘하기에 알텐부르크 백작가에서 지급받은 외투를 껴입었다. 이건 개인적으로 사용해도 되는 듯했다. 얼마나 배포가 큰지.

하지만 안에 입고 있는 원피스가 촌스러운 게 좀 아쉬웠다.

어제 월급도 받았겠다, 입고 다닐 옷도 사고 싶고 머리 장식이라든가 구두도 사고 싶었다.

그런 생각을 하고 있다가 얼마 전 루드팅크 대장에게 받은 브로치가 떠올랐다.

상자를 꺼내 포장을 신중히 벗겼다. 뚜껑을 열고 후우 하고 숨을 내쉬었다. 은으로 만든 5개의 꽃잎이 있고 중심에 진주가 달려 있는 아름다운 브로치였다. 회색 원피스에 맞춰보았지만 별로 어울리지 않았다. 분명 왕도에서 파는 멋진 옷에만 어울리는 거겠지.

오늘은 됐다고 생각하고 브로치는 상자에 넣었다. 외투에 달린 두건을 쓰고 밖으로 나갔다.

시장이 아니라 상점가 쪽으로 향했다. 아침도 아니고 점심도 아닌 그런 어중간한 시간대라 그런지 사람들의 왕래가 적었다.

장을 보러 우르가스와 몇 번이나 오갔던 장소였지만 개인적인 일로 쇼핑을 나온 건 처음.

월급을 받지 않아 돈이 없었던 것도 있었지만 휴일엔 지쳐서 방에서 멍하니 보내는 날이 많았다. 솔직히 기사대 임무에 익숙해지지 않은 탓도 없잖아 있었다.

그런 건 제쳐놓고.

첫 쇼핑에 설레어하고 있는데 어딘가 익숙한 인물의 뒷모습이 눈에 들어왔다.

비단처럼 빛나는 금색 머리칼을 높은 위치에서 묶고 등을 쭉 편 모습. 새빨간 외투에 길이가 긴 스커트를 입은 여성치고는 키가 큰 그 사람은──.

"어라, 자라 씨?"

분명 틀림없을 것 같아서 달려가 보았다.

"자라 씨~!"

말을 걸자 뒤를 돌아보는 미인.

"어머, 멜이잖아."

"우연이네요."

자라 씨는 아무래도 쇼핑 중이었는 듯 짐을 양손으로 안고 있었다. 내용물을 보니 일주일 분량의 식재료 같았다.

"멜도 쇼핑 나온 거야?"

"아~ 쇼핑이라고는 해도, 실은 아침 먹을 기회를 놓쳐서요."

"어머!"

어딘가 적당히 맛있는 음식점이라도 가르쳐달라고 하려는데 예상 밖의 제안을 받았다.

"그럼 우리 집으로 가자. 아침부터 스튜를 끓였거든."

듣자하니 집에 있던 남은 음식으로 만든 스튜인 것 같았다. 비축해둔 빵이 다 떨어져서 먹기 전에 사러 나왔다고.

"네? 하지만 좀 죄송한데."

"괜찮아. 혼자 먹는 것도 쓸쓸하니까. 게다가 우리 집 견학도 할 수 있잖아?"

"견학?"

"같이 살자는 약속 잊었어?"

"아!"

그러고 보니 완전히 잊고 있었는데 자라 씨의 집에서 하숙을 하라는 이야기가 있었다. 하지만 그 이후 다른 부대 기사가 다 가온 적도 없고 괜찮을 것 같은데.

"기사들이 접근하지 않는 건 내가 함께 있기 때문이야."

"아, 그, 그렇겠죠."

그 말이 맞았다. 그날부터 매일 아침 자라 씨는 여자 기숙사 앞까지 데리러 와주었고 함께 출근했다. 이런 걸 평범한 남성 기사가 했다면 기숙사장을 맡고 있는 여성 기사에게 혼났겠지. 하지만 자라 씨는 여성들이 드나드는 기숙사 출입구에 완전히 동화되어 있었다.

동화를 넘어서, 여성 기사들과 사이좋게 잡담을 하는 모습도 자주 보였다.

미안하다고 생각하면서도 계속 의지하고 있었다.

그렇다 치더라도, 여성 기사들과 섞여도 위화감이 없는 자라 씨는 대체…….

하지만 휴일에 집에 찾아가는 건 좀. 자라 씨도 피곤할 텐데.

오늘은 사양하자. 그렇게 생각했지만 분위기 파악 못하는 나의 배에서 꼬르륵 소리가 났다.

자라 씨는 내 배에서 나는 소리를 듣고 '어머, 큰일이네'라고 말했다. 부끄러워서 얼굴에서 불이 나는 것 같았다.

"그럼 서두르자. 갓 구운 빵도 샀으니까."

남은 음식으로 만든 스튜였지만 꽤 자신이 있는 것 같았다. 그렇게까지 말하는데 초대를 거절할 순 없었다.

"빨리 가자. 여기서 가까워. 꾸물거리다간 빵도 식어버릴 거야."

"네? 아……네. 가, 감사합니다."

결국 난 자라 씨의 집에 방문하게 되었다.

자라 씨의 집은 상점가에서 좀 떨어진 주택가에 있었다.

그곳은, 2층 건물의 길쭉한 집들이 늘어선 곳으로, 노란색이나 빨간색 등 형형색색으로 칠해진 벽이 굉장히 아름다웠다.

"여기가 우리 집."

"네에, 멋진 집이네요."

"월세지만."

들어보니 그렇게까지 집세가 비싸지 않은 것 같았다. 게다가 기사대에는 주택수당도 있어서 내는 금액은 얼마 되지 않는다고 했다.

"그러고 보니 동거하고 있는 분은 집에 계신가요?"

"응."

"아, 저기, 괜찮을까요?"

"괜찮아. 좀 호기심이 왕성한 아이지만."

친해질 수 있을까? 두근거리는 마음으로 자라 씨의 집으로 들어갔다.

"블랑슈, 다녀왔어!"

동거인 아가씨는 블랑슈 씨인 듯했다. 어떤 여성일까? 은근히 기대를 하고 있는데——.

"냐앙."

"으악?!"

흰색 털을 가진 커다란 고양이가 현관에서 기다리고 있었다. 자라 씨는 뒤를 돌아보며 만면에 웃음을 띠며 소개했다.

"이 아이, 이르베스로 블랑슈라고 해."

"이르베스라고요~~?"

이르베스는 눈이 많이 내리는 북부지역에서만 생식하는 대형 고양이로 일부 지역에서는 애완용으로 키운다는 말을 들어본 적이 있다.

"얘, 환수죠?"

"응, 맞아."

환수라는 건 정령과 요정을 합친 불가사의한 생물이라고 하면 되려나.

그 이르베스가 현관에서 '냐앙'이라는 귀여운 목소리로 울고 있었다. 크기는 성인 남성이 엎드린 정도로 나보다도 컸다. 얌전한 기질이라는 말을 들은 적이 있지만 바로 앞에서 보면 박력이 있었다. 털은 눈처럼 새하얗다. 폭신폭신하고 귀여워—가 아니라!

"호, 혹시 동거인이라는 게?!"

"맞아, 블랑슈야."

"마, 말도 안 돼~~!!"

속았다. 여자 동거인이라는 게 암컷 이르베스였을 줄이야.

"멜, 좀 어질러져 있지만 들어와."

안으로 들어오라는 권유를 받았지만 이르베스인 블랑슈가 앉아서 빤히 날 보고 있었다.

꼬리를 붕붕 흔들고 있는 거 보면 적대심은 없는 것 같지만.

"멜을 관찰하고 있는 거야."

"시, 신경 쓰지 마세요……."

어색한 움직임으로 안으로 들어갔다. 겁나는 건 어쩔 수 없는 거니까. 왜냐하면 이렇게 큰 고양이는 본 적 없는걸.

블랑슈는 목에 턱받이 같은 걸 하고 있었다. 가장자리가 프릴로 장식되어 있어서 굉장히 귀여웠다. 혹시 자라 씨가 직접 만든 걸까?

"냐앙."

"으악!"

빤히 바라보고 있는데 자세를 낮추고 내 얼굴을 살펴서 깜짝 놀라고 말았다.

자라 씨는 웃으면서 괜찮다고 했다.

"안으로 들어와."

"아, 네. 실례하겠습니다."

블랑슈 옆을 지나 식당 겸 주방으로 향했다.

식기가 놓여 있는 찬장에, 정리 정돈된 조미료 선반, 손질되어 있는 화덕─ 그곳은 남자 혼자 사는 것처럼은 보이지 않는 청결한 부엌이었다. 산적 형제들의 부엌과는 하늘과 땅 차이였다.

식탁에 놓여 있는 천 무늬가 또 멋졌다. 휴우 하고 한숨을 토해냈다.

"그거 우리 고향에서 만드는 직물이야."

"굉장히 아름다워요!"

눈의 결정과 숲의 나무들, 동물 등이 수놓아져있었다. 우리 마을에는 자수밖에 안 하기 때문에 굉장한 기술이라고 감탄하고 말았다.

"세세한 디자인은 하기 힘드니까 자수가 더 대단한 것 같은데."

"그렇지 않아요. 굉장히 예뻐요."

무려 이 직물은 자라 씨가 베틀로 짠 거라고 했다. 손재주가 있다는 게 부러웠다.

그런 이야기를 나누는 사이에 스튜가 데워졌다.

방금 배달된 신선한 우유로 만든 스튜였다.

"잠깐 집을 비웠잖아? 서두르느라 원정 갈 때 우유배달 직원에게 말을 못했더니 오늘 4일분을 전부 모아서 갖고 왔더라고."

혼자 소비하긴 힘들었기 때문에 스튜 재료로 썼다고 했다. 우리 마을에서는 유제품이 귀중품이었기 때문에 스튜에 넣은 적은 없었다.

"입에 맞았으면 좋겠는데."

"저기, 실은 우유를 넣은 스튜는 처음이에요."

"어머, 그랬어?"

식탁에는 갓 구운 빵과 삼각우 우유 스튜가 놓여 있었다.

솔솔 감도는 버터 향기. 오렌지색 뿌리채소에 노란색 콩까지 반찬도 깔끔했다.

예상 밖의 진수성찬에 꿀꺽 군침을 삼켰다. 식전 기도를 드리고 먹기로 했다.

"어서 먹어."

"잘 먹겠습니다."

우선은 둥글게 잘린 감자를 숟가락으로 떠먹었다.

감자는 따끈따끈했고 은은하게 단맛이 났다. 삼각우 우유의 부드러운 풍미와 농후한 감칠맛이 잘 베어들어 있었다.

우물우물 씹고 있는 순간이 행복해! 미소가 절로 지어졌다.

"자라 씨, 맛있어요."

"그래? 다행이다."

고기는 멧돼지 훈제육이었다. 진한 소금간이 스튜의 맛을 끌어올리고 있었다.

둥근 빵을 손에 들었다. 폭신폭신했고, 반으로 갈랐더니 살짝 김이 났다. 밀의 구수한 냄새가 참을 수 없었다. 한 입 크기로 잘라 스튜에 찍어 먹었다. 말로 할 수 없을 만큼 맛있었다.

이건 왕도 제일의 스튜라고 생각했다. 눈 깜짝할 사이에 전부

먹어버리고 말았다.

자라 씨의 스튜, 굉장히 맛있었다. 가게에서 팔아도 될 정도의 수준이라 깜짝 놀랐다.

"감사합니다. 굉장히 맛있었어요."

"그럼 다행이네. ……하지만 멜도 굉장해."

"뭐가요?"

"원정지에서 요리를 만들어주는 게."

자라 씨는 '요리는 좋아하지만 귀찮을 때도 있거든'이라고 말했다.

"자기가 먹을 음식이라면 몰라도 다른 사람이 먹을 것까지 만드는 건 귀찮잖아."

"그런가요?"

나에겐 누군가를 위해 요리를 하는 게 당연한 일이었다. 그러고 보니 나만을 위해서만 요리를 한 적은 없었던 것 같았다.

"그러니까 누군가를 위해 만드는 요리는 사랑이야."

"사랑, 인가요?"

그런 생각은 해본 적 없었다.

"요리사라던가 일 때문에 만드는 사람은 별개겠지만. 아무런 마음도 없는 사람에게 요리는 해주지 않잖아."

확실히 그럴지도 모르겠다. 직접 만든 요리는 누군가를 위해 만든다. 나도 최선을 다하고 있는 제2부대 대원들이 맛있는 걸 먹고 힘을 냈으면 좋겠다고 생각하며 만들었다.

"그래서, 얼마 전에 멜이 고기 완자 스튜를 만들어줬을 때 정말 기뻤어.”

“감사합니다.”

감사 인사를 받다니, 좀 쑥스러웠다. 내 요리는 별로라고 생각할 때도 있지만 계속 만들길 잘한 것 같아. 서서히 가슴이 뜨거워졌다.

앞으로도 열심히 노력해야겠다.

그 이후 함께 설거지를 하고 차를 마셨다. 곁들인 과자로는 머랭 쿠키가 나왔다. 엷은 분홍색을 띠는 과자로 입에 넣는 순간 스스륵 녹아 없어졌다.

정말 소녀틱한 과자였다.

맛있는 차와 과자로 잠깐 한숨 돌렸다. 날씨도 좋고 배도 부르고 행복해.

차와 머랭 쿠키를 구입한 가게를 알아내서 사가지고 돌아가야지.

그리고 비상식량인 비스킷도 사야겠다.

자라 씨도 오늘 하루를 느긋하게 보내려는 것 같았다. 좋은 휴일이었다.

“하지만 이르베스를 키우고 있다니, 깜짝 놀랐어요.”

“내가 8살 때 어머니가 데리고 온 아인데 추위를 많이 타서 어쩔 수 없이 왕도로 데리고 왔어.”

“그랬군요.”

참고로 이 나라에는 '환수보호조약'이 있다.

사육 또는 접촉이 금지된 1급 환수는 용뿐.

제2급 보호환수는 류코스, 모노케로스, 가고일, 아르라우네, 그리폰 등등. 이것들은 면허를 가지고 있는 일부 사람들만 접촉 및 사육이 가능했다.

제3급은 관청 등에 허가를 신청하면 누구든 키울 수 있다. 자라 씨가 사육하고 있는 이르베스에 레자르, 티그라키, 스노우소라 등등.

당연하겠지만 환수로 분류된 생물들은 평범한 애완동물과는 다르다. 사람을 해하지 않도록 제대로 계약을 맺어야 했다.

"저 아이의 식비가 엄청 많이 들어."

"힘드시겠네요. 어느 정도 먹나요?"

"하루에 벌꿀 한 병 정도."

"고기가 아니었군요."

역시 환수. 통상 북국에서는 스노우 롭이라고 불리는, 겨울에 피는 꽃을 주식으로 하는 생물이라고 했다. 육식이 아닌 얌전한 고양이라니, 너무 귀엽잖아.

"겨울철에는 난로 앞에서 떠나질 않고 자칫 잘못하면 여름철에도 추워하거든. 산책도 싫어하고 손톱갈이도 싫어하고 식사는 숟가락으로 떠먹여주지 않으면 안 되고 굉장히 손이 많이 가는 아이야."

"원정 때는 어떻게 하세요?"

"루드팅크 대장의 지인 집에서 맡아주고 있어."

"그렇군요."

왕도에는 몇 군데, 이르베스를 사육하고 있는 집이 있다고 한다. 하지만 남획은 금지되어 있어서 나라의 허가를 취득한 일부 육종가에서만 판매하고 있다.

게다가 사육비나 수고가 많이 들기 때문에 왕도의 일반가정에서는 거의 키우지 않았다.

"그렇다는 건 루드팅크 대장의 지인은 귀족이겠네요."

"맞아."

원정 때 맡기는 김에, 궁합이 맞으면 결혼시켜주려고 했는데 좀처럼 잘 되지 않는다고 한다.

"상대 집안의 이르베스가 귀하게 자라서 파트너로서의 궁합이 좀 미묘해."

"이야기를 들어보니 블랑슈 씨에게도 아가씨 기질이 있는 것 같은데요."

"그럴지도 모르지."

부모 마음을 자식들은 모른다는 말도 있으니까. 같이 놀 상대로서는 좋은 관계를 구축하고 있기 때문에 스스럼없이 맡길 수 있다고 했다.

"그러고 보니 블랑슈 씨의 턱받이……가 아니라 앞치마인가요? 그건 자라 씨가 만든 거예요?"

"맞아! 귀엽지?"

"네. 솜씨가 좋으시네요."

"내 옷도 직접 만들어 입어."

"와아, 굉장해요."

듣자하니 자라 씨가 태어나고 자란 지역은 눈이 많이 내리는 계절엔 밖에서 아무런 작업을 할 수 없기 때문에 실내에서 할 수 있는 작업에 열중해서 수입원으로 삼는다고 했다. 길쌈에 목재가공, 재봉에 동물 가죽으로 만드는 신발 등.

"각 가정에 가업이 있어서 어릴 때부터 배우는 편이야."

가업을 잇는 건 장남의 일이고 나머지 사람들은 다른 집 제자로 들어가는 일도 있다고 했다.

"난 다양한 장인들의 집안을 전전하면서 길쌈에 재봉, 요리, 다양한 걸 배웠어."

"자라 씨의 집안 가업은 뭐였나요?"

"도끼 제조. 왕도의 무기상에도 대량으로 팔고 있어."

"흐음."

다양한 길이 허락된다는 건 부러운 일이라고 생각했다. 우리 마을은 폐쇄적인 곳이라는 걸 통감했다.

"아, 그렇지. 직물이 이것 말고도 있으니까 보여줄게."

"정말요?"

자라 씨에게 안내받은 곳은 재봉 작업실. 토르소나 재봉틀, 디자인화를 그리는 책상 등, 본격적인 도구가 놓여 있었다.

"우와, 우와아~"

"미안, 좀 잡다한 곳이지?"

"아뇨, 멋져요!"

소녀의 꿈이 담긴 방이었다.

책장에는 형형색색의 천이 채워져 있었다. 작은 상자에는 레이스나 실이 수납되어 있어서 보는 것만으로도 두근두근했다.

"가게 같아요."

"옷가게에 가면 나도 모르게 사오게 돼. 병이지."

"그 마음, 잘 알아요."

포목상이 오면 자신도 모르게 살 예정이 없는 천을 사버리는 건 여성이라면 누구든 경험하는 일. 나는 자라 씨와 정신없이 천을 바라보았다.

아름다운 천을 사 옷을 만드는 것도 괜찮을지도 모르겠다.

"그럼 다음에 같이 천을 사러 가볼래?"

"네에, 꼭!"

또 즐거움이 늘어나고 말았다. 멋진 천이나 레이스를 살 수 있도록 일을 더 열심히 해야지.

그 후 자라 씨는 나와 장보기도 함께 해주었다.

비상식량인 과자를 사고 옷가게에서 원피스를 고르고 마지막으로 얼마 전에 말했던 캐러멜넛 파이를 먹으러 갔다.

가게는 귀족 아가씨들과 부인들로 굉장히 복잡했다.

긴 줄이 늘어서 있었고 고용인처럼 보이는 사람들이 서 있었다. 주인들 대신 줄을 서고 있는 거겠지.

"멜, 어떻게 할래?"

"줄을 설래요."

모처럼 온 거니까. 줄을 서서라도 먹고 싶었다.

"아, 자라 씨에게 폐가 되지 않는다면요."

"으응, 괜찮아. 나도 먹어 보고 싶었으니까."

"그럼 도전해봐요."

줄을 서서 기다린 지 한 시간. 드디어 가게로 들어갔다. 자리와 자리 사이에는 울타리가 있어 차분한 공간으로 만들어주었다. 이것도 인기의 비밀일지도 모른다.

점원이 메뉴판을 갖고 왔는데 안을 열어보고 놀랐다. 과자뿐만 아니라 20개 이상의 풍부한 메뉴가 있었다.

"파이는 기본으로 주문하고 튀긴 감자도 먹고 싶은데."

"동감이에요."

짭짤한 요리도 팔고 있다니, 최고라고 생각했다. 홍차와 캐러멜넛 파이, 튀긴 감자를 주문했다.

요리를 기다리는 동안 멍하니 출입문 쪽을 바라보았다. 들어오는 건 여성들뿐이었다.

"여긴 여성들뿐이네요."

"맞아. 그래서 나도 평소에는 밖에서 가게 안을 바라보기만 했어."

캐러멜의 달콤한 향기는 바깥까지 감돌았다. 그냥 지나가기에는 굉장히 힘들었겠지.

점원이 갖고 온 홍차를 마시고 휴우 하고 한숨을 내쉬었다. 자라 씨도 똑같이 안도의 표정을 보여주었다. 장보러 같이 와줘서 미안한 마음에 사과를 했더니 그렇지 않다고 고개를 가로 저었다.

"요즘 남녀문제로 고민하고 있었는데 왠지 위로받는 기분이야."

자라 씨는 진지하게 중얼거렸다.

그리고 보니 기사대로 돌아온 계기가 손님들의 구애 때문이라고 하던가.

듣자하니 교제 신청을 거절하기 위해 여자 친구들에게 가짜 연인이 되어 달라고 부탁했고 계속 거절하는 것까지는 좋았다고 한다. 하지만 이번에는 여성 쪽에서 구애하는 바람에 곤란한 듯했다.

"이런 꼴을 하고 있어도 남성으로 대할 줄은, 생각도 못했으니까."

"흐음."

"단순한 친구로 지내고 싶었는데……."

여성과 동성 친구처럼 지내고 싶지만 어려웠다는 뜻인가.

어른의 대화는 솔직히 이해하기 힘들었다. 여성스러운 말투를 쓰고 있어도 익숙해지면 남성으로밖에 보이지 않기 때문에 친구였던 여성도 연인으로서의 관계를 원하게 됐다는 그런 말인가?

울적한 모습으로 '남녀의 우정은 성립되지 않는 걸까?'라고 중얼거렸다.

난 그런 자라 씨에게 좀 뻔뻔할지도 모르지만 어떤 제안을 해보았다.

"저기, 전 자라 씨와 친구가 되고 싶어요."

"어머, 멜은 친구가 아니라———."

"오래 기다리셨습니다."

몹시 고대했던 캐러멜넛 파이가 나왔다. 파이를 처음 본 순간 완전히 넋이 나가고 말았다.

"우와, 맛있겠네요."

"뭐, 그러네."

파이의 표면은 캐러멜화 되어 있었고 반들반들 빛나고 있었다. 크기는 주먹 크기 정도.

칼로 썰었을 때 스르륵 잘리는 느낌이 들었고 아래쪽에선 사각거리는 소리가 들렸다.

"밑에 견과류가 깔려 있는 것 같네요."

바로 한 입 크기로 잘라 먹어보았다.

표면은 말할 것도 없이 구워진 캐러멜이 파삭파삭해서 맛있었다. 반죽은 사각사각. 풍부한 버터의 풍미가 참을 수 없었다. 안에는 커스터드 크림이 가득 채워져 있었다.

견과류는 굽기 전에 한 번 볶은 건지 구수했다. 은근히 짠맛이 나서 전체적인 맛의 균형을 잡아주었다.

한손에 포크를 꽉 쥐고 다른 한손은 뺨에 손을 올리고 하아 하고 행복한 한숨.

"행복해요."

"응, 정말."

입안이 달콤해지면 향초가 뿌려진 튀긴 감자를 먹었다.

달콤한 파이 뒤에 짭짤한 감자, 기절할 만큼 맛있었다.

눈 깜짝할 사이에 다 먹고 말았다.

역시 캐러멜넛 파이는 줄을 서서라도 먹고 싶은 과자였다.

*

즐거운 휴일은 눈 깜짝할 사이에 끝나고 말았다. 다음날부터 또 일하러 나갔다.

오늘은 오후에 벨리 부대장과 원정 때 쓸 냄비를 사러 갈 예정이었다.

오전은 가슴 설레어 하면서 위생병 연수회로 향했다.

연수회에선 강사로 기사대 담당 의사를 초청해 최신 치료에 대해 공부하기로 했다. 강의실에 가보니 억센 아저씨들뿐. 듣자 하니 위생병은 부상자를 옮기거나 의료도구를 옮기기 때문에 힘이 있는 편이 더 좋은 편이라고 했다.

그 중에는 귀에 마력강화 장신구를 단 아저씨도 드문드문 보였다. 분명 회복마법을 쓸 수 있는 마법사겠지.

오늘의 연수회는 각 부대에서 대표로 1명만 오게 되어 있었다. 정예 모임이었던 것이다.

예민한 분위기에 불편해하면서 '안녕하세요~'라고 말했더니 단숨에 주목을 받고 말았다. 어색한 분위기를 참아내면서 1열로 늘어선 책상의 구석, 아무도 없는 자리에 앉았다.

시간에 딱 맞게 강사 선생님이 들어왔다.

"여러분, 안녕하십니까."

20대 중반 정도 될까? 안경을 쓴 젊은 남자 의사 선생님이 들어왔다.

담당의의 이름은 베르테르 쇼콜라. 붙임성 좋게 미소를 띠면서 강의를 시작했다.

"오늘은 임바밍에 대해 설명하겠습니다."

다들 처음 듣는 단어에 멀뚱멀뚱 쳐다보았다. 앞에 앉아 있던 위생병 아저씨가 질문을 했다.

"강사님, 임바밍이 뭔가요?"

"이세계로부터 전해진 시체 방부와 보존, 복원 기술입니다."

미소를 잊지 않고 말하는 강사. 반면에 얼어붙은 위생병 아저씨들. 나도 벌어진 입을 딱 벌린 채 닫지 못했다. 그 자리의 분위기를 파악하지 못하고 쇼콜라 선생님은 설명을 이어갔다.

"유족도 사체가 깨끗한 걸 더 기뻐하니까요! 최첨단의 기술을 전수하겠습니다!"

대원의 목숨을 구하고 돕는 게 일인데 시체 처리 방법을 배우다니.

뭐, 이것도 멋진 일일지도 모르지만. 쇼콜라 선생님은 즐거운 표정으로 참고서를 펼쳤다.

"우선 상처에서 장기 등이 삐져나와 있다면 깔끔하게 수납하고 봉합해주세요. 아, 시체의 경우에는 꿰매도 괜찮습니다. 이미 죽었으니까."

상처 봉합은 모든 위생병이 할 수 있는 건 아니었다.

위생병에는 3종류의 계급이 있다.

제1위생병은 상처를 꿰맬 수 있다.

제2위생병은 진통제 사용이 허가된다.

제3위생병은 지혈이나 소독, 약을 도포하는 게 가능한 정도.

난 제3위생병. 시간이 있다면 더 공부해서 계급을 올리고 싶다고 막연히 생각하고 있었다. 부대 기사들의 생존률도 높이고 월급도 훨씬 많이 받을 수 있으니까.

쇼콜라 선생님은 위생병들이 질려하는 태도에는 신경도 쓰지 않고 시체 처리 방법에 대해 담담히 설명했다.

"우선 부패를 늦추기 위해 혈액을 제거하고— 이런 건 현장에서는 무리니까 여기 있는 마법약을 사용합니다."

시체의 부패를 늦추는 마법약이 배포되었다. 보라색의 예쁜 액체였다.

이걸 몸 몇 군데에 뿌린다고 했다.

"표정이 고통으로 일그러져 있는 경우에는 안마를 해서 부드럽게 풀어주세요."

몸 전체를 소독액으로 닦아내고 의복이 찢어져 있으면 꿰맨다.

몸이 홀쭉해지고 안색이 나쁜 경우에도 약품을 사용해 깔끔한 상태로 만든다고 했다.

여전히 아저씨들은 불편해하는 상태였다. 하지만 이야기를 듣는 동안 난 굉장한 기술이라고 생각하게 되었다.

마물과 싸워서 목숨을 잃는 기사는 연간 100여명 정도라고 들은 적이 있다. 위생병인 이상 사람의 생사의 순간을 함께 하는 일도 있겠지.

의사가 아닌 우리가 할 수 있는 건 많지 않았다.

가족들은 당연히 크게 상심했을 것이다. 하지만 세상을 떠난 사람이 생전과 다름없는 모습으로 돌아온다면 조금은 구원받을 수 있지 않을까.

그런 식으로 생각해보았다. 뭐, 임바밍이라는 건 하고 싶지 않지만.

4시간동안 철저하게 사체 처리에 대한 이야기를 들었다.

위생병 아저씨들은 창백한 얼굴로 강의실을 뒤로 했다. 의외로 섬세한 것 같았다.

나도 자리에서 일어서려는데 누군가가 말을 걸었다.

"넌 포레 엘프?"

"아, 네. 그런데요?"

"그래?"

말똥말똥 쳐다봐서 미간을 찡그렸다.

"저기, 무슨 일이신지?"

"다른 종족의 생태에 흥미가 있어서."

"사양하겠습니다."

"아직 아무 말도 안 했는데."

안 좋은 예감이 들었다. 하지만 뭐, 일단 이야기만 들어보자.

"괜찮으면 만약 임무 중 사망했을 경우 해부하게 해주지 않겠어?"

"죄송합니다만, 해부는 선약이 되어있어서."

"뭐?!"

사양을 하고 강의실을 나섰다. 안 좋은 예감이 적중했다. 당연히 해부 선약 같은 건 없었다.

위험해 보이는 선생님이었지만 대원들을 생각한 연수회였다고 생각했는데, 아니었다.

그건 쇼콜라 선생의 취미에 대한 이야기를 듣는 모임이었다.

아무쪼록 앞으로 얽히지 않기를 마음속으로 빌었다.

그 이후 좀 이르지만 식사를 하기로 했다.

아직 점심시간이 되지 않았기 때문에 식당에는 연수회에 참가했던 위생병 아저씨들뿐이었다. 아직 그들의 표정은 울적했다. 울적한데다가 아까보다 더 나빠져 있었다.

대체 어떻게 된 거지?

그 이유는 바로 판명되었다.

'오늘의 메뉴 내장 찜 정식'

……응, 이건 무리야.

난 그렇게까지 섬세하진 않지만 아까 참고자료로 기사의 몸에서 삐져나온 장기의 정교한 그림을 보고 온 참이었다.

아무리 나라도 내장 찜은 먹을 수 없을 것 같아서 뒤로 돌아 제2부대 건물로 돌아갔다.

자라 씨가 준 간식인 구운 과자가 있었기 때문에 그걸 베어 먹기로 했다.

하지만 결국 식욕이 생기지 않아 아무것도 먹지 않았다.

오후부터 벨리 부대장과 냄비를 사러 갈 예정이었지만, 갑자기 급한 회의가 생겼다며 나가고 말았다. 회의가 끝나고 나가기로 해서 벨리 부대장을 기다리는 동안 대원들의 외투를 수선했다.

원정에 나가게 되면 나뭇가지에 옷이 걸리거나 전투로 찢어져서 금방 엉망이 되어버리곤 했다. 가장 심각한 상태인 것은 루드팅크 대장의 옷이었다.

덩치가 크기 때문에 외투도 묵직했다. 옷자락은 풀리고 단추는 몇 개나 분실되고 안쪽 주머니는 찢어져서 쓸 수 없었다. 열심히 수선했다. 찢어진 안쪽 주머니에는 전날 자라 씨와 둘이서 장난치며 만들었던 이르베스 그림이 들어간 아플리케를 꿰매 붙여두었다.

열중해 수선을 하다 보니 벌써 퇴근 1시간 전. 그때 벨리 부대장이 돌아왔다.

"리스리스 위생병, 미안해."

"아뇨, 괜찮습니다."

하지만 지금 거리로 나가기에는 미묘한 시간이었다. 그런 생각을 하고 있는데 벨리 부대장이 어떤 제안을 꺼냈다.

"그럼 냄비를 사러 갔다가 그대로 바로 퇴근하자."

늦어진 사과의 뜻으로 저녁을 사주기로 했다. 점심을 먹지 않은 것이 갑자기 떠올라 분위기 파악을 못하는 배에서 꼬르륵 하고 소리가 났다.

"그, 그래도 될까요?"

"그럼. 늘 열심히 하고 있으니까 고마움을 표현하고 싶었어."

"저는 그런……아뇨, 정말 기쁘네요."

그렇게 바로 냄비를 사러 가기로 했다. 루드팅크 대장의 외투는 의자에 걸쳐 두었다.

마을은 석양빛으로 물들어 있었다. 길을 걷는 사람들도 귀가 도중인지 걸음을 재촉하고 있었다.

목적지는 상점가의 철물점. 이제 곧 폐점할 시간일 것 같아서 뛰어갔다.

달려간 보람이 있었는지 영업시간 안에 도착했다. 건물 앞에 있던 주인장에게 냄비를 보여 달라고 부탁했다.

"어떤 냄비를 찾으슈?"

"저기, 우츠강 냄비도 있나요?"

"아쉽게도 우리 가게에는…… 아니, 왕도 상점 중에선 취급하는 가게가 없을 거요."

"여, 역시나……."

우츠강 재질의 냄비는 오랜 동화 속에서나 나오는 실재하는 물건이 아닐 거라고 했다. 우츠강으로 만든 검은 몇 개 있는 것 같았는데 굉장히 고가의 상품인 듯했다.

"우츠강 재질의 냄비라니, 용케 그런 걸 알고 있구면."

"아, 마을에 출입하던 상인에게 들었는데— 지금 생각해보면 그냥 헛소리였을지도 모르겠네요."

'아마 그럴 거요'라고 확실하게 답해주었다. 부끄러웠다.

"드워프에게 큰돈을 쥐어주면 혹시 만들어줄지도 모르지."

"드워프 말인가요?"

드워프라는 건 세심한 작업을 잘한다고 알려진 소인족으로 포레 엘프처럼 숲속 깊은 곳에 살고 있었다. 신경질적인 자가 많아 모험자가 무기나 방어도구를 만들어 달라고 마을에 방문했다가 쫓겨났다는 이야기는 드물지 않게 들을 수 있었다.

게다가 드워프는 세공만 할뿐 재료는 직접 조달해야 했다.

우츠강이라는 게 어디 있는지 알 수 없으니, 바로 포기했다.

"그럼 6인용 정도의 가볍고 큰 냄비로 주세요."

"그래요, 알겠수다."

벨리 부대장과 함께 저건 아니고 이것도 아니라고 이야기를 나누면서 냄비를 골랐다.

"역시 리스리스 위생병이 들고 다니기 쉬운 가벼운 소재가 좋겠지."

"다소 무거워도 방패가 될 만한 튼튼한 냄비가 더 좋지 않을까요?"

그런 의견을 냈더니 벨리 부대장은 가만히 내 얼굴을 바라보며 말했다.

"리스리스 위생병은 우리가 지킬 거야. 그러니까 그 부분은 신경 안 써도 돼."

"아, 네. 감사합니다."

바로 정면에서 '지킨다'는 말을 듣고 나니 좀 쑥스러워졌다. 벨리 부대장은 참 남성스럽다고 생각했다. 여성이지만.

결국 고른 건 열전도율이 높은, 동으로 만든 냄비. 음식이 잘 눌어붙지 않고 조리시간도 짧아진다며 주인장이 추천한 것으로 의논 끝에 결정했다.

신상 냄비를 끌어안자 황홀해졌다. 타협하지 않고 천천히 알아보길 잘한 것 같았다. 폐점시간이 지나서도 접객을 계속해준 주인장에게도 감사를. 멋진 냄비를 살 수 있었다는 만족감으로 마음이 가득 찼다.

그 후 벨리 부대장과 식사를 하러 갔다. 닭꼬치 전문점으로, 가게 안에는 아저씨들뿐.

"여긴 내장구이가 맛있어."

"내장……."

오늘은 내장과 함께하는 하루인 걸까. 뭐, 이젠 괜찮았기 때문에 벨리 부대장이 추천한 부위를 먹기로 했다.

"어때?"

달짝지근한 비법 소스가 스며든 내장은 씹는 맛이 있어서 굉장히 좋았다. 구운 내장 외에 야채랑 함께 찐 내장도 인기메뉴인 것 같았다. 그게 또 맛있었다. 평소 술은 별로 마시지 않지만 나도 모르게 주문하고 말았다. 웅성웅성 시끌시끌 떠들썩한 가게에서 기분이 즐거워졌다. 술 한 잔을 더 주문했다.

"리스리스 위생병, 곤란한 일은 없어?"

"네, 다들 잘 해주시니까요."

"그래? 걱정거리나 고민 있으면 뭐든 상담해줘."

"감사합니다."

그 이후 벨리 부대장은 나의 업무 태도를 굉장히 칭찬해주었다. 왠지 쑥스러웠다.

"무리하지 마. 좀 더 주위 대원들에게 기대도 돼. 혼자 고민하는 일이 없었으면 해. 서로 도와주며 노력하는 걸 목표로 하고 싶어."

포레 엘프의 마을에서는 혼자서 노력하는 게 당연한 일이었다. 하지만 제2부대에서는 모두 서로 지탱하며 서로의 부족한 점을 채워주며 일하자고 벨리 부대장은 그렇게 말해주었다.

아직 미숙하지만 가능한 한 내가 할 수 있는 일을 하고 싶었다.

"벨리 부대장, 전, 앞으로도 기사로서 열심히 노력할 거예요."

"그래, 힘내자."

기사는 몸이 자본. 그러니까 제대로 먹으라는 말도 들었다.

왠지 요즘 식생활이 충실해져서 옆으로 성장하고 있는 것 같은데…….

뭐, 신경 쓰면 지는 거니까.

공주님은 설탕과자?

에녹
제2부대의
원정밥

원정부대의 주된 일은 왕도 밖으로 나가 마물을 토벌하는 것이었다.

하지만 그 이외의 임무를 명받는 일도 있었다. 그것이 오늘 종례였다.

"내일은 휴일이다."

루드팅크 대장의 말을 듣고 우르가스는 '좋았어!'라며 기뻐했다.

"그 대신, 밤에 열릴 연회의 경호임무를 맡게 되었다."

"네? 그럼 휴일이 아니잖아요!!"

혼신의 외침이었다. 동시에 혼나는 우르가스.

"일일이 속마음을 입 밖으로 꺼내지 마! 상사의 이야기는 입 다물고 들어!"

우르가스는 루드팅크 대장에게 볼을 꼬집힌 채 '헤에' 하고 대답했다.

들자하니 갑자기 이웃나라 공주님이 참가하게 되어 경비 기사를 늘리게 되었다고 한다.

"점심때는 쉬고 밤에 나가서 자정까지 경호임무, 다음날은 통상대로 출근."

우르가스가 아니어도 '아아~~'라고 말하게 될 것 같다. 다음날이 휴일이었다면 최고일 텐데.

"2인 1조로 움직인다."

어떤 식으로 조를 편성하게 될까.

제2부대는 꽤 밸런스를 갖춘 인원이 모여 있다고 생각한다.

지휘능력도 우수하고 공격력 중시을 중시하는 대검을 사용하는 루드팅크 대장.

기동력이 좋고 공격 방법이 다양한 쌍검을 사용하는 벨리 부대장.

탐지능력이 우수하고 체력이 강한 창술사 가르 씨.

원거리공격이라면 맡겨달라는 궁사 우르가스.

공격과 방어, 둘 다 뛰어난 전투 도끼를 사용하는 자라 씨.

……그리고 보니 난 호위임무에 필요할까? 소동이 일어나도 아무것도 할 수 없을 것 같았다. 뭐, 기사가 걸어 다니고 있다는 사실에 의미가 있을지도 모르지만.

"그래서 조 편성 말인데— 나와 리스리스."

"네에에~?!"

자연스럽게 외치고 말았다.

마음속 어딘가에서 루드팅크 대장만은 싫다고 생각했던 걸지도 모른다.

"너 정말!!"

"죄송합니다, 저도 모르게 무심코 본심이!"

"쓸데없이 성격이 나쁘다니까!!"

그치만 루드팅크 대장의 산적 같은 얼굴이 왠지 귀찮은 일을 불러일으킬 것 같은 느낌이 들었단 말이야.

"전투능력 밸런스를 생각하면 내가 리스리스와 한 조가 될 수밖에 없잖아."

"옳은 말씀입니다. 루드팅크 대장님."

"입 다물고 따라와."

"알겠습니다."

다른 조는 벨리 부대장과 우르가스의 누님과 남동생 콤비.

자라 씨와 가르 씨의 미녀와 야수(?) 콤비 등.

"나와 리스리스는 연회장 내부, 벨리와 우르가스는 감시탑에
서 감시, 자라와 가르는 정원을 순찰한다."

다들 각자 나눠서 배치되었다.

그건 그렇고 좀 두근거렸다.

귀족들의 연회라니, 평생 볼 일이 없을 거라고 생각했다.

아름다운 드레스라던가, 공주님이라던가, 반짝반짝 빛나는 샹
들리에라던가, 기대가 됐다.

"당일은 정장을 입고 오도록."

기사대에겐 통상 기사복과 의식용 흰색 정장이 지급된다. 지
금까지 입을 기회가 없었지만 드디어 새 옷을 입을 날이 온 것
이다.

──아!!

여기서 충격적인 사실을 깨달았다.

지급된 제복 옷자락과 길이가 길어서 수선해야 하는데. 가장
작은 옷이었지만 나에게는 커서 많이 줄여야 했다.

그 작업을 호위임무 전에 해야 한다니. 언젠가 해야 한다고 생
각하면서도 휴일에는 피곤해서 의욕이 생기지 않았고 장을 보
러 가거나 해서 뒤로 미루고 있었는데, 그렇게 미루던 것이 지
금에서야 돌아올 줄이야.

으으윽…….

루드팅크 대장의 이야기가 끝나고 오늘은 해산하기로 했다.

깊은 한숨을 내쉬고 어깨가 축 처진 채 발길을 돌리고 있는데 뒤에서 누군가가 날 불렀다.

"멜, 왜 그래?"

자라 씨였다. 지금부터 기숙사로 돌아가 제복의 밑단을 줄여야 한다는 걸 설명했다.

"그럼 도와줄게. 같이 하자."

"네? 아니에요!"

자라 씨의 취미는 수예로 나보다 훨씬 능숙했다. 하지만 도움을 받다니, 그건 미안했다.

"괜찮아, 어차피 한가하니까."

"감사합니다. 아, 그럼 폐가 안 된다면."

"그럼 결정됐네."

이렇게 제복의 밑단을 줄이는 건 자라 씨가 도와주기로 했다.

기숙사로 돌아온 후, 내일 자라 씨 집에 가져갈 과자를 만들려고 기숙사 공동 부엌에서 조리를 시작했다.

재료는 귀리. 얼마 전 바겐 세일을 하길래 많이 사놓았다.

귀리는 식이섬유가 풍부하고 영양가도 풍부했다. 옛날엔 까마귀밖에 먹지 않는 곡식이라

불리며 가축 사료로만 사용되었지만 최근 그 평가가 재검토되어 식용으로 널리 퍼지고 있었다.

버터와 설탕, 계란 등은 식당 아주머니에게 구매했다. 그곳에선 남은 식재료를 싸게 팔아주었다.

볼에 버터, 계란, 설탕을 넣고 매끄러워질 때까지 섞는다. 다음으로 귀리를 넣고 탁탁 뭉쳐주고 부숴놓은 견과류를 넣고 한 번 더 제대로 섞었다.

한 시간 정도 반죽을 그대로 놔둔다. 그렇게 하면 분말의 감촉이 사라진다.

철판에 기름을 두르고 적당한 크기로 나눈 반죽을 늘어놓았다. 불이 가기 쉽게 평평하게 눌러주는 것도 잊지 않았다.

구수한 냄새가 부엌에 감돌았다. 위생사 참고서를 읽으면서 조용한 시간을 보냈다.

이렇게 구운 귀리 쿠키. 하나 맛보기로 했다.

바삭한 가벼운 식감에 견과류의 구수한 향이 입안에 퍼졌다. 소박한 풍미가 질리지 않았다.

꽤 잘 만들어진 것 같았다.

열을 식힌 다음 종이봉투에 넣었다. 이걸로 선물 걱정은 안 해도 되겠지.

그날은 목욕을 하고 느긋하게 쉬기로 했다.

다음날.

전날 산 흰색 원피스를 입고 자라 씨의 집으로 향했다.

제복과 과자가 든 가방을 들고 기숙사를 나와 중앙 도로를 통과해 주택가로 향하다―모퉁이를 뛰어오던 젊은 여성과 부딪치고 말았다.

"꺄악!"

"으악!"

갑작스러운 충격에 쿵 하고 뒤로 넘어지고 말았다.

"어머, 당신 괜찮아?!"

"으, 으음……."

순간적으로 나온 말이 아저씨 같은 느낌을 주었다. 미묘하게 부끄러웠다.

여성은 나에게 손을 내밀어주었다.

"감사합니——."

"이 녀석, 드디어 붙잡았다!!"

"용서 못 해!!"

이쪽으로 다가오는 건 얼굴에 상처가 있는 억센 남자들. 좀 품위가 없었다.

한편 나와 부딪힌 여성은 금발벽안에 고급스러운 원피스로 몸을 감싼 미인이었다. 분명 귀족 아가씨겠지.

하지만 하인도 없이 혼자 뛰어오다니.

그건 그렇고 대체 이 아가씨가 무슨 짓을 저지른 거지?

난 억센 남자들과 아가씨 사이에 끼어들었다.

"뭐야, 너는?!"

"저기, 전 실은 이런 사람인데."

기사라는 걸 증명하는 팔찌를 보여주었다. 그러자 얌전해지는 남자들.

"무슨 일이시죠?"

"기사님, 이 여자가 무전취식을 했다고요."

"3인분이나 먹어놓고."

"그, 그렇군요……."

겉으론 말라 보이는데 꽤 대식가인 모양이었다.

"난, 이웃나라에서 와서, 저기……."

아, 그렇구나. 밖에서 돈 내는 걸 모르는 아가씨였던 건가.

아마 오늘 밤 연회에 참가하는 귀빈이겠지.

"알겠습니다. 여기는 제가 대신 내겠습니다. 얼마죠?"

"은화 1개."

"아, 네."

꽤 많이 먹었네, 이 아가씨.

품위가 없는 남자들이었지만 성실하게 음식 장사를 하는 사람들인 듯했다.

난 눈물을 머금고 은화 1장을 내밀었다. 음식 값을 받아들고 만족스럽게 떠나는 남자들.

그럭저럭 소동은 정리되었다. 휴우 일단 한숨 돌리고. 나도 마음만 먹으면 기사다운 일을 할 수 있었다. 뭐, 돈의 힘으로 모든 게 해결됐지만.

"아, 저기……."

뒤를 돌아보니 미안해하는 여성이.

"괜찮으세요? 어디 다친 곳은?"

"아, 아니, 괜찮아."

"다행이네요."

하지만 이 아가씨, 왠지 걱정이 됐다.

"어디로 가시던 길이었나요?"

"실은 미아가 됐어."

"그렇군요."

체류지는 왕궁이었다. 역시 고귀한 신분의 아가씨였다.

"여기서 왕궁까지면 마차로 10분 정도 걸려요. 저쪽 승차장에서 탈 수 있는데——."

"그것도 돈 내야 해?"

"네에."

고개를 푹 숙이는 아가씨. 분명 돈이 없는 거겠지.

"아~그럼 걸어서 30분 정도 걸리는데 도보로도 괜찮으면 같이 가실래요?"

"그래도 돼?!"

"네."

자라 씨에겐 미안하지만 이 아가씨를 내버려둘 수가 없었다. 그런 이유로 함께 걸어서 왕궁까지 가기로 했다.

1시간 후 드디어 자라 씨의 집에 도착했다.

"멜!!"

자라 씨는 집 앞에서 날 기다리고 있었다.

"다행이다……."

"죄송해요, 좀 소동에 휘말려서."

"그랬던 거야……? 찾으러 나가야 할지 망설였는데."

아무래도 걱정을 끼친 것 같았다.

"아, 미안. 안으로 들어가자."

"실례합니다."

자라 씨의 집으로 한 발 들여놓으려는데——.

"냐앙!"

이르베스인 블랑슈가 마중을 나왔다. 여전히 큰 고양이었다.

한쪽 발을 올리고 인사 같은 하는 것 같길래 '안녕' 하고 가볍게 인사했다. '냐앙!'이라는 대답이 돌아왔다.

자라 씨는 차를 끓여주었다. 나도 만들어온 귀리 쿠키를 건넸다.

"처음 귀리로 쿠키를 만들어봤는데 입에 맞을지 어떨지."

"일부러 만들어온 거야? 기쁘다, 고마워, 멜."

기뻐해주는 것 같아서 다행이었다.

차를 앞에 두고 일단 안심.

"——그런 일이 있었거든요."

방금 전에 만난 아가씨는 호위나 시녀의 눈을 피해 몰래 마을로 나온 것 같았다. 괜찮은 거야? 그 엉성한 환경.

"그래서 대신 내준 돈은?"

"괜찮아요. 제대로 돌려받았어요."

아가씨는 굉장히 신경 쓰였던 건지 하마터면 이자까지 얹어받을 뻔했다.

"은화 1개밖에 안 냈는데 금화 10개 정도를 가지고 와서."

"저런, 저런."

물론 거절했지만.

"멜, 힘들었겠다."

"아뇨, 아뇨~ 저도 일단은 기사 나부랭이니까요!"

왠지 처음으로 기사다운 일을 한 것 같아서 살짝 자신감에 차 있었다.

"나도 누군가를 도와줄 수 있구나~라고 좀 감동했어요."

"그래. 나도 훌륭한 기사님이라고 생각해."

"자라 씨……."

그런 식으로 말해주다니 기뻤다. 좀 찡했다.

"아, 이야기는 이 정도로 해야겠다. 안 그러면 오늘 밤 연회에 늦을지도 몰라."

"그러네요."

난 상의를, 자라 씨는 바지를 수선해주었다.

부지런히 수선을 한 지 2시간, 배에서 꼬르륵 소리가 들려 퍼뜩 정신을 차렸다.

"슬슬 점심 먹을까? 감자랑 다진 고기 파이를 만들어놨는데."

"앗싸~!"

지금부터 구워줄 거라고 했다. 두근두근 설렌 마음으로 기다리기로 했다.

15분 후─노릇노릇하게 구워진 파이를 사이에 두고 점심식사가 시작되었다.

"오래 기다렸지?"

"와아, 굉장해!"

그물 모양으로 겹쳐진 파이 반죽이 반들반들 빛나고 있었다. 그 파이를 자라 씨가 바사삭 칼로 잘랐다.

"자, 어서 먹어."

"감사합니다!"

단면을 보니 슬라이스된 감자와 다진 고기가 층층이 쌓여 있었다.

감자와 다진 고기 파이를 앞에 둔 상태에서 식전 기도를 드렸다.

──맛있는 식사를 하게 해주신 신께 감사를!

"잘 먹겠습니다!"

"그래, 어서 먹어."

포크가 파이를 스쳤다. 바깥쪽 반죽은 바삭바삭하고 안쪽은 그레이비 소스가 스며들어 촉촉했다. 감자의 말랑말랑한 식감과 다진 고기의 맛이 뭐라고 형용할 수 없었다.

"자라 씨, 맛있어요."

"그래? 다행이다."

가족을 부양할 만큼의 수입이 있었다면 여기서 '결혼해요!'라고 외쳤을지도 모른다. 그만큼 맛있었다.

생긋생긋 웃으며 자라 씨는 나의 이야기를 들어주었다. 정말 눈치도 빠르고 상냥하고 좋은 부인이 될 것 같았다.

아니…… 남성이지만.

자라 씨의 요리를 충분히 즐기고 남은 수선을 계속했다. 저녁

이 되기 전에 완성되었다.

"오늘은 정말 감사했습니다."

"나야말로 즐거웠어."

으윽, 자라 씨는 너무 좋은 사람이야……. 날 도와준 것도 모자라 즐거웠다니…….

"그럼 나중에 봐."

"아, 네."

그래. 오늘 저녁 임무가 있었다. 잠깐 눈을 붙이고 쉬다가 일하러 가야지.

자라 씨와 헤어져 기숙사로 돌아왔다.

*

──그로부터 몇 시간 후.

"후아암~~"

──몸이 무거워.

같은 자세로 계속 바느질을 했기 때문이겠지. 선잠으로는 부족해. 좀 더 자고 싶어. 뒹굴 거리고 싶어. 하지만 가야겠지.

하지만 임무는 루드팅크 대장과 함께인가~~. 자라 씨와 함께였다면 드레스에 리본, 레이스에 대한 이야기도 나눌 수 있었을 텐데. 아니, 뭐, 연회에 가는 건 일 때문이지만.

뺨을 탁탁 두들기고 기합을 넣었다.

머리는 좌우로 땋아 뒤쪽에서 빙글빙글 묶었다. 화장도 평소

보단 좀 진하게 해보았다.

새하얀 제복을 입는 건 좀 두근두근.

평범한 제복엔 없는 금장식 띠가 달려 있었다. 단추도 금이었다. 무려 흰 칼집에 든 장식 용 검도 있었다. 진검이라 칼자루를 당기면 칼이 나왔다. 망토도 있었다. 꽤 그럴듯하잖아. 전신거울 앞에서 빙그르르 한 바퀴 돌아보았다. 으음, 느낌이 좋은데.

슬슬 나갈 시간이 돼서 기숙사를 나섰다.

"멜."

문으로 나온 순간 누군가가 말을 걸었다. 그쪽으로 돌아보니 아름다운 귀공자가 우두커니 서 있었다.

"우와, 자라 씨!"

정장 차림의 자라 씨가 너무 멋져서 나도 모르게 넋을 잃고 말았다. 머리는 평소와 달리 하나로 묶어서 땋아 내린 스타일로.

"멋있는데요? 정장 차림. 잘 어울려요."

"멜도 늠름하고 멋있어."

"감사합니다."

아차, 이렇게 둘이서 쑥스러워 할 때가 아니었다. 왕궁으로 가야지.

스쳐지나가는 여성들은 모두들 자라 씨를 돌아보았다. 그런 마음을 충분히 이해할 수 있었다.

왕궁이 가까워지자 화려한 분위기가 감돌았다. 드레스를 입은 귀부인들이 마차에서 타고 내리고 있었다.

그렇다고 해도 굉장히 북적였다. 자라 씨를 놓치지 않도록 주의해야지.

간신히 집합장소에 도착했다.

평소에는 살벌한 제2부대의 대원들.

하지만, 하지만, 새하얀 제복을 입고 보니 다들 진짜 기사처럼 보였다.

그 루드팅크 대장도 이렇게. 산적 스타일의 기사가 되어 있었다. 멋져!

"이봐, 리스리스, 이상한 생각을 하고 있는 건 아니겠지?"

"히익!"

깜짝 놀랐다. 눈앞으로 바짝 다가서는 산적……아니, 루드팅크 대장 때문에.

정장 차림이 멋지네요, 라고 말해두자.

이미 임무는 시작된 상태였다. 나와 루드팅크 대장은 대강당을 순찰했다. 그렇다곤 해도 다른 장소와 비교하면 소란도 적은 듯했다.

그건 그렇고 왕궁의 연회는 정말 호화찬란했다.

천장의 샹들리에는 수정으로 되어 캔들의 불에 비쳐 반짝반짝 빛나고 있었다.

바닥에는 푹신푹신한 융단이 깔려 있어서 발밑이 좀 행복.

그리고 뭐니 뭐니 해도 참가한 아가씨들의 아름다움에 현기증이 났다. 팔랑거리는 드레스는 동화 속 공주님 같았다. 정말 그림책 속에서만 읽었던 세계가 눈앞에 펼쳐져 있었다.

"이봐, 멍하니 걷지 마. 무심코 높은 귀족들과 부딪쳐서 역정을 사도 난 도와주지 않을 거니까."

"알고 있습니다~."

이웃나라에서 공주님이 왔다고 호위 담당 기사들은 평소보다 예민한 것 같았다.

"요즘 외교 때문에 옥신각신하느라 뭐, 관계가 좀 미묘한 상태지."

"그렇군요."

우리나라로서는 화해하고 싶어 하는 것 같지만 이웃나라가 상대해주지 않는 상황인 것 같았다. 그런 와중에 이뤄진 공주님의 방문. 긴장하는 것도 이해가 됐다.

루드팅크 대장이 갑자기 귓속말을 건넸다.

"국왕폐하 곁으로 간다."

"네?"

"듣자하니 중요한 임무가 있다더군."

"흐음, 그렇군요."

호위대에 포함된 것 같았다. 대단한 일이었다.

사람들을 피해 앞으로 저벅저벅 나아가는 루드팅크 대장. 한편 나는 인파에 휩쓸리고 있었다.

"루드팅크 대장~~. 도와줘요"

"너는 정말!"

그치만 어쩔 수 없잖아. 체격이 작아서 군중 속을 척척 나아가는 건 무리가 있는걸.

루드팅크 대장은 나의 팔을 꽉 잡고 앞으로 나아갔다.

꼭두각시처럼 걸어가길 몇 분. 간신히 국왕폐하 앞에 도착했다.

죽 늘어선 많은 기사들에게 둘러싸여 있는 왕족 분들.

기사들의 키가 커서 보이진 않지만.

웬일인지 루드팅크 대장은 점점 앞쪽으로 나아갔다. 팔을 붙잡힌 나도 그 뒤를 따랐다.

루드팅크 대장은 맨 앞줄. 나는 그 뒤에서 국왕폐하의 말씀을 듣게 되었다.

금색 왕관에 새빨간 망토를 걸치신 국왕폐하. 루드팅크 대장이 눈앞에 있어서 모습은 거의 보이지 않았다. 연령은 분명, 70세 정도라고 들었다.

"──모두들, 오늘은 경사스러운 소식이 있다."

연회장은 일순 조용해졌다.

길고 긴 국왕폐하의 말씀을 정리하자면 제2왕자님과 이웃나라의 공주님께서 약혼을 하게 되었다고.

그렇구나. 혼인을 통해 관계 악화도 회복하겠다는 건가.

이웃나라 공주님은─ 안 되겠어. 내 각도에선 드레스 옷자락밖에 안 보여. 루드팅크 대장의 상의를 붙잡고 발돋움해서 들여다보려는데 예상 밖의 전개가 펼쳐졌다.

갑자기 움직이기 시작한 루드팅크 대장. 난 반응이 늦는 바람에 미처 상의를 놓지 못했고 당연한 것처럼 질질 끌려가게 되었다.

하지만 그것보다 더 엄청난 사태가 벌어지고 말았다.

거기 있던 아가씨들 중 한 명이 이웃나라 공주님 곁으로 다가가서 소리를 지른 것이다.

"——이 도둑고양이!!"

칼을 든 손을 번쩍 들어 올렸지만— 그게 내려오는 일은 없었다.

루드팅크 대장이 팔을 붙잡고 저지했기 때문에.

웅성웅성 소란스러워진 연회장. 기사들에게 붙들린 채 연행되는 아가씨.

주변 기사들의 목소리가 들렸다.

이웃나라 공주님을 공격하려고 했던 건 제2왕자님의 전 약혼자였다고 한다. 맙소사.

아마 관계의 악화가 원인이 되어 제2왕자님은 이웃나라로 보내지게 된 거겠지.

약혼이 파기되어 분했던 마음을 모르는 건 아니지만 이웃나라 공주님에게 그걸 쏟아내는 건 좋은 생각이 아닐 텐데.

이웃나라 사람인지. 정치가로 보이는 아저씨가 외쳤다. '이 뒤처리는 어떻게 할 건가!'라고.

제2왕자님의 안색은 창백해져 있었다.

이웃나라의 공주님은— 아, 여기서 처음으로 모습을 눈에 담았다.

"아!"

"아~!!"

나와 이웃나라 공주님은 동시에 외쳤다.

"당신은, 낮에 만났던 기사님?!"

"아, 네……."

어떻게 된 일인지 질문하는 것 같기도 하고 책망하는 것 같기도 한 루드팅크 대장의 시선이 나에게로 꽂혔다.

"공주님, 아시는 분이십니까?"

"응. 내가, 이 나라 거리가 궁금해서 왕궁을 빠져나왔다가 여러 가지 일을 겪고 미아가 됐거든."

은하 한 장만큼의 식사를 한 부분은 싹 빠져 있었다.

"그때 이 기사님이 도와주셨어!"

손을 꽉 잡고 인사를 건넸다.

"도와줘서 정말 고마웠어."

"아, 아뇨, 저기, 과분한 말씀입니다."

어떻게 대답해야 할지 몰라 횡설수설 두서없이 대답했다.

"여긴 맛있는 음식이 많고 기후는 온화하고 정의감 넘치는 기사님이 있는 멋진 나라니까 좀 더 알아두는 게 좋다고 아바마마께 전해드릴게."

"!"

"괜찮으면 결혼식에도 와줘."

"아, 네……."

게다가 놀랍게도 공주님은 이번 일을 불문에 부치겠다고 하셨다. 정말 배짱이 큰 공주님 아닌가.

소란은 순식간에 없었던 일이 되었다.

그리고 공주님의 대화 상대가 되어드리라는 명을 받았다.

고귀한 분이 기뻐할 만한 이야기는 아무것도 없을 것 같지만 어떻게든 재미있는 이야기를 기억에서 되살려서 이야기했다.

"그래서 루드팅크 대장이 무서운 얼굴로 말씀하셨어요——."

"두근두근하네."

별로 외출을 하지 않는 탓인지 우리의 원정기를 재미있게 들어주었다.

"멜, 당신은 정말 재미있어."

"감사한 말씀입니다."

마지막으로 이 나라에서의 체류가 즐거웠다고 말해줘서 일단 안심했다.

국가문제가 될지도 모르는 소란이었는데 앞으로 대체 어떻게 되는 걸까.

"걱정하지 마. 아바마마는 날 귀여워하시니까 부탁하면 나쁘게 하시진 않을 거야."

……생각했던 게 다 밖으로 새어나간 모양이다.

"정말 감사합니다."

"인사를 해야 할 사람은 나야. 생각 없이 경호 기사도 내버려두고 마을에 나갔으니까. 당신이 도와주지 않았다면 정말 큰일을 당했을 거야."

이번 여행에서 관계자 일동의 약점을 쥐고 있으니 괜찮을 거라고 거듭 다짐해주었다.

"약점, 말인가요?"

"응. 나의 탈주를 눈치 채지 못한 시녀, 나라에 싸움을 건 대신, 날 지키지 못한 기사들…… 소란에 대해 아는 사람들의 입은 완전히 봉해둘게."

정말 만만치 않은 공주님이었다.

난 이 분을 지켰다. 평생의 보물이 될 만한 경험이었다.

마지막으로 악수를 하고 우리는 헤어졌다.

분명 앞으로의 생애에서 만날 일은 없겠지. 하지만 큰 영향을 내 안에 남겨주었다.

오늘 하루의 경험이 내가 기사로 살아가는 데에 있어서의 의식을 바꿔주었다.

그저 싸우는 것만이 아닌 지키는 것도 중요한 임무라는 걸.

난 기사라는 직업을 자랑스럽게 생각하게 되었다.

폐허에서 캐러멜 대작전?!

에녹 제2부대의 원정밥

오늘도 역시 틈만 나면 보존식을 만들었다.

역시 원정 시의 즐거움이라고 한다면 식사밖에 없다. 그래서 조금이라도 의욕이 생길 만한 음식을 생각하고 있었다. 하지만 뭐든 괜찮은 건 아니었다.

중요한 건 며칠이고 보존할 수 있어야 한다는 것. 그리고 운반하기 쉬워야 한다는 것. 그렇게 되면 과자는 든든하고 영양가가 꽉 찬 것으로 한정된다.

"리스리스 위생병, 오늘은 뭘 만들 거예요?"

완전히 나의 조수로 변한 우르가스. 위생병의 자격을 갖고 있는 게 그밖에 없었기 때문에 따로 부탁할 사람은 없지만……

이야기는 오늘 메뉴로 돌아가서.

"오늘은 캐러멜을 만들 거예요."

"오오, 그거 좋네요!"

캐러멜에는 많은 당질이 포함되어 있었다.

"당질—탄수화물은 뇌를 활성화시키는 데에 도움을 주죠."

"그렇군요. 판단능력 저하는 죽음을 초래하니까요. 기운도 나지 않고."

결코 맛있어서 들고 다니는 게 아니었다. 제대로 된 영양보충이 큰 목적이었다.

"재료에 따라 다르겠지만 보존기간은 약 2개월 정도예요."

"흐음, 꽤 오래 가네요~"

다만 약점도 있다.

"그게 뭔가요?"

"열에 약하다는 거예요."

여름철에는 끈적끈적하게 녹아버리기 때문에 들고 다니는 건 겨울철에 한정된다. 그럼 이야기는 이 정도로 하고 요리를 시작해볼까.

"우선 재료는 말이죠——."

연유, 설탕, 물엿, 버터.

"분량은 각각 같은 양으로, 버터는 그것보다 좀 적게 넣는 느낌으로."

우선 연유, 설탕, 물엿을 냄비에 넣고 약한 불에 계속 섞는다. 점성이 생기고 부드러워지면 버터를 넣고 바짝 조리는데 반지르르한 윤기가 나면 완성.

"완성된 캐러멜은 철판 위에서 건조시킵니다."

캐러멜이 달라붙지 않도록 기름을 충분히 바르고 부어준다.

천을 씌우고 눈이 쌓인 밖에 방치해두면 반나절 만에 굳어지겠지.

"맛있을 것 같아요~~."

"맛있을 것 같긴 한데……."

"같긴 한데?"

난 진지한 얼굴로 우르가스에게 말을 걸었다. 어쩌면 실패할지도 모른다고. 원정지에서 먹었는데 실패한 거라면 큰일이 생길 거라고.

"그, 그럼 어쩌죠?"

"독이 든 건 아닌지 맛을 봐야죠."

난 식당 아주머니에게 받은 빵을 꺼냈다.

"그건 빵?"

"맞아요."

난 냄비에 남은 캐러멜을 숟가락으로 떠서 빵에 발랐다.

"이, 이건 정말 맛있어 보이는데……!"

"우르가스, 이건 독의 유무를 확인하기 위해 먹는 거예요."

그래, 중요한 확인 작업. 나와 우르가스의 몫으로 2개, 캐러멜을 듬뿍 바른 빵을 입 안 가득 넣었다.

"마, 맛있어!"

"맛있네요."

캐러멜은 틀림없이 맛있었다. 특별한 재료는 아무것도 넣지 않았는데 따뜻한 캐러멜은 매끈매끈하고 진했다. 구수한 풍미가 뒤를 이었다.

빵과의 궁합도 발군이었다. 바삭한 빵에 캐러멜이 스며들어 촉촉해졌다.

"좋네요."

"네에, 정말 맛있는 음식이에요."

그런 보너스를 얻어가면서 나와 우르가스는 열심히 보존식 만들기에 임했다.

저녁 무렵, 굳어진 캐러멜은 철판에서 꺼내, 식칼로 한 입 크기로 잘랐다.

꽤 단단해져 있었기 때문에 우르가스가 잘라주었다.

잘라낸 캐러멜을 꼼꼼하게 종이에 싸서 병 안에 채우면 완성. 나머지는 원정임무가 있을 때까지 보존창고에서 보관할 것이다.

"리스리스 위생병, 캐러멜을 먹을 수 있는 원정의 날이 기대되네요!"

"그러게요, 우르가스!"

목적이 임무가 아니라 캐러멜을 먹으러 가는 걸로 바뀐 것처럼 들렸지만 신경 쓰면 지는 거니까.

그래, 그렇게 생각하기로 했다.

*

오늘도 화창! 아침에 첫 번째로 울리는 시계탑 종소리에 눈을 떴다.

우선 둥실둥실 물결치는 머리와 씨름을 해야 했다. 밤에 깔끔하게 빗질을 하고 잤는데 자다 몸을 뒤척여서 어느샌가 뒤엉키고 말았다.

포레 엘프 마을에서 지냈던 시절에는 물을 묻히고 열심히 빗질을 했었다.

하지만 지금은 마을에서 산, 정전기를 일으키지 않는 멧돼지 털로 만든 브러시에 라벤더, 카모마일, 로즈마리 등의 약초에서 채취한 정유와 알코올 섞은 걸 머리에 바르고 빗질을 했다. 그렇게 하면 불과 몇 분 만에 깔끔해졌다.

머리를 땋아 내리고 제복으로 갈아입은 다음 어느 정도 형식적인 화장을 했다.

양치질을 하고 가방 속 내용물을 확인했다.

지갑에 간식, 손수건, 수첩과 필기용구, 기숙사 열쇠, 소형 나이프, 빗, 화장도구 등등.

통근용이지만 호신용 나이프가 들어있어서 그런지 좀 뒤숭숭했다.

가방을 어깨에 메고 식당으로 향했다.

식당은 출근 전인 기사들로 몹시 붐볐다.

다들 기사들이라 그런지 체격이 좋았다. 그만큼 난 괜히 더 작아보여서 식당 아주머니는 늘 많이 먹으라며 권하셨다.

"안녕, 멜."

"안녕하세요."

"오늘은 팬케이크야."

"오오……."

아침부터 얼마나 훌륭한 음식인지. 아주머니를 꽉 끌어안고 싶었다.

"종류도 여러 가지가 있어."

· 버터와 메이플 시럽

· 생크림과 딸기잼

· 계란말이와 베이컨

· 샐러드와 베이컨

"······망설여지네."

팬케이크의 멋진 점은 짭짤한 음식에도 잘 어울린다는 점이 겠지.

달콤한 계열과 둘 중 어떤 걸로 하지?

"뿌리채소를 넣은 밀크 수프도 있어."

뭐라고! 그럼 이야기는 달라진다. 난 망설임 없이 버터와 메이플 시럽으로 결정했다.

"팬케이크는 몇 장이나 줄까?"

"글쎄요······."

주위를 보니 5장 정도 겹쳐놓은 사람도 있었다. 얇은 팬케이크 같지만 크기가 꽤 컸다.

2장, 아니, 3장으로 할까? 좀 망설여져서 아주머니한테 질문해보았다.

"평균 어느 정도 가져가나요?"

"3장 정도. 개중엔 6장이나 7장 정도 날름 먹어버리는 아이들도 있지."

"오오······ 역시나, 기사들."

하지만 난 그렇게 먹을 순 없겠지.

"3장으로 할게요."

"그래? 먹고 더 먹어도 돼."

"네, 감사합니다."

쟁반 위에 버터와 메이플 시럽을 토핑한 팬케이크 3장을 올리고 뿌리채소를 넣은 밀크 수프를 받았다. 음료수는 새콤달콤한 딸기 주스로 했다.

팬케이크를 10장 정도 올려 먹는 기사 아가씨가 보여서 바로 앞에 앉기로 했다.

아주 높게 쌓아올린 그 모습은 마치 탑 같았다.

나이프와 포크를 손에 들고 진지한 표정으로 공략하려고 하고 있었다.

말똥말똥 바라보고 있는 것도 실례였기 때문에 식전 기도를 드리기로 했다.

눈을 떴을 때 팬케이크 탑은 반 정도 줄어 있었다. 마법 같았다.

시계탑의 두 번째 종소리에 정신을 차렸다. 기사 언니의 잘 먹는 모습에 넋 나가 있을 때가 아니었다. 나도 먹어야지.

팬케이크는 얇았지만 겉은 바삭바삭, 안은 쫀득쫀득한 식감에 정말 맛있었다. 메이플 시럽의 구수한 풍미와 녹아내린 버터의 진한 풍미가 정말이지~.

입안이 달콤해지면 수프로 염분을 보급. 뿌리채소는 푹 삶아서 말랑말랑했다.

——이런, 느긋하게 먹고 있을 때가 아니야. 자라 씨와의 약속 시간에 늦겠어.

팬케이크, 솔직히 앞으로 2장 정도 더 먹을 수 있을 것 같았지만 꾹 참았다. 시간도 없고 너무 많이 먹어도 움직일 수 없게 될 테니까.

식기를 정리하고 아주머니들께 맛있었다는 말을 건넨 다음 식당을 나섰다.

자라 씨는 여자 기숙사 앞에서 날 기다리고 있었다.

오늘도 내가 더 늦고 말았다.

"안녕하세요!"

"안녕, 멜."

자라 씨는 오늘도 아침부터 미인이었다. 태양빛을 받아 반짝 반짝 빛나 보였다.

금발 머리는 찰랑거려서 나처럼 손질하느라 고생할 일도 없을 것 같았다.

"왜 그래?"

"아, 아뇨, 아무것도 아니에요!"

그 여성스러움을 조금만 나눠줬으면 좋겠다고 생각한 건 비밀.

"아, 그렇지. 오늘 기숙사에 굉장히 달콤한 냄새가 풍기던데 뭐였어?"

"아침이 팬케이크였거든요."

"그렇구나."

확실히 듣고 보니 버터가 구워진 놓은 냄새가 났다.

"역시 난 아침부터 팬케이크는 무리야."

"자라 씨는 아침에 주로 어떤 음식을 드세요?"

"기본적으로 아침에는 불을 쓰지 않아."

빵과 치즈, 햄에 과일. 거의 바뀌지 않고 똑같은 메뉴를 먹고 있다고 했다.

"우리 집 화덕에는 장작이 필요하니까 처리하기 귀찮아서."

자라 씨 왈, 화덕에 불을 피우는 방법에는 2가지가 있다고
한다.

첫 번째는 성냥 등으로 불을 피워서 바람을 계속 불어 불을 피
우는 방법.

또 하나는 마석연료. 사용법은 간단했다. 돌에 새겨진 주문을
외우며 어루만지고 마법진이 깔린 화덕에 넣으면 불을 피울 수
있는 편리한 도구였다. 1회용이라 가격은 꽤 비싸지만.

"재도 생기지 않고 뒤처리가 간단해서 좋을 것 같긴 한데 좀
비싸."

"이해해요."

마석연료는 아직 서민들에겐 보급되지 않았다. 수요가 적어서
좀처럼 가격도 저렴해지지 않았다.

"노인들은 아무래도 새로운 것들을 받아들이지 않으려는 경향
이 있으니까."

"그 마음도 이해가 가요."

"그리고 폭발사건도 몇 건인가 있었고."

"포, 폭발이요?!"

"응."

마석이라는 건 마력의 결정체였다. 게다가 불의 속성 주문이
새겨진 상태로 출하되었다.

가끔 값싼 조악품이 나오기도 하는데 화덕 안에서 펑! 하고 튀

어 오르는 일도 있다고 했다.

"정규품이라면 문제없어. 조악품 중에서 그런 사고가 일어날 가능성이 있다고 하더라고."

"왠지 무섭네요."

그런 이야기를 나누며 기사대에 도착했다.

기사라는 증거인 팔찌를 보여주고 수위 기사가 있는 문을 통과해서 제2부대 건물로 향했다.

원정부대 부지 내로 들어가니 몸집이 큰 기사들이 눈에 띄었다.

자라 씨 같은 가녀린 남성은 거의 보이지 않았다.

여성 기사도 나와 벨리 부대장밖에 없다니, 놀랄 일이다.

그래서 자라 씨와 나란히 걷고 있으면 우리를 힐끔힐끔 쳐다보기도 했다. 지금에야 익숙해졌지만.

휴게실에는 우르가스와 가르 씨가 있었다.

"안녕하세요."

"안녕."

"아, 두 사람 모두 안녕하세요!"

우르가스는 오늘도 아침부터 기운이 넘쳤다. 역시 제2부대 최연소. 이대로 건강하게 자랐으면 좋겠다.

"어머, 가르, 그거 멋지네."

자라 씨는 가르 씨의 변화에 재빨리 눈치를 챈 모양.

"뭔데요?"

"저것 좀 봐, 꼬리의 일부를 땋았어."

"와, 멋있어요!"

아침부터 함께 있었던 우르가스도 눈치 채지 못한 듯 계속 감탄하며 들여다보았다.

으음. 이렇게 보이지 않는 멋을 동경했다. 기사대는 규율이 엄격했기 때문에 화려한 치장은 금지되어 있었다. 자라 씨가 달고 있는 알이 작은 귀걸이는 아슬아슬하게 괜찮았다.

팔찌는 금지. 목걸이는 보이지 않으면 문제없는 것 같지만 그럼 의미가 없으니까.

부적 같은 마도구는 신청하면 당당히 몸에 지닐 수 있었다. 하지만 고가의 마도구는 말단 기사의 손이 닿는 물건이 아니니라서……

귀에 구멍을 뚫는 것도 좀 아니, 많이 무서웠다. 멋쟁이로의 길은 멀고도 험하구나.

업무 시작 5분 전 종이 울려서 조례가 있는 집무실로 향했다.

집무실에는 벨리 부대장이 있었고 시원시원한 인사를 해주었다.

"다들 안녕."

"안녕하세요."

인사를 건넸더니 방긋 미소 지어 주었다. 이게 소문으로 들었던 메이드를 홀리는 미소.

단발에 키는 컸지만 외모는 여성스러운 벨리 부대장.

하지만 이렇게 행동 하나하나가 남자다워서 기사대에서 일하는 메이드들에게 인기가 많았다.

그 마음을 충분히 이해했다. 여심을 잘 이해하고 친절히 대해 주는 벨리 부대장은 정말 멋진 사람이었다. 존경하는 기사 중 한 명이었다.

"리스리스 위생병, 오늘도 헤어스타일이 귀엽네."

"아, 감사합니다."

오늘도 고생해서 묶은 머리를 칭찬해주었다. 굉장히 기뻤다.

이야기는 이 정도로 하고 슬슬 조례가 시작될 것 같아 벽 쪽에 정렬하고 대기했다.

벨리 부대장도 하던 일을 멈추고 행렬에 가담했다.

잠잠한 와중에 기다린 지 몇 분. 벌컥! 하고 기세 좋게 문이 열렸다.

들어온 건 우리의 산적 두목—이 아니라 루드팅크 대장이 었다.

오늘도 변함없이 우는 아이도 도망갈 만큼 험악한 얼굴이 었다.

두꺼운 서류 뭉치를 들고 와선 쾅, 하고 집무 책상 위에 올려두었다. 그게 무엇인지 모두 잘 알고 있었다.

원정 지시서였다. 그래서 루드팅크 대장의 첫 마디는 쉽게 상상할 수 있었다. 분명 '지금부터 원정을 떠날 거야'겠지. 머릿속에 떠올랐던 말을 루드팅크 대장이 그대로 내뱉었다.

"기뻐해라. 지금부터 원정을 떠날 거야."

우르가스는 '으읔'이라는 말을 흘렸다. 순간 루드팅크 대장이 찌릿 하고 노려보았다.

"우르가스. 넌 너의 소속 부대가 어딘지 잘 모르는 것 같군."

"그치만 요즘 좀 많아지지 않았어요? 예전에는 한 달에 한두 번 정도였는데, 최근 빈도가 높아진 것 같아요."

"요즘 몇 번인가 성과를 올린 덕분에 소수부대가 재평가되고 있기 때문이겠지."

하나 더 덧붙여서 부대를 재편성하자는 그런 이야기가 상층부 안에서 나오고 있다고 했다.

"당분간 참아. 그만큼 월급도 올라갈 테니까."

"……알겠습니다~~."

우르가스의 마음은 모르지 않았다. 원정부대의 임무는 주로 마물상대였다. 목숨을 건 전투도 한두 번이 아니었겠지.

그런 긴장감을 한 달에 몇 번이나 맛보게 되는 건 참을 수 없는 일이었다.

게다가 기사들의 주된 임무는 재난에 대비하는 훈련이었다.

물론 백성들을 지키거나 소동을 진정시키거나 마물과 싸우는 것도 일의 하나지만 그것들은 훈련을 하지 않으면 달성할 수 없었다. 그래서 1년의 대부분을 훈련에 투자했다. 그걸 못하게 되면 불안해지는 것이다.

지금은 루드팅크 대장이나 상층부의 말을 믿고 새로운 부대가 생기는 걸 기다릴 수밖에 없겠지.

"——그래서 임무내용에 대한 건데, 장소는 나기아 지방."

나기아 지방—왕도에서 마차로 약 하루 정도 걸리는 꽤 떨어진 장소에 있는 건조지대.

그 옛날에는 온천이 솟아 관광마을이었지만 20년 정도 전에 온천이 인공적으로 만들어진 것이라는 게 발각되어 단숨에 쇠퇴하고 말았다. 그리고 현재는 폐허가 되어 있었다.

"그곳에 아무래도 마물이 살고 있는 것 같다."

현재, 그곳은 나라가 관리하고 있는 토지가 되었고 몇 년 후에 재개발 계획도 있는 곳이었기 때문에 퇴치하라는 명령이 내려진 거라고.

"살고 있는 마물은 거대 두더지."

거대 두더지─구멍을 파고 땅속을 이동하며 땅 위의 소형동물을 습격하는 마물이었다.

"조사원이 몇 명, 잡아먹혔다고 한다. 호위도 있었지만 별 수 없었다고."

……설마 하던 사망 안건에 눈이 튀어나올 것 같았다.

땅속에서 튀어나와 우적우적 하고 먹어버린다고 했다.

싫어~~ 무서워~~.

전력을 다해 가기 싫어졌다.

루드팅크 대장은 험악한 얼굴로 서류를 훑어보면서 이야기를 계속 이어나갔다.

"몇 번인가 다른 원정부대가 현지로 향했다고 하지만 전혀 모습을 보지 못했고──."

거대 두더지는 사라졌고 이제 괜찮다고

그렇게 생각하며 조사를 재개시켰더니 다시 나타난 거대 두더지. 또다시 조사원이 잡아먹히고 말았다. 여기서 기사대는 '마물연구국'에 협력을 의뢰했다.

"마물연구국, 말인가요?"

그러고 보니 자라 씨가 이전에 말을 했던 것 같은데. 마물의 살, 뼈, 가죽 등 뭐든 원하는 괴짜들 집단이라고.

마물연구국의 조사 결과, 놀랄 만한 사실이 드러났다.

"거대 두더지는 원래 겁이 많은 편인 마물인데 그 폐허에 사는 녀석은 호위병의 인원수나 기사대 편성에 따라 덮치거나 덮치지 않는다고 한다."

전투원이 10명 이상이 되면 덮치지 않는다고. 그렇군. 교활한 성격을 갖고 있었다.

그 결과를 받아들고 재편성된 부대에서 토벌을 하러 갔지만 실패했다고 한다. 사망자는 나오지 않았지만 부상자를 냈다. 그 이유는 훈련부족이었다.

임시변통으로 작은 부대를 만들어봤자 연계가 제대로 될 리 없으니까.

"그래서 이번에 우리에게 순번이 돌아왔다는 거지."

집무실 공기가 무거워졌다. 우리에게도 부담스러운 임무 아닌가. 성공하면 표창이 더해지고 포상을 받을 수 있지만 그것보다 목숨이 아까웠다.

하지만 우리는 기사였고 명을 받으면 갈 수밖에 없었다.

"이상이다. 15분 안에 준비를 끝내도록."

'알겠습니다'라고 말하며 각자 뿔뿔이 흩어졌다.

난 탈의실에 놓아둔 며칠분의 갈아입을 옷을 가방에 채워놓고 다음으로 식량을 준비하기 위해 보관 창고로 서둘러 달려갔다.

일단 3일 분량 정도를 준비하라는 말을 들었다.

빵과 치즈, 훈제육, 향신료, 통조림 보존식을 챙겼다.

3일 분량을 준비하니 꽤 무거워졌다. 절반은 우르가스가 들어주겠지만 난 거기다 냄비도 짊어져야 했다.

개인이 들고 갈 비스킷이나 초콜릿 등 간이식사 주머니를 만들고 있는데 우르가스가 들어왔다.

"리스리스 위생병, 도와줄게요."

"고마워요."

식량을 가죽 주머니에 가득 채워서 나갔다.

"우린 운이 없는 것 같아요."

"어쩔 수 없죠."

일이니까. 그렇게 말할 수밖에 없었다.

"우르가스의 식량 주머니에는 특별히 캐러멜을 넣어뒀어요."

"아, 캐러멜이 있었죠!"

3개 정도 넣고 벨트에 주머니를 내다걸었다. 우르가스는 기뻐했다.

"리스리스 위생병, 감사합니다. 저 열심히 할게요."

캐러멜로 의욕이 부활하는 우르가스. 저절로 미소 짓게 되는 한 마디였다.

"아, 벌써 시간이 다 됐네요."

"서두르죠."

짐을 짊어지고 집합장소까지 서둘렀다.

*

이동은 마차. 휴식은 3시간에 한 번 정도.

조종은 루드팅크 대장, 가르 씨, 벨리 부대장이 교대로 맡았다. 우선 루드팅크 대장이 담당했다.

차 안에서는 각자 자유롭게 보냈다.

벨리 부대장은 팔짱을 끼고 예리한 시선을 창문 너머로 보내고 있었다.

가르 씨는 칼을 갈고 있었다.

우르가스는 잠들어 있었다.

자라 씨는 자수를 하고 있었다.

난 참고서를 갖고 왔기 때문에 공부. 요 며칠 바빠서 하지 못했거든.

점심은 작은 마을에 들러 식당에서 먹었다.

오후부터는 벨리 부대장이 마차를 몰았다.

루드팅크 대장이 차 안에 있으면 미묘한 어색함이. 그걸 느끼는 건 나뿐일지도 모르지만.

"……왠지 어깨가 결리는군."

루드팅크 대장이 나직이 중얼거렸다.

"약초 찜질을 해드릴까요?"

"얼마 전 다리에 했던 그런 건가?"

"네에."

"부탁한다."

"알겠습니다."

얼마 전 약초 찜질팩엔 상처를 치료하는 효과가 있었지만 이번에는 결린 부분을 풀어주는 찜질이었다.

"구체적으로 증상은 어떤 느낌인가요?"

"어깨가 무겁고 통증이 있어."

"열이 나는 느낌이 드나요?"

"듣고 보니 있는 것 같기도 하고."

"갑자기 통증을 느끼신 거예요?"

"그래."

"그렇군요. 알겠습니다."

잠깐 마차를 세웠다. 가죽 주머니에 눈을 담아 마차로 돌아왔다.

"눈을 어디에 쓰려고?"

"냉찜질을 할 거라서요."

급성 결림에 효과적인 게 냉찜질이었다. 하지만 어디까지나 응급처치였기 때문에 통증이 계속되면 의사에게 가보는 게 좋았다.

우선 나무통에 물을 넣고 눈을 넣어 섞는다. 거기 진통작용과 혈액순환작용이 있는 클라리세이지 정유를 몇 방울 떨어뜨린다. 그걸 잘 섞은 다음 수건을 적셔 꽉 짠다.

"그럼 상의를 벗어주세요."

"그래."

루드팅크 대장은 상의를 벗고 나에게 등을 내밀었다.

"루드팅크 대장의 몸은 여전히 굉장하네요~."

우르가스가 그런 감상을 흘렸다.

"보지 마라."

"아니, 시야로 근육이 들어온다고 해야 할 것 같은데요."

확실히, 우르가스가 말한 대로 루드팅크 대장의 몸은 굉장했다. 거대한 대검을 휘두르고 사람다웠다. 등만 봐도 탄탄했다.

이런, 근육에 신경 쓸 때가 아니지. 찜질을 해야 하는데.

"그럼 루드팅크 대장, 찜질을 시작할게요."

"그래."

냉찜질팩을 좌우에 올려두었다.

"차갑잖아!"

"조금만 참으세요."

방치하고 몇 분.

"이렇게 하는 건데 좀 어떠세요?"

"뭐, 아까보다는 훨씬 나아졌어."

"다행이네요."

위생병다운 활동을 할 수 있어서 만족스러웠다. 최근 요리만 만든 것 같은 기분이 들었는데.

그 후 루드팅크 대장은 잠들어버렸다.

덜그럭거리며 마차는 가도를 나아갔다.

밤엔 작은 마을에서 1박을 했다. 여기부터 3시간 정도 마차로 달려간 곳에 폐허가 있다고 했다.

이동만 했는데도 왠지 좀 지친 건지 푹 잠들고 말았다.

다음날.

드디어 임무에 나서는 날이 되었다.

충분히 숙면을 취하고 아침도 먹어서 기운이 넘쳤다! 그런데 지금부터 향할 곳이 너무 최악이라 일하기 싫은 증후군에 걸려 버렸다. 뺨을 두들기며 기합을 넣을 수밖에 없었다.

폐허까지는 마을에서 마부를 고용해 데리고 가기로 했다. 말은 마물에 노려질 가능성이 있었기 때문에 마부에게 맡기기로 했다.

일단 저녁 무렵에 마중을 나올 예정으로.

마물이 언제 나올지 알 수 없는 현장에 남겨지다니, 너무 무서웠다. 하지만 참을 수밖에 없었다.

아주 조용해진 마차 안에서 견딘 지 3시간.

드디어 현장에 도착하고 말았다.

그곳은 예전에 관광시설이 있었던 만큼 꽤 대규모 마을로 보였다.

도로에는 벽돌 건물이 주르륵 늘어서 있었다.

선물가게에 식당, 여관, 온천시설……. 창문은 갈라지고 문은 사라지고 벽지는 찢어져 있었다.

어디든 몹시 황폐해져 있어 주위가 밝은데도 왠지 기분이 나빴다.

눈은 살짝 쌓여 있었다. 왕도보다 적설량은 적었다.

그건 그렇고, 거대 두더지는 크기가 커 지상에 나오기 전 지면이 진동한다고 했다.

"리스리스 위생병, 거대 두더지가 나오면 바로 피해. 귀는 좋잖아."

"네, 노력하겠습니다."

왠지, 난 둔하기 때문에 가장 먼저 우적우적 먹힐 것 같기도 하지만…….

거리에는 잡초가 빈틈이 보이지 않을 정도로 자라 있었다. 지면은 석조 바닥인 듯. 사람이 살지 않으면 이렇게 되어버리는 것인가.

충격적인 거리였다.

신중한 발걸음으로 앞으로 나아갔다.

루드팅크 대장이 천천히 나아갔기 때문에 난 약초를 따면서 걸어갔다.

도중에 한눈팔지 말라며 혼이 났다. 약초 따기 금지령이 내려졌다. 으으윽.

여기서 휴식시간을 가졌다.

거리 광장에서, 분수 앞에 있던 의자에 앉았다.

시야에 화려한 새가 언뜻 보였다. 난 옆에 앉아 있던 우르가스의 옷자락을 서둘러 잡아끌었다.

"우르가스, 방금 새가 있었어요!"

"어디요?"

"저기예요!"

풀숲에서 어렴풋이 산뜻한 녹색 깃털이 보였다. 빨리 활을 준비하라고 부탁했다.

"녹색 깃털이라면 이런 풀숲에선 알기 힘든……아!"

우르가스도 발견한 듯 재빨리 활에 화살을 끼우고 망설임 없이 쐈다.

훌륭해, 우르가스는 화려한 새를 보란 듯이 쏴 죽였다.

"엄청 화려한 새네요~ 이거."

볏은 산뜻한 녹색, 귀 부분의 털은 빨강. 어깨 털은 보라, 꼬리털은 노랑.

"이건 푸른 꿩이잖아."

루드팅크 대장이 알고 있는 새인 것 같았다. 푸른 꿩이라는.

듣자하니, 깃털은 부인들의 부채나 모자에 사용된다고 했다. 루드팅크 대장이 험악한 표정으로 설명했다.

어째서 이렇게 불쾌한 표정으로 이야기를 하고 있냐 하면——.

"몇 년 전에 멜리나…… 약혼자가 이 녀석을 잡아오라고 했는데."

하지만 굉장히 드문 새라서 잡을 수 없었다고 한다.

"빈손으로 돌아갔더니 엄청 기분이 나빠져서는. 아니, 가게에서 그냥 사면 되잖아……."

그런 건 좋아하는 사람이 사냥한 푸른 꿩으로 부채나 모자를 만들고 싶다는 소녀의 마음(?)이겠지.

"살은 틀림없이 맛있을 거다."

"오오!"

기대가 높아졌다.

일단 깃털은 뽑아내고 피를 빼기로 했다. 내장을 제거하고 눈으로 채운 가죽 주머니 안에 넣었다.

휴식은 이상. 거대 두더지 수색을 재개했다.

마을은 기분 나쁠 정도로 조용했다. 마물이 지하에 숨어 있다고는 생각할 수 없었다.

하지만 확실히 있었다. 한 발 한 발 경계하면서 걸어 나갔다.

"가르, 어때? 뭔가 냄새가 나거나 소리가 들리지 않아?"

가르 씨는 미간을 찌푸리며 주변을 탐색하듯 코를 실룩거리며 움직이고 있었다.

이변이 없나? 하고 생각했는데 움찔 하며 귀가 반응을 보였다.

"아!"

나의 귀도 이변을 파악했다.

─온다!!

"전원 전투 준비. 서둘러! 우르가스와 리스리스 위생병은 후퇴."

"네!"

"아, 알겠습니다!"

메고 있던 짐은 그 자리에 내팽개쳤다. 그 뒤에는 전력을 다해 뛰었다.

지면이 흔들렸다. 동시에 우드득 우드득 무언가가 갈라지는 듯 한 소리가 울려 퍼졌다.

"드디어 왔네요."

"네."

사람을 잡아먹는 사나운 마물. 생각만 해도 오싹거렸다.

우르가스는 처음부터 독화살을 꺼냈다. 빤히 앞을 응시하며 타이밍을 노리고 있었다.

지면이 부풀어 오르고 무언가가 다가오는 것을 알 수 있었다. 사람이 달리는 것보다 빨리 땅속을 헤엄치듯이 다가오고 있었다.

대열은 루드팅크 대장이 첫 번째, 다음으로 자라 씨, 가르 씨와 벨리 부대장이 줄지어 맞이했다.

그리고 드디어 거대 두더지는 지상에 모습을 드러냈다.

전신은 갈색 털로 덮여있고 덩치는 땅딸막했다. 코는 뾰족했고 귀는 퇴화된 건지 보이지 않았다. 눈은 좌우로 3개, 합쳐 6개나 있었다. 붉게 빛나고 있어서 섬뜩했다.

놀라운 건 손끝에 있는 예리한 손톱. 그걸로 땅속을 종횡무진으로 돌아다닌 것이다.

그 손톱으로 할퀴면 견딜 수 없을 것이다.

루드팅크 대장은 검을 빼어들고 치켜들었다—하지만 거대 두더지는 다시 땅속으로 숨었다.

"리스리스 위생병, 지붕으로 올라갈 수 있겠어요?"

"노, 노력할게요."

우르가스는 여기 있으면 위험하다고 판단. 나에게 지붕 위로 올라가라고 지시했다.

근처에 있는 상점 앞에 있던 나무상자를 올라타고 창틀에 발을 올렸다. 하지만.

"으악!"

낡은 탓에 발을 올린 순간 나무창틀이 무너졌다. 그 순간 밸런스가 무너져 낙하――.

"위험해!!"

떨어지기 직전에 우르가스를 밑에 깔아뭉개고 말았다.

"윽!"

"아, 미안해요!"

"괘, 괜찮, 습니다."

"정말, 고마워요."

그러는 와중에 다시 지상으로 얼굴을 드러낸 거대 두더지. 서둘러 일어났다.

튀어나온 곳은 벨리 부대장과 가르 씨가 서 있는 위치보다 훨씬 후방으로 내가 가방을 내던진 곳 근처.

"윽!"

"으악!"

거대 두더지는 식량이 든 가방을 손톱으로 찢어 안쪽을 이리저리 뒤지고 있었다.

"무, 무슨……."

"아, 무슨 병을 삼킨 것 같아요."

"리스리스 위생병, 시력이 좋네요."

"뭐, 포레 엘프니까 그런대로. 뭘 먹는지 까지는 모르겠지만."

그런 동작을 거듭하길 수 십초.

그동안 루드팅크 대장이 달려들었지만 또다시 거대 두더지는 구멍을 파고 숨어들었다.

"으악, 이런!"

"아악!"

그리고 거대 두더지는 이쪽을 향해 다가왔다.

"이봐, 리스리스, 우르가스, 도망쳐!!"

"굳이 말 안 해도~~"

"알거든요!"

루드팅크 대장의 외침이 들렸다. 나와 우르가스는 전력 질주를 시작했다.

마물에게 쫓기는 건 처음이었다. 심장이 쿵쾅, 쿵쾅, 쿵쾅 기분 나쁘게 뛰고 있었다.

불안을 해소하기 위해 외쳤다.

"어, 어째서 이런 일이이이이~~!!"

"뛰면서 말하다가 혀를 깨물지도 몰라요, 리스리스 위생 크 윽!!"

무심코 혀를 깨문 우르가스. 미묘하게 울상이 되었다.

맹렬히 추격하고 있다는 건 땅이 흔들리는 느낌으로 알 수 있었다. 휘청휘청 흔들리는 와중에 필사적으로 앞으로 나아갔다.

그렇다고 해도 거대 두더지, 너무 빠르잖아! 순식간에 우리 후방까지 쫓아왔다.

"리스리스 위생병, 양쪽으로 갈라지죠!"

"네? 하지만……."

"괜찮아요. 리스리스 위생병 쪽으로 가면 바로 독화살을 쏠게요."

"알겠어요!"

조금 뒤에 좌우로 갈라지기로 했다.

심장소리가 더더욱 격렬해졌다. 땀이 뺨을 타고 뚝뚝 떨어졌다.

나는 왼쪽, 우르가스는 오른쪽.

그걸 나눈 순간 거대 두더지가 지상으로 튀어나온 듯 갈색 털이 살짝 시야에 들어왔다. 번쩍 빛나는 붉은 눈도. 너무 무서웠다.

드디어 분기점에 도착했다.

우르가스, 건투를 빌어요!

난 이쪽으로 오지 말라고 계속 부탁하면서 왼쪽 방향으로 지면을 탁! 차올랐다.

쿵쾅쿵쾅 격렬하게 뛰는 심장을 참아내면서 전력을 다해 뛰었다.

하지만──.

"으아악~~ 이쪽인가~~!!"

울려 퍼지는──우르가스의 목소리.

아무래도 반대편으로 가버린 것 같았다. 뭐야, 저런, 가엾게도.

괜찮을까? 난 열심히 지붕으로 기어 올라가 우르가스의 상태를 확인했다.

"리스리스 위생병. 괜찮아?"

"벨리 부대장, 저는 괜찮아요!"

"알았어. 그대로 거기서 대기해."

"알겠습니다."

루드팅크 대장도 뒤를 쫓아오고 있는 것 같았다. 하지만 우르가스와 거대 두더지까지는 거리가 꽤 멀었다.

힘내라, 우르가스!

지지 마, 우르가스!

하지만 거대 두더지의 맹렬한 추격은 멈추지 않았다.

더 이상 보고 있을 수 없었기에 얼굴을 돌리려고 했던 그때, 우르가스는 놀라운 행동에 나섰다.

건물이 있는 쪽으로 다가가 상자를 걷어차고, 그 기세로 벽을 차고 지붕으로 올라가는 거친 모습을 보여준 것이다.

그리고 바로 화살을 준비해 활을 쐈다. 멋지게도 화살은 미간에 명중.

거대 두더지는 비명을 지르며 땅속으로 숨어들었고 무시무시한 속도로 도망쳤다.

우르가스는 2번째 화살을 준비했지만 루드팅크 대장으로부터 멈추라는 명령이 내려졌다. 대열이 흐트러졌기 때문에 깊숙이 쫓지 말라는 뜻이었다.

일단 우르가스도 무사했고 상처도 없는 것 같아서 안심했다.

지붕 위에 털썩 주저앉아 있으니 자라 씨가 데리러 와주었다.

"멜, 괜찮아?"

"아, 네, 그럭저럭."

하지만 힘이 빠져버렸다. 한심하게도 당분간 여기서 움직일 수 없을 것 같았다.

"도와줄 테니까 좀 기다려."

"네?!"

자라 씨는 경쾌한 움직임으로 지붕까지 올라왔다.

"다친 곳은 없어?"

"네."

대체 도와준다니, 어떻게—라고 생각했는데 번쩍 날 들어 올려 안고 털썩 지상으로 뛰어내려온 자라 씨.

충격은 거의 없는 순간적인 일이었다.

"멜, 걸을 수 있겠어?"

"네? 아, 아마도……."

자라 씨는 바로 내려주었지만 또다시 허리에 힘이 빠지는 바람에 연체동물처럼 흐늘흐늘해지고 말았다.

"앗, 멜."

"윽, 죄송해요……."

이번에는 업어주었다. 하나부터 열까지 정말 미안했다.

루드팅크 대장과 우르가스, 벨리 부대장, 가르 씨와 합류한 뒤 찢어진 식량 가방을 거두어들인 다음 반성회를 열었다.

"우선, 그 녀석이 대체 뭘 먹은 거야?"

가방 속 내용물을 늘어놓고 뭐가 없는지 확인했다.

빵에 치즈, 훈제육, 건조 과일에 볶은 콩, 비스킷……대부분의 식재료들은 무사했다.

거대 두더지는 대체 뭘 먹었던 걸까.

"아, 그러고 보니 리스리스 위생병이 병을 삼키는 걸 봤다고 했어요."

"맞아요. 녀석은 병만 노린 것 같았어요."

병이라면 멧돼지 간 반죽에 설탕 절임, 벌꿀—잠깐만?

"아, 리스리스 위생병, 캐러멜이 없어요!"

"그러고 보니!"

캐러멜만 노려서 먹는 게 있을 수 있는 일인가?

"하지만 대원들 중에서 유일하게 캐러멜을 갖고 있던 날 노린 거 보면 가능성은 있어요."

그래. 우르가스의 개인 식량 주머니에만 캐러멜이 들어 있었다.

"그렇군. 그럼 캐러멜로 유인하는 게 가능하다는 뜻인가?"

루드팅크 대장이 못된 생각이 떠오른 산적 같은 표정으로 중얼거렸다.

"하지만 문제는 어떻게 쓰러뜨리느냐 하는 거지."

우르가스는 독화살을 쐈다. 하지만 거대 두더지는 화살을 맞은 채 기운 좋게 도망가 버렸다.

"아니, 화살이 제대로 꽂히지 않은 것 같아요."

"피부가 단단할 가능성이 있겠군."

아마도 반격을 받아 놀라서 도망친 거겠지.

"도망치는 것도 빠르고 방어력도 높을 가능성이 있어, 약점도 아직 불명확하고…….”

현 상태에선 방법이 없었다.

“일단 캐러멜은 내가 맡아두지.”

우르가스는 캐러멜을 소중한 듯이 꽉 쥐고 있었지만──.

“어이, 우르가스.”

“……네.”

루드팅크 대장은 노상강도 산적처럼 캐러멜을 내놓으라고 요
구했다. 우르가스는 애처롭게 가죽 주머니 속에서 3개의 캐러멜
을 꺼내 내밀었다.

캐러멜 먹는 걸 기대하고 원정에 왔는데. 거대 두더지에게 습
격을 당한 끝에 캐러멜도 먹지 못하게 됐다. 얼마나 가엾은 일
인가.

“우르가스, 돌아가면 많이 만들어줄게요.”

“고마워요, 리스리스 위생병…….”

일단 식사를 하자며 루드팅크 대장이 말했다. 하지만 여기서
는 안심하고 먹을 수 없었다.

“저쪽에 고지대가 있어. 거기라면 거대 두더지도 오지 못하
겠지.”

마을 언덕길을 올라가면 계단이 있었다. 거기서 더 올라가면
경치를 한눈에 다 볼 수 있는 고지대가 있었다.

벨리 부대장은 자라 씨를 데리고 순찰을 나섰다.

우르가스는 깨진 돌로 화살촉을 만들었다. 가르 씨는 마을을
한눈에 볼 수 있는 위치에 서서 망보는 중. 루드팅크 대장은 첫

번째 전투 기록을 쓰고 있었다.

난 물론 요리 당번이었다.

감사하게도 솟아나는 물이 있었다. 아무래도 관광객용으로 파
놓은 지하수인 듯했다.

맑은 물이었고 위생병의 7가지 도구 중 하나인 수질검사기로
도 문제없다는 반응이 나왔지만, 일단 루드팅크 대장이 독이 든
건 아닌지 마셔보았다.

"……문제는 없는 것 같군. 그냥 맛있어."

틀림없다고 보증을 했기 때문에 식사에도 쓰기로 했다.

거대 두더지가 깨트린 자갈을 쌓아 화덕을 만들었다. 장작은
그 주변에 굴러다니고 있던 나무상자를 해체해서 사용했다.

점심 식사의 메인은 우르가스가 잡은 푸른 꿩. 그렇게 크진 않
았지만 살이 단단해서 맛있을 것 같았다. 아름다운 털도 뽑아내
뭔가 잡화를 만드는 데에 쓰고 싶었다.

푸른 꿩을 잘게 해체했다.

날갯죽지, 껍질, 가슴살, 허벅지살로 나누었다.

우선 물에 몰래 가져온 루드팅크 대장의 술을 콸콸 붓고 알코
올을 날렸다.

다음으로 껍질로 제대로 육수를 냈다. 누린내를 제거하기 위
해 낮에 딴 약초를 잘게 썰어 넣는 것도 잊지 않았다. 불순물을
꼼꼼하게 걷어내고 맑은 수프 상태가 되면 껍질은 건져 낸다.

다음으로 건조 버섯, 근채 오일 절임, 날갯죽지를 넣는다.

한소끔 끓으면 한 입 크기로 썬 허벅지살과 가슴살을 추가.

부글부글 끓이다가 불순물이 뜨면 신중하게 걷어낸다.

마지막으로 소금, 후추로 간을 맞추면 '푸른 꿩 수프' 완성.

다음으로 마실 걸 준비했다.

다른 냄비에 물을 붓고 얼마 전 원정에서 채취한 건조 나무껍질, 씨, 뿌리 등을 넣고 끓인다.

이건 전출법이라고 불리는, 냄비에서 보글보글 끓여서 만드는 차였다. 증기에도 유효성분이 포함되어 있었기 때문에 뚜껑을 꼭 닫고 끓였다.

불을 끄고 몇 분 정도 방치.

뚜껑을 열면—마른 풀 빛깔의 액체가 완성. 굉장히 써 보였다. 하지만 이걸 마시면 기운이 나겠지.

꿀을 주르륵 넣고 떫은맛을 조금이나마 중화시켰다.

좋아, 준비 완료.

마침 순찰 갔던 벨리 부대장과 자라 씨가 돌아왔다. 식사 시간이라고 모두에게 말을 전했다.

"푸른 꿩 수프와 나무껍질 차예요."

빵과 비스킷은 취향대로. 수프를 그릇에 담아 나눠주었다. 방금 전투에서 최선을 다했던 우르가스에는 부드러운 허벅지살을 많이 넣어주었다.

신에게 기도를 드리고 식사 시작.

우선 나무껍질 차 한 잔.

"——으윽!"

너무 써서 나도 모르게 숨이 막히고 말았다. 모두의 주목이 쏠렸다.

"마, 맛있다~."

"거짓말하지 마."

루드팅크 대장으로부터 태클이. 부정할 수 없었기 때문에 쓴 웃음을 지어보였다. 이걸로 맛은 대충 이해했겠지.

입가심으로 수프를 한 입.

"오오!"

맛있어!! 역시 루드팅크 대장의 비싼 술이 들어간 수프다웠다. 고기 잡내는 일절 느껴지지 않았고 푸른 꿩의 야성적인 풍미가 가득했다.

고기는 꽤 씹는 맛이 있는 느낌. 숙성시간이 부족했기 때문이겠지. 하지만 이건 이거대로 맛있었다. 고기 맛은 깔끔하고 고급스러웠고, 꼭꼭 씹으면 단맛도 느껴졌다. 특유의 냄새는 전혀 나지 않았다. 지방도 충분히 마블링되어 있어서, 맛은 말할 것도 없었다.

좀 간이 셌지만 지친 몸에 스며들어 정말 맛있었다.

푸른 꿩 고기는 영양가가 높으니 활력을 얻을 수 있겠지.

남은 수프에는 데친 국수를 투입.

"우와, 리스리스 위생병, 이거 엄청 맛있어요!"

"다행이네요."

우르가스가 절찬을 아끼지 않은 푸른 꿩 국수. 탱글탱글한 면에 맛이 농축된 국물이 섞여서 이것만으로도 완성된 요리처럼 보였다. 호평이었던 게 무엇보다 다행이었다.

맛있게 완성돼서 얼굴이 풀어진 상태로 전부 다 먹어치웠다.

식후에는 다 같이 힘악한 얼굴을 하면서 나무껍질 차를 마셨다. 자양강장 효과가 있었기 때문에 열심히 다 마셨다.

그 이후 작전회의에 돌입. 의제는 어떻게 거대 두더지를 쓰러뜨리느냐 하는 것.

"벨리, 순찰을 해보고 뭔가 알아차린 건 없어?"

"거대 두더지가 왕래를 하고 있기 때문인지 지면은 꽤 무른 상태야. 갑자기 무너져도 이상하지 않을 지반이지."

발로 꾹 밟기만 해도 지면이 푹 꺼진다고 했다. 꽤 위험한 듯 보였다.

"우와~ 그럼 도망치는 동안 발이 푹 빠질 수도 있었겠네요⋯⋯."

"다행이야, 우르가스. 잘 도망쳐서."

"상상한 것만으로도 닭살이 돋아요."

그런 상태였기 때문에 정면으로 승부를 거는 건 좋지 않을 것 같다고 벨리 부대장은 말했다.

"그렇다면 어딘가에 덫을 놓고 단숨에 쓰러뜨릴 수밖에 없겠군요⋯⋯."

내 말에 루드팅크 대장은 묵직하게 끄덕였다.

마을의 상태를 보고 온 가르 씨 왈, 거대 두더지가 다니는 길은 정해져 있는 듯했다. 분수광장을 중심으로 주위 상점을 한 바퀴 돌고 있다고 했다.

"유인할 미끼로는 캐러멜이 있고."

벨리 부대장이 진지한 얼굴로 말했다. 내가 만든 캐러멜이 거대 두더지를 쓰러뜨릴 키가 될 것 같았다.

"아마, 기존에 다니던 장소가 아니면 오지 않을 거야. 꽤 신중한 성격인 듯 보이니까."

자라 씨의 의견에 루드팅크 대장도 동의했고 이야기를 이어나갔다.

"전투를 할 거면 열린 분수 광장이 좋겠지. 유인하는 것까진 좋은데 거기서부터가 문제야."

"그거 말인데——."

손을 들고 말을 꺼낸 건 자라 씨.

듣자하니 순찰 도중에 대량의 마석을 발견했다고 한다.

"그렇군. 온천을 만들기 위해 대량의 마석을 소지하고 있었다는 건가."

인공온천은 마석연료로 만들어지는 것이었다. 그 이면공작의 잔해가 남아 있었다고.

하지만 마석과 거대 두더지 토벌이 대체 무슨 관계가 있는 걸까—하고 고개를 갸우뚱거리다 문득 그저께 자라 씨에게 들은 마석연료 이야기가 떠올랐다.

"서, 설마 자라 씨?!"

"맞아."

인공온천에 사용된 건 조악품 마석이었던 것 같다.

"그 마석, 불을 붙이면 폭발할 거야."

"그렇군."

루드팅크 대장도 파악한 건지 히죽 못된 미소를 띠었다.

벨리 부대장이나 가르 씨도 눈치 챈 것 같았다. 단 한 명, 이해하지 못한 사람이 있었다.

"응? 무슨 말이에요?"

"우르가스, 이번 작전은 너에게 달려 있어."

"네에? 말도 안 돼요! 저에겐 너무 무거운 짐이라고요!"

하지만 우르가스밖에 할 수 없는 일이었다.

"대체 뭘 시키려는 겁니까?"

"뭐, 너의 솜씨가 있다면 그렇게까지 어려운 일도 아니야."

"안 좋은 예감밖에 안 드는데요."

루드팅크 대장이 말한 대로 작전 자체는 실로 단순했다.

우선 광장에 캐러멜과 마석을 설치한다. 거대 두더지가 캐러멜 냄새에 끌려 나온 순간 우르가스가 화살촉에 불을 붙인 화살을 쏘는 것이다.

"그렇게 제대로 불이 붙으면 대폭발. 거대 두더지도 무사하긴 힘들겠지."

"우와, 역시 기분 나쁜 작전이야."

모든 건 우르가스의 실력에 달려 있었다.

"좋아, 해보자. 오늘 중에 숨통을 끊어 놓는다."

"으윽⋯⋯실패하면⋯⋯어떻게 하면⋯⋯."

분명 우르가스라면 성공할 거야. 왜냐하면 사냥감에서 화살이 벗어나는 걸 본 적이 없으니까.

굉장한 수완이라고 평가해도 될 텐데 본인은 자신이 없는 것처럼 보이는 게 수수께끼였다.

그건 우르가스 자신의 성격인 걸까?

루드팅크 대장은 풀이 죽어 웅크리고 있는 우르가스의 등을 탁! 하고 때리며 기합을 주입했다.

"아파요!"

"맥 빠져 있으니까 그렇지."

"맥 빠진 거 아니거든요. 책임이 막중해서 그래요."

"안심해. 실패해도 거대 두더지는 내가 죽일 테니까."

"오오……."

"오오……."

"뭐야?"

루드팅크 대장이 '죽인다'고 말했을 때의 박력이 굉장했기 때문에 우르가스와 둘이 전율하고 말았다.

"이야기는 여기까지다. 작전을 개시한다."

루드팅크 대장의 함성에 다들 '오케이'라고 답했다.

드디어 최종 작전이 시작되려고 하고 있었다.

*

분수광장에서는 거대 두더지의 기척이 전혀 느껴지지 않았다.

루드팅크 대장과 가르 씨는 광장 중심에 마석과 캐러멜을 놓아두었다.

그 둘은 설치가 끝나고 좀 떨어진 장소에서 대기했다. 폭발 후 최후의 일격을 가하러 갈 담당이었다.

우르가스는 사정거리에서 아슬아슬한 위치에 있는 지붕 위에 있었다. 발사 지시를 내리는 건 벨리 부대장. 나와 자라 씨는 거기서 좀 떨어진 지붕 위에 있었다. 여기서라면 분수광장을 한눈에 내려다볼 수 있었다.

"멜, 괜찮아?"

"……아, 네."

괜찮다곤 대답했지만 정말 죽을 만큼 불안했다.

마물을 마석으로 폭발시키다니, 너무 무시무시했다. 어느 정도의 규모로 터질지도 알 수 없었고 지상에 대기하고 있는 루드팅크 대장이나 가르 씨는 괜찮을지도 걱정이 되었다.

덜덜 떨고 있는 게 들킨 건지, 자라 씨는 살며시 날 외투로 감싼 다음 귓가에서 '분명 잘 될 거야'라고 속삭여주었다.

그 한 마디에 신기하게도 떨림이 멈췄다.

난 정면을 바라보며 사태의 추이로부터 눈을 피하지 않으려고 했다.

──1시간 후.

"……왔네요."

"응."

주위에 울려 퍼지는 지면이 삐걱거리는 소리. 거대 두더지가 지면을 파고 나아가는 소리였다.

역시 캐러멜을 좋아해서 냄새에 끌려나온 것 같았다.

분수 광장까지 도착해 지상으로 나와서는 곧장 장치해놓은 장소로 나아갔다.

거대 두더지는 한 발, 한 발 캐러멜과 마석에게로 다가갔다.

그리고 드디어 도착했다. 두근 두근 두근 기분 나쁘게 가슴이 뛰었다.

그리고——.

"쏴!!"

벨리 부대장의 늠름한 목소리가 울려 퍼졌다.

우르가스는 화살촉에 불을 붙인 화살을 쏘았다.

난 양쪽 귀를 막고 눈을 감았다.

화살은 곧장 날아가 거대 두더지 근처에 있던 마석에 명중했고— 쾅! 하고 커다란 폭발음이 들렸다.

지면이 크게 흔들렸고 건물도 기우뚱거렸다.

돌풍에 휩쓸려 쓰러질 것 같았다.

"꺄악!"

"멜, 괜찮아."

"아, 네."

무시무시한 대폭발이라 분수광장은 완전 새까맣게 물들었다. 그리고 큰 불기둥이 솟아올랐다. 그 중심에 검은 그림자가 아른거렸다. 거대 두더지겠지.

살이 타는 냄새와 대량의 연기가 주위를 뒤덮었다.

목이 따끔따끔해서 계속 기침이 났다. 자라 씨가 망토로 입 주변을 가려주었다.

루드팅크 대장이나 가르 씨가 싸울 것까지도 없이 불기둥 속에서 거대 두더지는 숨이 끊어졌다.

거의 전소상태였지만 뼈 일부분이 남아 있었기 때문에 들고 가기로 했다.

우르가스는 지면에 주저앉아 멍하니 있었다.

"우르가스, 수고했어요."

"네."

"괜찮지……않아 보이네요."

"덕분에요."

지금도 손끝이 떨린다고 보여주었다. 정말 최선을 다했다. 머리를 슥슥 쓰다듬다가― 갑자기 정신이 들었다. 나도 모르게 동생을 대하듯 머리를 쓰다듬고 말았네.

"미안해요, 멋대로."

"아뇨~ 기쁜데요."

자라 씨가 우르가스의 발언에 반응했다.

"흐음, 그렇구나."

"그래―그래, 잘했다."

자라 씨가 쓰다듬자 미묘한 표정을 짓는 우르가스.

뭐야? 이렇게 '아름다운 사람이 쓰다듬어줘서 기쁘긴 하지만 이 사람은 남자'같은 반응은.

"역시 여자가 쓰담쓰담 해줬으면 좋겠어요."

"벨리에게 부탁할까?"

"아뇨, 아뇨, 상사에게 부탁하는 건 너무 송구스럽다고요!"

우르가스의 필사적인 표정에 웃음이 터졌다. 기운을 되찾은 것 같아서 일단 안심이다.

저녁 무렵, 우릴 데리러 온 마차에 올라타고 왔을 때처럼 3시간이 걸려서 마을로 돌아갔다.

이렇게 무사히 사건은 해결되었―지만, 거대 두더지 때문에 지반이 물러진 것도 있어 재개발은 중지되었다.

하지만 다른 발견이 있었다. 지하에서 나온 바위에서 마석탄을 채굴할 수 있을 것 같다고. 앞으로는 다른 사업이 시작될 것 같았다.

정말 예상 밖이었기 때문에 대원들은 무척이나 놀랐다.

그리고 거대 두더지 토벌 임무에 성공을 거두고 또다시 루드팅크 대장은 표창을 받게 되었다.

다행이었다.

이렇게 이번 원정은 막을 내렸다.

해피엔딩이었다.

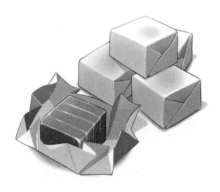

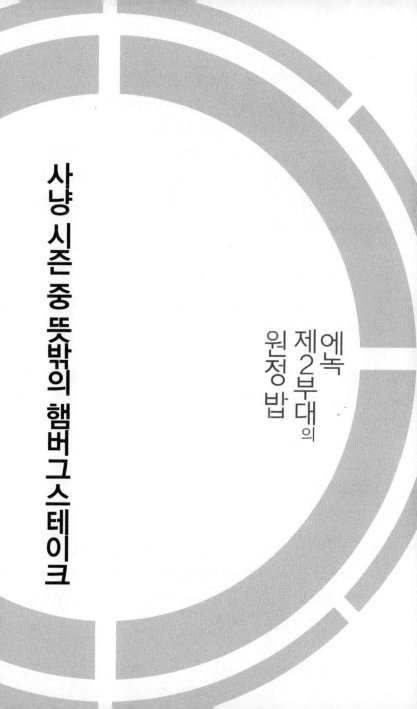

사냥 시즌 중 뜻밖의 햄버그스테이크

에녹 제2부대의 원정밥

겨울─왕도 부근 숲의 사냥 금지령이 풀렸다.

귀족들은 빠짐없이 숲으로 나가 사냥을 즐겼다.

하지만 이건 고귀한 분들의 취미였다. 왜냐하면 도구 비용, 사냥 협회에 지불하는 회비, 사냥감을 찾아다니는 시간 등, 여러 가지를 생각해볼 때 돈과 시간이 드는 취미였기 때문.

참고로 사냥 협회라는 건 한 마디로 말하자면 잡은 사냥감의 크기를 서로 자랑하는 모임인 듯했다. 존재의의는 잘 모르겠지만.

여기서 우리 원정부대에 뜻밖의 임무가 내려졌다.

"듣자하니, 왕도 근처 숲에 거대한 야생 삼각우가 있다고 해. 위험하기 때문에 토벌해줬으면 좋겠다고."

삼각우라는 건 이마에 3개의 뿔이 난 소로 일반적인 가축이었다. 목장에서 도망친 개체가 숲의 주인 자리까지 올라 크게 성장해버린 것 같았다.

"그러니까 숲으로 떠난다."

말을 타고 숲으로 향하게 되었다.

*

숲에는 눈이 살짝 쌓여 있었고 바람도 아주 쌀랑했다.

말을 조종해서 신중하게 앞으로 나아갔다. 대열은 앞쪽에 루드팅크 대장, 뒤이어 가르 씨, 자라 씨, 한 가운데에 나, 뒤에 우르가스, 벨리 부대장 순이었다.

"아, 루드팅크 대장, 삼각우 변을 발견했어요!"

보통 변은 집게손가락과 엄지손가락을 둥글게 만 정도의 크기였지만 굴러다니던 변은 주먹만했다.

"꽤 큰 녀석인 것 같네요."

"신중하게 가자."

루드팅크 대장과 벨리 부대장은 차분한 얼굴로 변을 내려다보고 있었다.

삼각우의 변이라면, 건조시켜서 연료로 만든다고 들은 적이 있었다.

"저기, 이거, 가져가도 될까요?"

"뭐?"

미간을 찌푸리며 '무슨 말을 하는 거야? 이 녀석'이라는 얼굴로 날 바라보는 루드팅크 대장.

"변 같은 걸 어디 쓰려고?"

"연료로 쓰려고요. 잘 탄다고 해서."

"분변 연료로 만든 음식은 먹고 싶지도 않아."

"삼각우는 초식동물이기 때문에 그렇게까지 냄새도 나지 않아요. 풀 냄새만 살짝 나지."

"그럴 리가 없잖아. 그런 주장이라면 가축우리에선 냄새가 나지 않아야지."

"그건 그렇지만——."

여기서 벨리 부대장이 사이에 끼어들었다.

"어쩌면 다양한 걸 먹고 성장하고 있을 경우가 있어. 예를 들어 마물이라던가."

여기서 퍼뜩 정신이 들었다.

그래. 이 삼각우는 목장에서 자란 개체와는 다르다. 그러고 보니 지난달에도 행방불명 사건이 많이 발생했던가. 마물뿐만 아니라 사람도 먹고 있다면——. 오싹했다.

"역시 관둘게요."

"그게 좋겠어."

변은 땅속에 묻고 공양해뒀다. 벨리 부대장은 툭 내 등을 두들겨주었다.

도중부터 말에서 내려 길이 없는 곳으로 나아가기로 했다. 난 말을 지키라는 명을 받았다.

주변에 성수를 뿌려놓고 마물방지책을 설치했다.

뭔가 따뜻한 걸 마시고 싶었지만 바로 옆에 말이 있었기 때문에 불을 피울 수 없었다.

점심으론 빵과 치즈, 그리고 훈제육을 가지고 왔다. 점심시간이 되면 먹어도 된다고 루드팅크 대장이 말해주었다. 혼자 먹는 건 왠지 좀 그렇지만.

멍하니 시간을 보내고 있는데 멀리서 땅이 울리는 듯한 소리가 들렸다.

"——으응?"

쿠우우웅 하고 낮은 소리와 진동이 느껴졌다. 이건, 어쩌면——.

"갸르르르르르릉."

"어이, 거기 서!!"

마물의 포효와 루드팅크 대장의 위협적인 목소리가 들렸다. 이쪽을 향해 오고 있는 것 같았다.

난 어떻게 해야 할지 몰라 허둥지둥 거렸다.

성수가 있기 때문에 괜찮을 거라고 생각했는데 삼각우는 가축이라 효과가 없다는 사실을 깨닫고 머리를 감싸 쥐었다.

말은 6마리나 있으니 전부 데리고 갈 수 없었다. 미안하게 생각하면서 근처 나무로 올라가 피난했다. 두꺼운 가지 위에 몸을 낮추고 앉았다.

묶여 있지 않은 말은 위험을 감지한 것인지 줄지어 어딘가로 달려갔다. 피리를 불면 찾아오도록 길들여져 있으니까 괜찮을 거야. 아마도.

그리고 거대한 삼각우가 다가왔다.

튀어나온 3개의 뿔은 날카로웠고 덩치도 컸다. 통상 개체의 3배 이상인 것 같았다.

그런 삼각우도 루드팅크 대장에게 쫓겨 도망가고 있었다.

붙들어두는 게 나으려나? 가방을 뒤쳐보니 고춧가루가 나왔다.

마침 바로 아래쪽을 통과하고 있었기 때문에 눈 근처를 노려서 뿌렸다.

주머니째로 던졌더니 멋지게 눈가를 맞고 고춧가루가 주위로 퍼졌다.

"-크르르르르르릉."

거대 삼각우는 절규했다. 기적적으로 눈에 고춧가루를 뿌리는

데에 성공한 것이다.

움직임을 막는 데에는 성공했지만 여기서 예상 밖의 사태가 벌어졌다.

"갸르르르르르르릉!!"

고춧가루가 눈에 스며들었기 때문인지 반대로 돌아 하필이면 내가 올라간 나무에 몸을 부딪치기 시작했다.

"으아아악!!"

휘청휘청 흔들리는 나무. 필사적으로 달라붙어 견디는 나.

루드팅크 대장, 다들, 빨리 좀 와줘요~~.

삼각우는 쿵쿵 몸을 나무줄기에 부딪치며 고통을 참고 있었다. 아니, 마음은 이해하지만 다른 나무에다 하면 안 될까? 응?

"잠깐, 으악, 히이이이익!!"

눈의 통증을 참아내는 삼각우, 휘어지는 나무줄기, 떨어질 것 같은 나. 최악이었다. 어설픈 행동은 하지 말 걸 그랬다.

이대로 떨어지면 삼각우의 예리한 뿔에 찔리는 코스겠지. 뿔에 찔려 죽다니, 너무 싫었다.

"으악, 이제, 무리야~!!"

붙잡고 있을 힘도 한계에 다다랐을 그때― 하늘의 도움의 나타났다.

"빌어먹을 녀석, 드디어 따라잡았다!"

루드팅크 대장의 험악한 한 마디에 진심으로 안도했다. 떨어지기 전에 와줘서 다행이야.

삼각우는 살의를 느낀 탓인지 방향을 전환했다. 하지만 고춧가루가 아직 눈에 들어있었기 때문인지 휘청거리는 발걸음.

그때 루드팅크 대장이 대검으로 내리쳤다. 목에 검을 때려 박고 단칼에 두 쪽을 냈다.

목을 잃어버린 몸은 휘청 기울었고 내가 앉아 있는 줄기에 직격했다.

"으아아악~~!!"

이번에야말로 안 될 것 같았다. 내 몸은 공중에 내던져졌고——.

"멜!"

지면에 가로놓인 삼각우 시체 위로 낙하할 줄 알았는데 달려온 자라 씨가 받아주었다.

"괜찮아?!"

"그, 그럭저럭……."

위험했다. 꽤 높았기 때문에 떨어졌으면 무사하진 않았겠지.

"가, 감사합니다, 자라 씨."

"신경 쓰지 마."

"네."

무사하다는 걸 알게 된 순간 떨리기 시작하는 몸. 그리고 당연하게도 루드팅크 대장에게 혼나게 된 나.

"넌 전투에 참가하지 말라고 했잖아!!"

"죄, 죄송했습니다~~"

오늘만은 울고 말았다. 루드팅크 대장의 얼굴이 진심으로 무서웠기 때문에—라는 건 농담이고, 무서웠던 기억이 되살아났기 때문이었다.

"앞으로 이런 짓은 절대로 하지 마."

"안 할 거예요~~."

벨리 부대장이 꽉 안아주었다.

우르가스는 아무 말 없이 사탕을 꺼내주었다.

가르 씨는 루드팅크 대장 앞을 가로 막았다.

자라 씨는 루드팅크 대장을 힐끗 쏘아보았다.

"뭐, 뭐야? 너희들……!"

"아니, 너무 심하게 화낸 게 아닌가 해서 말이죠."

"모, 목숨이 걸린 일이잖아. 화내는 게 당연하지."

"하지만 멜은 자신이 저지른 일을 진심으로 후회하고 있고 반성하고 있어. 그런데 그렇게 큰소리를 치다니."

"뭐야, 마치 내가 나쁜 놈 같잖아!"

"……."

"……."

"……."

"……."

무언의 압력을 받은 루드팅크 대장. 불쌍해서 도와주기로 했다.

"대장한테 혼나는 건 감사한 일이죠. 오히려 아무런 반응이 없다면 끝이라고 생각해요. 저기, 그러니까 감사합니다."

루드팅크 대장은 '알면 됐어'라고 무뚝뚝하게 대답했다.

그리고 툭툭 어깨를 두드려주었지만— 하필이면 힘이 좀 셌던 모양인지 내가 멀리 나가떨어져 구르고 말았다.

굴러 떨어진 곳은 풀숲이 있었기 때문에 상처도 없었다.

"꺄악— 멜!"

"루드팅크 대장, 너무 심하시잖아요!"

"루드팅크 대장, 리스리스 위생병은 여성이야. 힘은 좀 조절해줘!"

가르 씨가 날 들어 올려 일으켜주었다. 다른 대원들에 비해 허약한 게 미안해졌다.

딱하게도, 대원들은 사과하라며 루드팅크 대장을 규탄했다.

"……리스리스, 저기, 미안했다."

"아뇨, 괜찮습니다."

다른 사람들도 상처가 없어서 다행이었다.

루드팅크 대장은 거대 삼각우의 뿔을 가지고 돌아갔다.

사채는 나중에 다른 부대가 회수하거나 묻거나 할 것 같았다.

"멜, 괜찮아? 말에 탈 수 있겠어?"

"괜찮아요."

도망갔던 말을 부르니 돌아와 주었다. 역시 잘 길들여져 있다.

이리하여 우리는 왕도로 돌아오게 되었다.

*

다음날, 제2부대에 어떤 물품이 배달되었다. 그건 사냥 협회에서 노고를 치하하는 뜻에서 보낸 물건이었다.

내용물은 삼각우 차돌박이가 한 가득. 고급정육점 이름이 찍혀 있었다.

아직 하루밖에 지나지 않았는데 나도 모르게 '우와아……'라고 감탄하고 말았다. 옆에서 들여다보던 우르가스도 똑같은 반응이었다.

"리스리스 위생병, 이거, 어제 그 삼각우는 아니겠죠?"

"설마요!"

유통되고 있는 고기는 숙성기간을 거쳐 출하되고 있었다.

"평범한 삼각우라고 해도 최소한 1주일 정도 놔둔 다음 판다고 하더라고요."

"흐음, 그렇군요~"

"덩치가 큰 가축은 도축한 후 사후경직 때문에 육질이 단단해져서 먹기 힘들거든요. 그래서 숙성기간을 두고 출하되는 거예요."

"역시나."

그러니 어제 그 삼각우 고기는 여기 있을 수 없었다.

"루드팅크 대장, 이 고기, 어떻게 하실 거예요?"

"밤에 다 같이 먹을 수밖에 없겠는데."

큰 상자 속에는 꽤 많은 양이 들어 있었다. 뭐, 남성들이 먹어 치울 테니 괜찮겠지만.

루드팅크 대장은 고기를 전부 나와 자라 씨에게 맡겼다.

하지만 이만큼의 양을 굽는 것도 힘들 것 같았다.

"하지만 그냥 굽기만 하는 것도 재미가 없겠지."

자라 씨는 그렇게 말했지만 우리 마을에서는 삼각우를 먹는 일이 거의 없었기 때문에 조리법이 생각나지 않았다.

"저기, 멜, 햄버그스테이크를 만들자!"

"햄버그스테이크요?"

"응! 다진 고기에 잘게 썬 야채를 넣고 둥글게 굽는 거."

"고기 완자 같은 건가요?"

"으~음, 고기 완자와는 또 다른 거야."

듣자하니 이세계에서 전해진 요리라고 한다.

"마네키네코라는 이상한 동물이 간판인 가게, 몰라?"

매일 줄을 서는 인기 가게라고 했다.

"아뇨, 몰라요."

듣자하니 그곳에선 이세계에서 전수받은 특이한 요리를 판다고 했다.

"특이하긴 하지만 굉장히 맛있어."

"흐음, 어떤 요리를 파는데요?"

"쌀이라는 곡물에 푹 끓인 야채와 고기가 든 알싸한 소스를 뿌린 카레라이스라던가."

"카레라이스……."

"야채와 삼각우를 달짝지근하게 끓인 스키야키라던가."

"스키야키……."

"다음 휴일에라도 같이 가볼래?"

"꼭 가요!!"

휴일 일정이 정해진 이후 요리가 시작되었다.

시각은 업무 종료 1시간 전. 근무 중이었지만 루드팅크 대장이 괜찮다고 말했으니 문제없겠지. 아마도!

식당은 저녁 준비로 쓸 수 없기 때문에 제2부대의 간이 부엌을 사용했다. 차를 끓이는 용도의 화덕에선 불이 약했기 때문에 바깥 광장에 가르 씨가 벽돌로 화덕을 만들어주기로 했다.

"그럼 제대로 만들어볼까?"

"네!"

자라 씨는 고기를 다지듯이 잘게 썰었다. 난 야채 담당.

"우선 야채는 적갈색이 될 때까지 볶아."

"알겠습니다."

기름을 넣고 자른 야채를 볶았다.

다음으로 볼에 빵가루, 계란, 향신료 몇 종류에 소금, 후추, 우유를 넣고 섞는다. 거기에 식혀둔 적갈색 야채를 투입.

"그리고 여기 다진 고기를 넣는 거야."

"흐음, 그렇군요."

여기까진 고기 완자와 다르지 않은 것 같은데? 야채를 볶는다는 것과 간을 좀 진하게 하는 부분이 다르긴 하지만.

"간이 잘 배도록 반죽을 잠깐 놔두는 게 좋지만 오늘은 시간이 없으니까 생략."

반죽을 손에 쥐고 둥글게 만들고 손바닥으로 두들겨 공기를 뺀다. 이것도 고기 완자와 다른 점이겠지.

"이렇게 하지 않으면 모양이 뭉개지거든. 육즙도 빠지고."

"자라 씨, 잘 아시네요."

"집에서도 먹고 싶어서 연구했어."

"역시 대단하세요!"

여기서 반죽 한가운데에 치즈를 넣고 다시 둥글게 만들었다.

"치즈를 넣는군요."

"맞아. 이 치즈가 말이지, 정말······."

"정말?"

"나머진 먹을 때의 즐거움으로 남겨둘게."

오오, 왠지 굉장히 신경이 쓰였다. 전부 다 해서 20개 정도를 만들었다. 고기를 일일이 굽는 건 귀찮다면서 자라 씨가 전부 다져버리는 바람에. 그래서 대량으로 만들고 말았다.

햄버그스테이크는 남성 주먹 크기로 1개만 먹어도 배가 부를 것 같았다.

완성된 반죽은 밖으로 가지고 갔다. 가르 씨 특제 화덕은 완성되어 있었다.

벽돌 화덕에 철판을 올려두고 거기서 구웠다.

"크기는 더할 나위 없지만 도중에 열을 가해 쪄야겠어."

"그럼 식당에 가서 큰 뚜껑을 빌려올게요."

식당에는 커다란 냄비가 몇 개나 있으니 이 철판을 덮을 수 있을 정도의 뚜껑도 있겠지.

뚜껑을 빌리러 갔다가 돌아와 보니 광장에서 좋은 냄새가.

"멜, 마침 잘됐어."

"쪄야 하는 거죠?"

"으응."

치익 치익 구워지는 고기. 냄새만 맡아도 참을 수 없었다.

자라 씨는 고급스러워 보이는 술(아마 루드팅크 대장의 것)을 햄버그스테이크에 뿌렸다. 그러자 순간 불이 화르륵 솟아올랐다. 지체 없이 뚜껑을 닫았다.

시간이 좀 흐른 뒤 뚜껑을 열고 토마토소스를 넣은 뒤 간을 맞췄다.

이걸로 햄버그스테이크 완성.

퇴근 종이 울리고 루드팅크 대장이 밖으로 나왔다.

"벌써 다 됐어?"

"네에."

자라 씨는 자신 있다며 루드팅크 대장에게 내밀었다.

일을 끝내고 나온 모두에게 햄버그스테이크를 나눠주었다.

책상이나 의자는 없었다. 원정에 나갔을 때처럼 무릎 위에 올려놓고 먹었다.

손과 손을 마주잡고 신에게 기도를 드렸다. 좀 추워서 화덕의 불로 몸을 녹이며 먹었다.

햄버그스테이크를 칼로 갈랐다.

"와, 굉장해!"

칼로 자른 순간 육즙이 넘쳐흘렀다. 그리고 안에서 치즈가 주르륵 흘러나왔다.

한 입 크기로 잘라서 덥석. 아직 뜨거워서 후하 후하 입 속에서 식혔다.

식감은 쫀득쫀득. 씹으면 육즙이 주르륵~. 전체적으로 간은 좀 센 편이었지만 치즈가 순화시켜 주었다. 야채는 달콤하고 소

스의 감칠맛은 깊었다.

이렇게 맛있는 삼각우 요리가 있을 줄이야. 감동했다.

하나만으로도 배가 부를 것 같았는데 날름 2개나 먹어버렸다.

"이거 맛있어요!!"

우르가스는 굉장히 마음에 든 듯 눈을 반짝거리며 먹었다.

"……술 마시고 싶어."

루드팅크 대장이 중얼거렸다. 술은 햄버그스테이크 안에 있어요, 라고는 말할 수 없었다.

벨리 부대장이나 가르 씨도 만족한 듯했다. 다행이다, 다행이다.

"그렇다고 해도, 고기 완자 같은 요리를 구워서 먹는 건 처음이에요."

"나도 깜짝 놀랐어요."

우르가스와 감동을 서로 나누었다.

"지금까지 고기 완자의 육즙은 전부 수프로 흘려버린 것 같아요~."

"그건 그거대로 수프의 맛이 깊어지긴 하지만요."

하지만 이렇게 맛이 응축된 햄버그스테이크의 맛은 정말 멋졌다. 안에 있던 치즈도 예상 밖으로 맛있어서 이런 방법도 있구나 하고 감탄하고 말았다.

"다음에는 카레라이스를 먹어보고 싶어요."

"리스리스 위생병, 뭐예요? 그건?!"

"무슨 곡물에 알싸한 소스를 주르륵 뿌려 먹는다는데……."

"그게 맛있어요?"

"자라 씨의 이야길 들었을 때는 맛있을 것 같았는데요."

어쩌다보니 부족한 어휘력을 공개한 것 같은데.

뭐랄까, 요리는 심오하다고 생각했다. 아직까지도 모르는 조리법이나 요리가 많이 있었다.

햄버그스테이크는 무슨 일이 있어도 포레 엘프 마을에 사는 가족들도 먹어봤으면 좋겠다. 삼각우를 입수하려면 고생을 좀 하겠지만. 닭이나 토끼로도 그럭저럭 맛있게 만들 수 있겠지.

근황과 함께 편지에 레시피를 써서 보내야겠다.

번외편　준 우르가스의 기사대 분투기록

엔녹 제2부대의 원정밥

아침, 루드팅크 대장으로부터 새로운 대원을 맞이하러 가라는
명을 받았다.

들어보니 위생병이라고 했다. 드디어 왔다고, 깊은 안도감을
느꼈다.

지금까지의 날들을 떠올리며 눈을 가늘게 떴다. 힘들었던 기
억이 주마등처럼 되살아났다.

*

——지금부터 정확히 3개월 반 전, 루드팅크 대장은 마논 위
생병과 크게 싸웠다.

이르기스 마논은 제15원정부대에 있던 제1위생병. 왜 우수한
위생병이 우리 부대로 온 건지 수수께끼였는데 이유는 금방 판
명되었다.

마논 위생병은 30대 후반 정도의 아저씨였는데 은근히 무례
한 태도로 우리를 굉장히 얕보고 있었다. 떠올리는 것만으로도
진저리가 쳐졌다.

원정지에선 몇 시에 잠들어야 한다든가, 빵과 육포를 교대로
먹으라고 잔소리하는 건 애교로 느껴질 정도.

건강을 위해 음식을 50회 이상 씹으라든가 현지에서 찾은 나
무 열매는 먹지 말라든가, 행동 하나하나를 참견하는 게 어쨌든
귀찮았다.

루드팅크 대장은 잘 견디고 있었다. 상위직 자격을 갖고 마논

위생병에게 경의를 표했다.

하지만 어느 날 터지고 말았다.

원정 4일째 되던 날. 마물 퇴치로 녹초가 된 아침, 수염 깎는 걸 깜빡했다가 얼굴이 더럽다며 대장으로서 어울리지 않는다는 말을 듣고 만 것이다.

대장은 마논 위생병이 건넨 새 면도칼을 한 손에 들고 결국 발광하고 말았다.

이 사건을 계기로 수염을 깎지 않게 되었다. 얼굴이 무서워지고 늙게 보여서 수염은 없는 게 더 좋을 텐데, 아무도 말을 꺼낼 수 없었다.

그 이후 굉장한 말다툼이 일어났고 마논 위생병은 제2원정부대에서 다른 곳으로 전속되었다.

잘됐다며 기뻐했지만 뜻밖의 사태가 발생했다. 대장으로부터 위생병을 겸임하라는 명을 받은 것이다.

대장은 인사부와도 크게 싸워 마논 위생병을 대신할 인재는 당분간 배속되지 않을 거라고 했다. 인사부와의 싸움의 원인은 마논 위생병에게 있는 듯했다. 있지도 않은 일을 부풀려 말했다고. 심한 일도 있었던 모양.

하지만 뭐, 어른답지 않게 싸운 대장에게도 잘못은 있지만.

원래 주위 사람들이 좋게 생각하지 않았다.

대귀족으로 태어나 갑자기 대장격으로 발탁. 연공서열의 기사대로부터 커다란 반감을 사고 있었다. 그 일을 루드팅크 대장도 잘 알고 있었기 때문에 행동을 조심하는 편이었지만 오랫동안 쌓인 울분이 마논 위생병의 한 마디에 폭발하고 만 거겠지.

그건 그렇다 치고.

위생병 강의에 나가보라는 말에 시험을 쳤는데 한 방에 합격. 점수는 아슬아슬했지만. 멋지게 제3위생사 자격을 취득했다.

그 이후 눈이 핑핑 돌 정도로 바쁜 나날들이 이어졌다.

원정 임무가 들어오면 자신의 짐에다 치료도구나 군량 준비 등을 하느라 눈코 뜰 새가 없었다. 서둘러 식량 창고로 전투식량을 가지러 갔는데 안이 텅 비어 있었다.

며칠 전까지 있었을 텐데, 어째서?

루드팅크 대장에게 물었더니 며칠 전에 마논 위생병이 개인 물품을 가지러 왔었다고 했다. 그때 식량 창고에 있는 것도 처분한 것 같다고.

마논 위생병은 직접 만든 전투식량을 준비했었다. 건강에 좋은 빵을 굽고(※굉장히 시큼하다) 건강을 위해 저염식의 육포(※굉장히 단단하다)를 부지런히 만들었다.

병참부로 전투식량을 받으러 가보라는 말에 서둘러 달려갔다.

제2원정부대 건물에서 뛰어서 5분 정도 거리에 병참부가 있었다.

병참부라는 곳은 기사대의 무기, 옷, 전투식량 등 부대에서 소비되는 물건을 관리하는 부대였다.

이번 원정지령서를 갖고 가 며칠 분량의 전투식량을 지급해달라고 했더니 고개를 가로 저으며 거절했다.

제2원정부대는 전투식량을 예산으로 배분하고 있기 때문에 현물지급은 어렵다고.

왜 그렇게 된 건지 머리를 감싸 쥐었지만, 그러다 어떤 사실이 떠올랐다.

마논 위생병이 전투식량은 직접 만드는 편이 싸고, 영양가가 높고 맛있는 걸 먹을 수 있다고 말했던 것이.

직접 만든 전투식량에 그런 비밀이 있는 줄은 몰랐다. 그렇다면 식량 창고 속 빵이나 육포는 처분하지 말지.

보고하러 갔더니 마을에서 적당히 빵과 육포를 사오라며 루드 팅크 대장이 돈을 내주었다.

그때의 원정은 정말 최악이었다.

마을에서 산 빵은 금방 곰팡이가 폈고 육포는 맛이 변해있었다.

듣자하니 평범한 빵이나 육포(※안주용으로 반쯤 말린 것이었다)는 보존용으로 만들지 않았기 때문에 며칠 이상 들고 다니기에는 어울리지 않는다고 했다. 그래서 결국 루드팅크 대장이 현지에서 사냥한 고기를 먹으면서 굶주림을 견뎠다. 뭐, 들새는 죽을 만큼 맛이 없었지만.

귀환 후, 루드팅크 대장은 병참부와 담판을 지으러 갔다. 전투식량을 현물로 지급해달라고.

하지만 대답은 부정적이었다. 이미 예산을 배분했기 때문에 갑자기 변경할 순 없다고.

그런 이유로 보존식을 만들라는 명을 받은 나. 어째서 이렇게 된 거지?

일단 도서관에서 보존식에 대해 조사하고 나름대로 만들어
봤다.

빵은 얇게 썰어서 건조시키고 육포는 굽고 쪄서 말렸다. 그게
믿을 수 없을 만큼 맛이 없어서 처음에는 데굴데굴 굴렸다.

하지만 사람은 맛없는 음식에도 적응하게 되는 법.

불평하지 않았던 벨리 부대장과 가르 씨에게는 감사를 해야
했다.

루드팅크 대장은 '맛없어, 맛없어'라고 말하면서 먹어주었다.
너무 고마워서 눈물이 났다.

이런 느낌으로 위생병을 겸임하는 바쁜 매일을 보내고 있
었다.

그런 눈물의 나날이 끝나고, 드디어, 드디어~ 새로운 위생병
의 배속이 결정된 것이다.

*

자존심이 높은 제1위생병은 거절했을 거라고 생각했다.

소문으로는, 마논 위생병은 예전 부대에서도 잘난 척을 하고
다니다 대장으로부터 반감을 사 제2원정부대로 보내졌다고
한다. 과연 새로운 부대에선 잘 지내고 있을까? 아마도 무리일
것 같았다.

우리 부대는 원정 부대의 좌천지라는 말을 듣고 있었다.

벨리 부대장은 원래 왕녀의 친위대였다. 하지만 왕녀가 다른

나라로 시집을 가서 친위대는 해산되고 말았다. 실력이 있었지만 여성이라는 이유로 승격이 인정되지 못하고 힘들고 엄격한 원정부대로 보내졌다는 경위가 있었다.

참고로 소꿉친구인 식당의 간판 아가씨(?) 아트 씨도 벨리 부대장과 같은 부대였다고 한다. 이 사람은 친위대 해산을 계기로 퇴직했다고.

가르 씨는 과묵한 탓에 대장의 반감을 사고 말아 제2원정부대로 배속되었다.

난 왕족 근위대에 있었지만 평범한 가문 출신인 게 발각되어 제2원정부대로 이동되었다.

근위대는 가문도 중요시했으니까. 딱히 숨긴 건 아니었는데 갑자기 그런 말을 듣고 당황했다. 바보 같은 결정이야.

하지만 개인적으로는 규율 등이 엄격한 근위부대보단 자유로운 제2원정부대가 마음에 들었다.

루드팅크 대장은 입은 거칠지만 실력은 있었고 존경도 하고 있었다.

벨리 부대장은 왠지 누님! 같은 느낌이라 의지가 됐다.

가르 씨는 무뚝뚝하지만 상냥했다.

마논 위생병이 분위기를 나쁘게 만들었을 뿐, 나머지 사람들은 잘 지내고 있었다.

루드팅크 대장이 이끄는 제2원정부대가 생긴 지 1년 반 정도.

지금까지 위생병만 뜻이 맞지 않았던 것 같다.

애초에 위생병 중엔 지식인이 많았다. '우리와는 마음이 안 맞을 거야'라고 말하며 벨리 부대장은 체념하는 자세를 취했다.

부디 새로운 위생병은 좋은 사람이기를. 속으로 빌면서 인사부로 향했다.

접수처에서 제2원정부대에 배속된 위생병을 데리러 왔다고 했더니 별실로 안내되었다.

별실까지 걸어가는 동안 심장이 몹시 두근거렸다. 굉장히 긴장이 됐다.

들어올 위생병에 따라 우리의 원정이 어떻게 될지 좌우될 테니까.

부탁이니까 비뚤어진 사람이 아니기를 이라는 소원을 몇 번이나 마음속으로 되풀이했다.

문을 두드리고 안으로 들어갔다.

긴 의자와 테이블뿐인 살풍경한 방에 새로운 위생병은 혼자 앉아 있었다.

그 모습을 보고 나도 모르게 '응?!'이라고 놀라서 소리를 높였다.

무슨 실수인 줄 알았다.

왜냐하면 거기에는 15살이나 16살 정도의 여자아이가 앉아 있었으니까. 들어온 내 얼굴을 멍한 표정으로 올려다보고 있었다. 입구에 멍하니 서 있었더니 인사부 사람이 소개를 해주었다.

그녀는 신입 위생병인 멜 리스리스라고.

성적이 우수해서 제3위생병 시험에서는 수석이었다고 한다.

그런 우수한 사람이 왜 제2원정부대로?

불안이 뇌리를 스쳤다. 하지만 그 다음 한 마디를 듣고 안도하게 되었다.

그녀—리스리스 위생병은 실기인 치료도 우수. 하지만 호신술이나 짐을 옮기는 등 체력 면에서 신입 위생병들 중에서 최하위였다고.

일단 흥분하고 문제를 일으켜서 배속된 건 아니라는 사실에 안심했다.

어색한 느낌으로 자기소개를 하고 제2원정부대 건물로 안내하게 되었다.

아직 긴장한 상태로 복도를 걷고 있었다. 남자투성이인 기사대에서 10대의 여자아이와 이야기할 기회는 좀처럼 없었다. 어떤 화제를 꺼내야 좋을지 전혀 알 수가 없었다.

뭐랄까, 리스리스 위생병의 키는 작았고 피부는 놀랄 정도로 새하얗고 눈은 둥글둥글했다. 그냥 귀여운 여자아이. 결혼적령기일 텐데 어째서 기사대에 입대 같은 걸 했을까? 고민하다보니 그녀가 포레 엘프라는 걸 알아차렸다.

혹시 회복마법을 쓸 수 있을까? 무심코 질문을 던졌더니 '못해요'라고 낮은 목소리로 대답했다. 아무래도 모든 포레 엘프가 마법을 쓸 수 있는 건 아닌 듯했다. 예의없는 질문을 해버리고 말았네.

그 이후 한 마디도 하지 않은 채 제2원정부대 건물로 돌아왔다.

루드팅크 대장, 벨리 부대장, 가르 씨는 리스리스 위생병을 보고 놀란 듯했다.

그것도 어쩔 수 없는 일이겠지.

기사가 되는 여성들은 대부분 벨리 부대장 같은 기사 가문이라던가, 아주 체격이 좋은 사람들이었고 리스리스 위생병 같은 평범한 여자아이는 없었기 때문이다.

이유는 묻지 못했다. 이유가 있겠지. 조금 더 마음을 터놓게 되면 물어보고 싶었다.

얌전한 성격인 줄 알았는데 낯을 가리고 있는 것뿐이었던 모양이다.

내가 한 살 연하라는 걸 알고는 누나처럼 계속 말을 걸어주게 되었다.

그 모습을 보면 저절로 흐뭇해졌다.

원정임무는 괜찮을지 걱정했지만 힘든 이동에도 잘 따라왔고.

게다가 현지에서 맛있는 요리를 만들어줬다.

치료도 불평 없이 해주고 약초 지식은 굉장할 정도.

리스리스 위생병은 멋진 위생병이었다.

루드팅크 대장은 평범한 여자아이로밖에 보이지 않는 리스리스 위생병을 어떤 식으로 대해야 좋을지 알 수 없는 듯했다. 거칠게만 다루지 않았으면 좋겠는데.

벨리 부대장은 자주 웃게 되었다. 지금까지 제2원정부대엔 여성이 본인뿐이라 마음을 터놓을 상대가 없었던 걸지도 모르겠다. 좋은 변화였다.

가르 씨는 몸을 덮고 있는 털이 가지런해졌다. 리스리스 위생병으로부터 받은 약초 연고로 관리를 하고 있는 것 같았다.

그렇게 제2원정부대에도 큰 변화가 찾아왔다. 앞으로도 열심히 해줬으면 좋겠다고.

진심으로 그렇게 생각했다.

번외편　불가사의한 수인 가르씨

에녹 제2납부대의 원정밥의

가르 씨는 수수께끼의 인물이었다. 난 전부터 생각한 질문을 본인에게 던져보았다.

정말 미안한 사실이지만 '늑대 수인—특히 빨간 털의 개체와 조우하면 운이 다한다'라는 전설이 우리 마을에 있었다.

그래서 첫 대면 때 가르 씨의 얼굴을 본 순간 오싹하고 닭살이 돋았다.

분명 난폭하고 거만하고 제멋대로인 녀석일 거라고 생각했는데 실제로는 전혀 그렇지 않았다.

상냥하고 온화한 청년이었다.

대체 어째서 늑대 수인의 기질과는 동떨어지게 자란 걸까?

여기서 의외의 사실이 드러난다.

가르 씨는 늑대 수인으로 자란 게 아니라 왕도에 사는 부부에게 어릴 때 맡겨져 구김살 없이 무럭무럭 자랐다는 것.

"여, 역시나. 그랬던 거군요."

가르 씨 왈, 통상의 늑대 수인은 굉장히 엄격한 환경 속에서 자란다고 한다.

사람이 살지 못하는 습지나 물도 말라버린 사막지대 등, 그런 환경에서 살기 때문에 아무래도 기질이 거칠어지고 만다고.

그 중에서도 붉은 털의 늑대 수인은 화산지대에 사는 종족이라고 했다. 과혹한 환경 속에서 살아가는 와중에 먹을 거라고 한다면 살아 있는 온갖 것. 그 중에 사람도 포함되어 있었다.

그런 붉은 털의 늑대 수인은 멀리 떨어진 이국에 살고 있고 이 나라에는 없었다.

그럼 왜 가르 씨는 여기 있는 걸까.

최근 드러난 사실이지만 가르 씨는 노예상의 손에 이끌려 여기로 온 것이었다.

25년 전—귀족들 사이에서 특이한 종족간의 노예 거래가 대유행했다. 그런 행위에 중지를 요구한 게 지금은 돌아가신 선왕.

노예시장이 됐던 저택은 기사들에게 포위되어 관계자들이 몽땅 구속되었다. 각국에서 끌려온 사람들도 각자의 나라로 귀환되었다.

하지만 국교가 없는 지방에서 끌려온 가르 씨만이 갈 곳이 없었다.

그때 당시 노예 구출임무를 맡았던 기사가 양자로 삼고 싶다고 자원한 것이다.

"가르 씨를 구해준 아버님이 기사님이었군요."

눈을 가늘게 뜨면서 고개를 끄덕이는 가르 씨.

아버님은 과묵하며 뒷모습으로 말하는 분이고 어머님은 상냥하고 온화한 분인 듯했다.

가르 씨는 부모님의 기질을 물려받은 효성이 깊은 청년이었다.

이 이야기를 듣고 가르 씨에 대한 존경치가 지금까지 이상으로 껑충 뛰었다.

동시에 나도 가족을 소중히 아껴야겠다고 생각하게 되었다.

휴일.

가르 씨를 본받아 가족에게 뭔가 맛있는 것을 보내려고 시장으로 향했다.

그런데 그곳에서 놀라운 광경을 보게 되었다.

가르 씨가 밤색 머리칼의 미녀와 걷고 있었다. 게다가 여성은 가르 씨의 팔짱을 끼고 걷고 있었다. 설마 여자친구?!

좀, 아니, 꽤나 신경이 쓰였다.

이대로 미행하는 것도 미안해서 말을 걸어보았다.

"가르 씨~."

어느 정도 거리가 있었지만 귀가 좋은 가르 씨는 내 목소리를 바로 알아차렸고 손을 들고 반응해줬다.

뛰어서 쫓아가자 일행인 미인 여성이 힐끗 곁눈질로 쏘아보았다. 데이트를 방해해서 미안해요. 잠깐 이야기만 하고 돌아할 거라고 마음속으로 사과했다.

"저기, 전 가르 경의 동료인 멜 리스리스라고 합니다."

동료라는 걸 제대로 주장해두었다.

가르 씨는 여성을 소개해주었다. 프레데리카 노르. 이종사촌 동생이라고 했다. 여자 친구가 아니었구나.

듣자하니 밤에 열리는 연회에 참가하기 위해 왕도로 왔다고.

아직 결혼상대가 정해지지 않았는데 사교모임에도 나가지 않고 가르 씨가 가는 곳에 따라 갈 거라고 말을 듣지 않는 모양이었다. 드물게도, 곤란한 듯한 말투로 이야기를 해주었다.

그건 그 프레데리카 씨가 가르 씨를 좋아해서 그런 거 아닌가요? 라는 말이 떠올랐지만 본인을 앞에 둔 상태에선 말을 할 수 없었다.

방해꾼은 이만 물러날 때라고 생각하고 있는데 프레데리카 씨가 어깨를 꽉 붙잡았다.

"리스리스 씨, 괜찮으면 나랑 차 한 잔 안 할래요?"

"네?!"

가르 씨는 빼고. 처음 만난 아가씨와 차를 마시다니……. 낯가림이 있는 난 살짝 주춤했다. 하지만 문답무용으로 끌려가게 되었다. 가르 씨와는 여기서 헤어졌다. 워, 원통해.

*

프레데리카 씨가 날 연행……이 아니라 데리고 간 곳은 흰 벽으로 둘러싸인 분위기 있는 멋진 커피숍. 가게 안은 차분한 분위기로, 버터 굽는 좋은 냄새가 감돌았다.

"자, 원하는 걸로 먹어요."

"아, 감사합니다."

이런 고급 커피숍은 두 번 다시 올 일이 없겠지. 그래서 사양 않고 고르기로 했다.

"으~~음."

이 '와플'이라는 구운 과자가 굉장히 신경 쓰였다. 게다가 종류도 풍부했다.

초콜릿에 딸기, 캐러멜넛, 메이플 시럽. 전부 다 맛있어 보였다.

한참 고민한 끝에 캐러멜넛 와플로 정했다. 음료는 약초차.

와플은 하나하나 가게에서 반죽부터 직접 만들기 때문에 제공까지 30분 정도 걸린다는 이야기를 들었다.

난 기다리겠다고 기운 좋게 대답했다.

주문이 끝나자 프레데리카 씨가 말을 꺼냈다.

"본론으로 들어가도 될까요?"

"아, 네."

그래. 지금부터 신문이 시작되는 것이다. 대체 뭘 물어보고 싶은 걸까.

와플 값만큼은 이야기해야지.

"당신, 가르의 연인이에요?"

"아뇨, 아닙니다."

"정말?"

"네. 와플에게 맹세코."

"네?"

"아, 신에게 맹세코, 아니라고 말할 수 있어요."

"그, 그렇군요."

굳어졌던 얼굴이 풀렸다. 아무래도 연적인 줄 알았던 것 같다. 그래서 그렇게 노려봤던 건가?

"기사로서 사람으로서 가르 경을 존경하고 있지만요."

"다행이다……."

가슴에 손을 얹고 안심하는 모습을 보여주었다.

그건 그렇고 가르 씨를 이렇게 열렬히 사랑해주는 여성이 있을 줄이야.

"저기, 미안해요. 억지로 이런 곳까지 끌고 와서."

"아뇨, 괜찮습니다."

가격은 그렇게까지 비싸지 않지만 이런 격식 높은 커피숍에 혼자 들어올 용기 따윈 없었다. 데리고 와줘서 감사하고 있었다.

"하지만 가르를 좋아하는 거 아닌지 의심이 돼서……."

"그렇게 생각하는 것도 어쩔 수 없는 일이죠. 가르 경은 멋진 분이니까요."

"당신도 그렇게 생각해요? 잠깐, 혹시 당신도──?!"

"아뇨, 아뇨, 당치도 않습니다. 연애감정은 없어요!"

"그, 그래요? 또 나는……."

"자, 사양 말고 말씀해보세요."

나의 머릿속은 와플로 가득 차 있었다. 정말 걱정 안 했으면 좋겠는데.

"실은 내가 이모님께 가르와 결혼하면 안 되냐고 말씀을 드려 봤는데──."

"오오……."

완벽히 돌직구를 던지는 아가씨 아닌가. 그 용기가 부러워졌다.

"그래서 이모님께서 뭐라고?"

"가르가 원한다면 가능하다고."

"오오……."

가르 씨의 아버님은 백작가 출신이었지만 셋째 아들이었기 때문에 작위는 승계하지 않았다. 반면 프레데리카 씨는 자작가 아가씨였다. 가문으로 봐서는 어울리지 않지만 프레데리카 씨는 다섯째 딸.

"우리 집안은 별로 유복한 편이 아니기 때문에 결혼상대에 대한 조건이 별로 까다롭진 않아요——."

부잣집으로 시집을 가는 것도 바라지 않는다고 했다.

"그건 어째서인가요?"

재력이 있는 자와 결혼을 하고 싶어 하는 귀족의 이야기는 많이 들어봤는데.

"좋은 집안에 시집을 가려면 돈도 필요하거든요."

드레스, 액세서리, 가구, 말, 고용인 등 시집갈 때 여러 가지를 챙겨 가야 했고, 2류품, 3류품을 긁어모아 가면 바보 취급을 받는다고 했다.

"큰언니의 결혼으로 아버님께서 굉장히 고생하셨죠."

"그, 그러셨군요."

그래서 프레데리카 씨에겐 좋아하는 사람과 결혼하라고, 가능하면 돈이 들지 않는 사람과 하라고 말씀하셨다고 한다.

"사교계 데뷔는 2년 전, 16살 때 했어요."

이모님이 사는 가르 씨의 집에서 신세를 지게 됐을 때 운명적인 만남을 경험한다.

"하인도 데리고 오지 않은 나는 왕도로 한 걸음 발을 들여놓는 순간 짐을 도난당했어요."

잠깐 가방을 땅에 놔두고 휴우 하고 한숨 돌리던 그 순간 가방을 도둑맞았다고 한다.

"하지만 바로 가방은 되찾았어요."

펄럭펄럭 나부끼는 기사의 외투.

불쑥 튀어나온 귀에 늠름한 체구, 새빨간 꼬리— 가르 씨가 도둑을 삽시간에 구속한 것이다.

순찰 기사도 다가와서 눈 깜짝할 사이에 범인은 체포되었다.

"가방을 내미는 가르 씨가 왕자님으로 보였어요. 순식간에 좋아하게 됐죠."

"그러면 반하게 되죠."

"그렇죠?"

그런 이유로 그때부터 프레데리카 씨의 사랑이 시작되었고 좋아하는 마음을 2년이나 품고 있었던 것이다.

"하지만 매일 좋아한다고 말했는데도 좀처럼 응해주지 않아서."

"그거야— 가르 경의 마음도 모르는 건 아닌데."

"어째서죠?"

"인간과 수인이 결혼하는 일은 별로 없고, 신분차이도……."

덧붙여서 가르 씨는 양자였다. 청혼할 입장이 아니라고 생각하고 있는지도 모른다.

"난 어떻게 하면 좋을까요?"

"으~~음."

어려운 문제였다. 해결책은——.

"이제 프레데리카 씨가, 괜찮으니까 장가오라고 명령하는 수밖에."

"그런 게 용납될까요?"

"괜찮을 거예요. 가르 씨가 프레데리카 씨를 좋아하는 게 전제가 되어야겠지만."

프레데리카 씨는 어떻게 할지 생각에 빠지고 말았다.

그때 종업원이 다가왔다.

"오래 기다리셨습니다. 캐러멜넛 와플과 약초차를 주문하신 손님."

"저예요!"

기운 좋게 대답했다. 눈앞에 갓 구운 따끈따끈한 와플이 놓였다.

"오오⋯⋯!"

프레데리카 씨는 홍차밖에 주문하지 않았다. 한 입 먹겠냐고 물어봤다니 가슴이 벅차다고 말했다. 그렇다면 혼자 즐길 수밖에 없지.

바로 먹기로 했다.

와플이라는 건 그물코 모양의 평평한 파이? 같은 거였다. 캐러멜 소스가 듬뿍 뿌려져 있었고 그 위에 으깨진 견과류가 뿌려져있었다.

칼로 자르자 바삭 하는 소리가 났다. 한 입 크기로 잘라 소스와 견과류를 올려 입 안 가득 넣었다.

표면은 바삭바삭, 안쪽은 쫀득쫀득 밀도가 높은 반죽이었다.

와플 자체는 그렇게까지 달지 않지만 캐러멜 소스가 섞여서 풍미가 더해졌다. 거기에 견과류의 고소함이 더해져 깊은 맛이 났다.

이 달콤한 와플과 씁쓸한 약초차가 아주 잘 어울렸다. 교대로 먹고 마시며 눈 깜짝할 사이에 다 먹어치우고 말았다.

와플은 근사하고 맛있는 과자였다.

만족스럽게 입을 닦았다.

프레데리카 씨는 아직 고민하고 있는 듯했다.

슬슬 돌아가자는 말을 건네고 가게를 나섰다.

"요금은 이미 계산하셨습니다."

"네? 전 아직 아무것도——."

"늑대 기사님께서 오셔서 지불하셨습니다."

가르 씨~~! 아무렇지도 않게 그런 멋진 행동을?

게다가 가르 씨는 밖에서 우리를 기다리고 있었다.

프레데리카 씨는 이 가게 단골이니 분명 여기 있을 거라고, 데리러 온 것 같았다.

"가르……."

달달한 느낌으로 서로를 바라보는 두 사람. 난 이대로 돌아가는 편이 좋으려나? 하지만 얻어먹었으니 감사 인사라도 한 마디 하고 싶었다. 하지만 타이밍이.

지금 얼른 말하고 돌아갈까? 아니면 조금 더 기다릴까?

우물쭈물하고 있는 사이에 프레데리카 씨가 한 발 앞으로 나아갔다.

"——가르, 부탁이 있어요."

서, 설마?

완벽하게 돌아갈 타이밍을 놓치고 말았다.

"나, 나랑 결혼해요!"

부탁이라면서 프레데리카 씨의 입에서 나온 건 명령이었다.

멍하니 서 있는 가르 씨. 그 마음을 충분히 이해했다.

하지만 바로 가르 씨는 고개를 가로 저었다. 사교계에 멋진 사람이 잔뜩 있을 거라고.

"그렇지 않아요."

"그, 그래요!"

미흡하나마 나도 가세했다. 의미는 없을지도 모르지만.

"가르 씨, 자신감을 가지세요. 가르 씨는 남성으로서 굉장히 매력적이고 프레데리카 씨와도 정말 잘 어울려요."

프레데리카 씨와 가르 씨는 깜짝 놀란 표정으로 날 바라보았다.

문득 여기서 제정신이 들었다. ……대체 무슨 짓을 한 거지? 남의 결혼에 참견을 하다니.

"어, 어쨌든 프레데리카 씨가 싫지 않다면 저버리지 마세요. 정말 싫다면 여기서 확실하게 말하는 게 좋다고 생각해요."

가르 씨를 궁지에 몰아넣는 것도 좋지 않았다. 그래서 난 도망칠 곳을 마련해주었다.

하지만 가르 씨는 분명 프레데리카 씨를 좋아하고 있었다. 왜냐하면 둘이서 걷고 있을 때 굉장히 부드러운 눈을 하고 있었으니까.

이 순간, 지금이 돌아갈 타이밍이라고 판단했다.

"가르 씨, 와플 잘 먹었습니다. 오늘은 이만 가볼게요!"

난 서둘러 그 자리를 벗어났다.

그리고 기숙사로 돌아온 다음 깨닫고 말았다. 가족들에게 줄 선물을 사기 위해 외출했다가 빈손으로 돌아왔다는 것을. 결국 와플을 먹고 가르 씨와 프레데리카 씨의 문제에 필요 이상으로 관여만 하고 온 거다. 대체 무슨 짓을 한 거야.

하지만 와플은 정말 맛있었다. 또 누군가와 함께 먹으러 가고 싶었다.

*

다음날, 가르 씨가 날 휴게실로 불렀다.

무슨 일인가 했는데 어제의 일에 대해 몰래 가르쳐주었다.

"네? 정말이에요?!"

가르 씨가 프레데리카 씨와 약혼을 하기로 했다고. 정말 멋진 일 아닌가.

결혼은 미정이지만 일단 이야기는 정리가 된 것 같았다.

"축하해요. 정말!"

가르 씨는 고개 숙여 인사했다. 나의 말에 용기를 얻었다고.

"그렇지 않아요~ 결심을 한 건 가르 씨니까요~."

정말 기뻤다.

두 사람이 행복하길 빌었다.

──헉!

여기서 어떤 사실을 깨달았다.

포레 엘프의 마을에서는 데려갈 사람이 없었던 나도 이 자유로운 왕도에서라면 아내로 맞아줄 수완가가 나타날지도 모른다고.

좋아하는 사람이 생겼을 때 프레데리카 씨처럼 적극적으로 다가가면 결혼할 수 있을지도 몰라.

"그때는 가르 씨도 응원해주세요!"

그런 무리한 요구에도 가르 씨는 상냥하게 미소 지으며 고개를 끄덕여주었다.

후기

처음 뵙겠습니다, 에모토 마시메사라고 합니다.

이번에는 '에녹 제2부대의 원정 밥'을 구입해주셔서 정말 감사합니다.

전 평소 여성향 작품을 메인으로 쓰고 있지만 이번 GC노벨즈에서는 남성향 레이블로 작품을 집필하게 되어 정말 괜찮을지 설레는 마음으로 작업에 임했습니다.

같은 레이블에서 발매된 '타나카~연령 이퀄 여친 없는 역사인 마법사'나 '전생했더니 슬라임이었던 건에 대하여'를 애독하고 있었기 때문에 오퍼를 받았을 때는 정말 기뻤습니다.

이 이야기를 쓰기 시작한 계기는 엘프 여자아이를 주인공으로 모험 판타지를 써보고 싶다는 생각에서였습니다.

18세의 엘프 멜이 최선을 다해 노력하는 모습을 즐겨주신다면 기쁠 것 같습니다.

현재, 라이트노벨 업계에서는 요리를 테마로 한 작품이 굉장히 유행을 하고 있고 에녹~도 그 흐름을 타고 출판하게 되었습니다.

이세계에서 온 주인공이 맛있는 식사로 이세계인들을 감동의 소용돌이에, 라는 게 약속된 패턴이지만 이번 작품 속 주인공, 멜의 요리는 '그럭저럭 맛있는'정도의 레벨입니다.

야외에서 요리를 하면 재료나 소재가 한정될 수밖에 없습니다. 맛있는 요리를 만드는 데에는 노력과 정성과 시간이 드는 법.

하지만 밖에서 먹는 요리는 맛있죠. 이번 작품은 그런 이야기입니다.

여기서 캐릭터에 대해 잠깐 써두겠습니다.

주인공 멜은 전형적인 엘프상에서 굳이 벗어난 캐릭터로 그려보았습니다.

미남미녀 엘프의 마을에서는 희미한 존재에다 약혼까지 파기된 가엾은 아이지만, 그렇다면 왕도에서 돈을 벌어보겠다고 다짐하는, 잠재력이 높은 아이로 그려보았습니다.

루드팅크 대장은 귀족 청년이지만 산적 같은 비주얼의 특이한 캐릭터로. 귀족×산적이 혼합된 위험적인 설정입니다.

부대장인 벨리는 보이시한 겉모습이지만 속은 천생 아가씨. 제 취향입니다.

가르는 말이 없는 수인. 작품 속에서 한 마디도 하지 않는 게 포인트입니다.

우르가스는 밝은 소년 같은 아이입니다.

자라는 이렇게, 친절한 언니 같은……. 사실은 오빠지만요.

대원들도 주인공 못지않게 특징이 있는 사람들이 모여 있습니다.

이번 서적판을 위해 100페이지 정도 새로 쓰게 되었습니다.

이야기를 처음 들었을 때는 '진심인가……'하고 의문이 들었지만 진심이었던 던 모양입니다.

정말 엄청 노력했습니다.

새로운 부분은 원정을 메인으로 다양한 이야기를 써보았습니다.

편집자님께는 전투 장면 등에 대한 조언을 받았고, 이렇게 쓰면 되는구나~하고 공부도 됐습니다.

그 이후 그 조언을 활용해서 web판을 썼을 때 독자님으로부터 처음으로 '전투 장면이 좋았어요'라는 칭찬을 받았고 정말 기뻤습니다.

편집자님, 그때는 정말 감사했습니다.

그리고, 그리고 이번엔 아카이 테라 선생님께서 매력 넘치는 훌륭한 일러스트를 그려주셨습니다.

주인공인 멜은 소박한 엘프라는 설정이었는데 이미지에 딱 맞는 귀여운 소녀를 그려주셨습니다. 가방이 너무 멋져서 실제로 팔았으면 좋겠다고 생각했습니다.

루드팅크 대장은 산적 같은 느낌이 넘쳐흘러 굉장히 멋졌습니다. 수염을 깎은 후의 모습도 멋있었어요.

벨리 부대장은 보이시하게 완성해주셨습니다. 허벅지도 멋졌어요!

가르는 정말 복슬복슬하게. 그리기 어려운 캐릭터일 것 같았는데 이것도 상상 이상으로 멋지게 완성해주셨습니다.

우르가스는 이마를 전부 드러낸 게 귀여웠습니다. 정말 마음에 들어요.

자라는 꽃미남 미인이라는, 이것 또한 상상을 훨씬 뛰어넘는 훌륭한 디자인으로 완성해주셨습니다. 입가의 점을 붙일지 말지 편집자님과 의논했었는데 붙이길 잘한 것 같아요. 정말 멋졌습니다!

다시 한 번 아카이 선생님, 정말 감사했습니다.

2권이 나온다면 조마조마한 대사건이나 새로운 대원, 새로운 환수, 새로운 모험을 전해드리고 싶습니다.

부디 앞으로도 계속 잘 부탁드리겠습니다.

출판까지 협력해주신 관계자 여러분께도 감사를 드립니다. 덕분에 멋진 책이 완성되었습니다.

마지막으로 다시 여러분을 만날 수 있는 날이 있기를 빌며 앞으로도 집필활동에 부지런히 힘쓰겠습니다.

읽어주셔서 정말 감사합니다.

보너스　멜과 우르가스의 원정 쿠킹

에녹 제2부대의 원정 밥

"안녕하세요, 위생병 멜입니다. 이쪽은 조수 우르가스입니다."

"안녕하세요, 준 우르가스입니다. 준이 이름이에요."

"우르가스는 성이군요."

"그렇습니다."

"그런 우르가스의 개인적인 사정은 차치하고, 오늘은 원정지에서도 맛있게 먹을 수 있는 닭고기 햄을 만들어 보겠습니다."

"흐음, 리스리스 위생병, 닭고기로도 햄을 만들 수 있군요!"

"그렇습니다. 닭가슴살은 돼지고기보다 담백하고 피로회복이나 소화촉진기능 등도 있어 몸에도 좋은 햄을 만들 수 있습니다. 재료는 여기!"

- 닭가슴살
- 소금
- 후추
- 설탕

"이상입니다."

"간단한 재료로 만들 수 있다는 게 좋네요."

"네. 그럼 바로 조리를 시작해보겠습니다. 비닐봉지에 닭고기와 재료를 넣고 잘 주물러주세요."

"죄송합니다만 리스리스 위생병. '비닐봉지'가 뭔가요?"

"모르는 사람은 청결한 가죽 주머니에 넣어 만들어주세요."

"?"

"정신을 가다듬고, 주물러진 닭고기는 하루 정도 냉장고에서 재워주세요."

"죄송합니다만 리스리스 위생병, '냉장고'라는 건?"

"모르는 사람은 냉동고 같은 곳에서 재워주세요."

"??"

"재워둔 닭고기를 랩으로 말아줍니다. 닭껍질 부분을 밑으로 오게 한 다음 빙글빙글 말아서 양쪽 끝을 꽉 묶어줍니다. 랩이 자택에 없는 분은 무명천을 대용으로 사용해주세요. 펄펄 끓여서 소독하는 걸 잊지 마시길."

"네. '랩'을 모르는 분들에게도 알기 쉬운 설명, 감사합니다."

"아뇨, 아뇨. 마지막으로 찜기에서 찌면 완성입니다! 바로 맛을 볼까요? ······우르가스, 어때요?"

"촉촉하고 닭고기의 맛이 농축되어 있어서 맛있네요!"

"네, 다행입니다. 참고로 이 닭고기 햄은 상온에서 보관할 수 없기 때문에 냉장고에 넣어두고 최대한 빨리 드세요!"

"리스리스 위생병, 그 닭고기 햄, 상온 보관이 무리라면, 원정에는 못 갖고 가잖아요~~(키득키득)."

Enoku Dai Ni Butai No Ensei Gohan Vol.1
© 2017 by Mashimesa Emoto
First published in Japan in 2017 by Mashimesa Emoto.
Korean translation rights reserved by Somy Media, Inc.
Under the license from Micro Magazine Co., Ltd., Tokyo JAPAN

에녹 제2부대의 원정 밥 1

2019년 1월 7일 1판 1쇄 인쇄
2019년 1월 14일 1판 1쇄 발행

저   자 에모토 마시메사
일 러 스 트 아카이 테라
옮 긴 이 심희정
발 행 인 유재옥
본 부 장 조병권
담당편집자 정영길
편   집 김다솜 김민지 김혜주 이문영 이성호 이용훈 정영길 조찬희
미   술 강혜린 박은정
라이츠담당 박선희 오유진
디 지 털 최민성 박지혜
발 행 처 ㈜소미미디어
제 작 처 코리아피앤피
등   록 제2015-000008호
주   소 서울시 마포구 토정로222, 403호(신수동, 한국출판콘텐츠센터)
판   매 ㈜소미미디어
마 케 팅 한민지 한주원
전   화 편집부 (070)4164-3962, 3963 기획실 (02)567-3388
　　　　　판매 및 마케팅 (070)4165-6888, Fax (02)322-7665

ISBN 979-11-6389-111-6 04830
　　　 979-11-6389-110-9 (세트)

헌 드 레 드

전 세 계 무 예 대 회 《하》

HUNDRED : World Martial Tournament

[hΛ'ndrəd]

8

미사키 준 지음 / 구자용 옮김
오쿠마 네코스케 일러스트

교황, 무예 대회 참전!!

"이 《전 세계 무예 대회》는 진짜 힘든 싸움이 될 것 같아요……."
라시아 연방의 《슬레이어》 게르트의 집요한 공격으로 부득이하게 리타이어된 토우카.
강력한 리틀가든을 노리는 각국의 정예들이 우승을 목표로 공격을 가한다!
한편 뒤에서는 대회를 방해하는 테러리스트의 존재가 드러나게 되고.
점차 불온한 분위기가 감돌기 시작했다.
그러는 도중에…… "슬슬 제가 나갈 때 이려나요?"
신성교회의 교황 세리비아 자신의 참전을 표명! 다양한 생각과 음모가 소용돌이치는 가운데
과연 하야토를 포함해 리틀가든의 멤버들은 승리할 수 있을 것인가?
《전 세계 무예 대회》 후반전! 《궁극》의 메카닉 배틀액션 제8탄!

FUNA 지음
아카타 이츠키 일러스
조민정 옮김

저, 능력은 평균치로 해달라고 말했잖아요!

마일의 고향에 대제국의 마수가?!
'붉은 맹세' 최대 전투가 시작된다!!

"웃, 인정하고 싶지 않겠지.
스스로 범안 젊은 날의 과오를 말이야."

마일의 고향 아스컴 령을 향하는 아르반 제국의 거대한 마수!
제국군 5,000명이 선전포고도 없이 침략을 감행했다.
마일을 비롯한 '붉은 맹세'는 전쟁터로 달려가는데…….
네 소녀와 영군 300명, 그리고 영민들의 운명은?!
메비스의 기사도, 폴린의 지혜, 마일과 레나의 마법!

영도를 배경으로 한 '붉은 맹세' 최대의 전투가 시작된다!!